ラーシュ・ケプレル/著
品川亮/訳

蜘蛛の巣の罠(下)

Spindeln

扶桑社ミステリー
1673

Spindeln (vol.2)
by Lars Kepler
Copyright © Lars Kepler 2022
Published by agreement with Salomonsson Agency
Japanese translation rights arranged through Japan UNI Agency, Inc., Tokyo

蜘蛛の巣の罠（下）

登場人物

ヨーナ・リンナ――――――スウェーデン国家警察国家犯罪捜査部警部
サーガ・バウエル――――――元・公安警察捜査官
ヴァレリア・デ・カストロ――――――ヨーナが心を寄せる女性
マルゴット・シルヴェルマン――――――国家警察長官
マンヴィル・ライ――――――国家警察警視
ヴェルネル・サンデーン――――――公安警察長官
ニルス・オレン(ノーレン)――――――法医学者
グレタ・ジャクソン――――――プロファイリングの専門家
フランチェスカ・ベックマン――――――危機―トラウマ・センターの精神科医
スサンネ・イェルム――――――元・閉鎖病棟の勤務医。警官殺しの罪で収監される
シモン・ビェルケ――――――ノールマルム署巡査。サーガの警察学校時代の同期
カール・スペーレル――――――元・タブロイド紙の記者
ルーミ――――――ヨーナの娘
ユレック・ヴァルテル――――――シリアル・キラー。通称「サンドマン」

四四

ヨーナは、その日最初の便でハンブルクに飛ぶ。機内はほとんど満席だったが、どうにか最後尾の席を押さえることができたのだった。エンジン音が最もやかましく、食事の提供も最後になる位置だ。

太陽を浴びた雲に視界をふさがれ、眼下にあるはずの街や森、草原や湖は見えない。ファウステル親方についての資料すべてに目を通したヨーナは今、〈捕食者〉のことを考えている。思えば、フィギュアをあり合わせの包みの中に入れるというそのやり方は、ゴムの袋に入れるという遺体の扱い方と対になっている。

着陸し、入国審査を抜けたヨーナはタクシーに乗り、刑務所施設に直行する。ちょうど十五分後、彼を乗せた車は入り口の外に停まる。

空は明るく、空気はひんやりとしていた。ヨーナは中に入り、受付へと進む。

頭上の低い位置に次々と航空機が現れ、轟音をたてて飛び去る。

フールスビュッテル刑務所は、均整の取れた十九世紀のレンガ建築と、より現代的で無機質な建築を組み合わせて構成され、高い塀と有刺鉄線、立入禁止区域、そして電気柵がすべて備わっている。最も古い部分は百五十年前に建設され、一九三三年以降は強制収容所として使われたのち、ゲシュタポが監獄として用いた。〈ザンタ・フー〉と呼ばれるこの刑務所は現在、長期囚のための近代的な施設として機能している。

保安検査場を抜けると、グレーのスーツを身に着けた小柄な女性に出迎えられる。五十歳前後で、重たげな瞼(まぶた)と短い金髪、美しいが悲しげな顔をしている。

「おはようございます。所長のザビーネ・シュテルンです」彼女は英語でそう話しかけながら、片手を差し出す。

「ヨーナ・リンナです」

「ヴェルネルのことはよくご存じで?」

「はい、そうでした」

「すばらしい人でした」

ザビーネは防護扉を開き、二人は階段を使って地下道へと下りる。刑務所内の各所を結ぶために設けられた通路だ。

「取り調べにはわたしも同席します。午前中の予定はすべてキャンセルしておきました」

「ありがとうございます。しかしそれにはおよびません」

ザビーネはちらりとほほえみを向ける。

「ファウステル親方のことをご存じないのです。あなたと話す前に、まずは交渉をはじめるでしょう。決してタダでなにかを差し出すことのない男なのです」

「なにをほしがるんですか?」

「あなたには提供できないもの、という公算が大です」

「しかしあなたには提供できるのですね」

「ヴェルネルを殺した犯人を捕らえる助けになるのなら、ある程度の譲歩をするつもりでいます」

二人の足音が、剝き出しのコンクリート壁に反響した。空気はひんやりとしている。電灯の光が三メートルほどの間隔で床を照らし、毒蛇のような模様を描いている。

「裁判では、ここフールスビュッテル刑務所における最高レベルの警備態勢を条件とする、終身刑の判決が下されています。これはドイツではきわめて珍しいことです。そのため彼は、脱走を試みる危険性があると見なされている、最も危険な囚人たちを集めた棟に収容されているというわけです――彼が模範囚であること、社会生活に適応する能力を備えていることについて、専門家全員の意見が揃ってはいるのですが」

「ほんとうですか?」

「ええ、しかし彼の犯した罪の内容と程度に鑑みて、有期刑への減刑はおこなわれていません……そういうわけで、交渉においては、われわれのほうが優位に立てるのです」

二人はゲートの前で立ち止まり、中央監視室の操作を待つ。扉が低いうなりとともに開き、彼らを内部の空間へと招き入れる。その扉が再び施錠されると、右手側の扉が開き、二人は角を曲がる。

「ここの警備態勢は、あきらかに高いレベルにあります。しかし私の理解したところでは、ファウステルは隔離されているわけではないのですね？」とヨーナが言う。

「ほかの囚人たちとの交流は許されています。しかし彼は、ほとんどの時間をひとりで過ごしています。仮釈放が認められたことはありませんが、手紙を出したり、電話ボックスの利用を予約したりすることはできます——もちろん、常に監視下に置かれているわけですが。また、面会も認められています」

「面会者がいるのですか？」

「ええ、かなり定期的に会っています。ほとんどはジャーナリストや犯罪学者、それからさまざまな宗教団体を代表する人々です……彼が若かった頃には、交際したいという女性の面会者もおおぜいいました」

これまでのところ、この重警備区画からの脱走や救出の試みはなかった、とザビーネ・シュテルンは説明する。すべての扉が中央監視室から制御され、立てこもり事案が発生した場合には、人質の如何に関わらず全員を閉じ込めておくという手順が定められている。

区画全体が、地下十五メートルのところにある。そこには独自の運動場と中庭があり、外界とは三重の格子と柵で隔てられていた。

二人は階段を下り続け、別の廊下(ろうか)を進む。

剝き出しのコンクリート壁には、大きな赤い文字で〈刑務所からの産地直送品(ハイセ・ヴァーレ・アウス・デム・クナスト)〉とある。

二人は、〈9号棟(アプタイルング9)〉と記された扉の前で立ち止まる。

かすかな音とともに解錠されると、彼らは別の廊下に入り、看守たちの職務室とパントリー、そしてモニターが所狭しと並ぶ監視室を通り過ぎる。

壁は明るい黄色で、ビニールの床材には花崗岩(かこう)のような模様がある。家具類はすべて、ニス塗りされた松材でできていた。

監房の鉄扉は白く塗られ、ハッチと覗(のぞ)き穴が備わっている。

ザビーネは立ち止まり、ジャケットの袖(そで)を引き上げて時刻をたしかめる。

「ファウステル親方は、すでに面会室で待っています。ですが、先に彼の独房を見ておくほうがいいでしょう」彼女はそう言い、扉を開く。

ヨーナは、狭苦しい空間に足を踏み入れる。窓の代わりに照明が設置され、光を放つそのへこみにはカーテンが引かれている。便器には肘掛けがあり、テーブルはボルトで床に留められている。そしてベッドは、身体の自由が利かない人間のために改造されていた。

「彼は八カ国語を話します」ザビーネはそう言いながら、古典文学や哲学の本がぎっしりと並ぶ本棚に向かってうなずいてみせる。

二人は廊下に戻るとシャワー室の前を通り過ぎ、青い扉の前で警戒にあたっている男のもとへと近づく。

彼は「こんにちは」と言い、二人を中に入れてからすぐに扉を閉める。

刑務所支給の緑色の服を着てテーブルについている男が、三十年ほど前にベルリンの銀細工師と呼ばれた人物だとは、にわかには信じがたかった。

ぽっちゃりとした手と太い指を、目の前のテーブルに載せている。そして手錠は、机上の金属棒に通されていた。

床には赤い線が引かれ、囚人とのあいだに保つべき安全な距離を示している。

その線のこちら側には、椅子(いす)二脚とともにより小さな机があり、そこには警報ボタンとプレキシガラスの板が固定されている。

ヤコフ・ファウステルは、すさまじく肥満している。分厚い瓶底のような眼鏡と広い額(ひたい)、明るい茶色の髪の毛と短く刈ったもみあげ。二重顎(あご)に首が完全に隠れ、肩は丸く、腕は太い。そして腹が大きく膨れあがっている。

「ファウステル親方」とザビーネが言う。

「シュテルン女史」彼はそう応えながら、椅子を指し示す。

「こちらはリンナ警部です」彼女は英語でそう話す。

「スウェーデンで、シリアル・キラーを捕らえようとしている人物ですな。力になれることもあるかもしれん。しかし、その見返りとしてこちらはなにを得るのか。そのスウェーデン人たちの命には、どれくらいの価値があるのかな?」そう問いかける彼は、はじめてヨーナのほうを見る。

ザビーネが腰を下ろすと、その服からほのかなラベンダーの香りが漂う。ファウステル親方がゆっくりと背を反らすと、天井の明かりが眼鏡に反射し、その奥の瞳(ひとみ)が見えにくくなる。

「わたしと交渉する必要があります」ザビーネがそう言う。

ファウステルの小さな口がカーブを描き、ほほえみを浮かべる。そしてふっくらとした指を一本彼女に向ける。

「つまり、これは個人的なことというわけか」と彼が言う。

四五

ヨーナは椅子を引き、ザビーネの隣に腰を下ろす。小さなプレキシガラスの板には、湿った布で拭いた痕が残っていた。ファウステル親方は、口を開けたまま荒い息をついている。小さなすきっ歯の奥で舌が光っていた。

「お望みはなにかしら？」とザビーネが尋ねる。

ファウステルは両掌をテーブルにつけて身を乗り出し、手錠がカチカチと鳴る。

「法廷でつまびらかにされたすべてのことに衝撃を受けた裁判官は、ひどく凶悪な犯罪という言葉を使った」ファウステルは感情を露わにすることのない口調で、そう応える。「だれもが予期した以上の罪で、私は有罪を宣告された。それも無理からぬことだ。目撃者たちの証言は、きわめて力強かったからね。しかしながら、〝性的な逸脱傾向〟という用語は、私に言わせれば古くさい純潔の概念を示唆している」

ファウステルはそこで話を止め、ザビーネにぴたりと視線を据えたまま、半開きの口で苦しげに息をする。

「おそらく」とザビーネは言い、咳払いをする。「おそらく、あなたの判決を有期刑に減刑することは可能だと考えています」

ファウステルはなおも、彼女の顔をまっすぐに見すえている。

「五年間の仮釈放、その後は完全なる釈放を求める。刑法第57条a項に適合する処置だ」

「それはかなり大きな飛躍になるわね」ザビーネはそう応えながら、ほほえみを浮かべ損ねる。「とはいえ、あなたの更生に関する評価にはすべて目を通しています。そろそろ検討の時期が来ているとは考えています」

ファウステル親方は、手錠の長さいっぱいに右手を伸ばす。ザビーネは立ち上がり、ちらりとヨーナを見やってから、ゆっくりと赤い線をまたぐ。ファウステルは意識を集中させ、期待に充ちた表情を浮かべている。ザビーネは立ち止まると、彼のテーブルの上で前かがみになり、手を差し出した。

「冷たい指先、速い脈拍」ファウステルは、そう言いながら手を放す。

ザビーネは自分の椅子に戻り、足首を交差させながら腰を下ろし、両手を膝に載せる。その一連の動きを、ファウステルの視線が追い続ける。

「さて、どんなお話なのかな、リンナ警部？」ファウステルはヨーナに向きなおると、そう続ける。「手を貸す前に、声明書を書いていただこうか。私がスウェーデン警察のためにすることの内容と、それがシュテルン女史の見解を支える強い根拠にもなることを明記してもらいたい。つまり私は減刑されるべきであり、仮釈放が許されるべきであるという判断のね」

「あんたは私の助けとなれると言いたいわけだな？」自分にじっと向けられているファウステルの青い瞳を見つめたまま、ヨーナはそう尋ねる。

「そのとおり」

「では声明書を書こう」

「シュテルン女史、今の言葉をお聞きかな？」

「ええ」と彼女はうなずく。

「それでは、五つの質問を受けるとしよう」ファウステルは、ほとんど陽気とも呼べる口調でそう言う。

「よし」とヨーナは応える。

ファウステルは背筋を伸ばし、膝を広げて両足をしっかりと床につける。緑のズボンがわずかにずり上がり、整形外科的観点から設計されたスリッパと、迫力のあるふくらはぎを締めつけている着圧靴下が見える。

「アストリッド・リンドグレーン（『長くつしたのピッピ』などで知られるスウェーデンの児童文学作家。）の国から来た刑事か」とファウステルは口を開く。「私に会いに来たことで、自分がどんなことに巻き込まれることになるのか、自覚はあるのかな？」

「どういう意味だ？」とヨーナが訊く。

「私のことを知っているのか？　私が何者なのか。どうだ？　私に関する資料は読んだのかな？」

「ああ」

「では、私はどんな精神の持ち主かな？　どう思うね。私とて、会話する相手のことは知っておきたいものでね」

「性的動機に基づく、直接的な性的接触のない暴力、と見ている」ヨーナはそう話しはじめる。「鑑定書では、自己愛性人格、誇大妄想の持ち主とされている。だが私はそれに加えて、喪失感を味わいたくない一心でルールを作り、それを遵守している、と考えている」

「なぜ私の行動に性的動機があるのかね？」

「犠牲者たちのほとんどがセックスワーカーで、肛門、性器、そして顔面に集中して暴力が加えられていた」

「そうだったかね？」ファウステルは、大きく口を開いてにんまりとする。それによって、太く短い歯が再び姿を見せる。

「法医学者からの報告書によればね」とヨーナが応える。

「だがそれらは、死亡時にあった痕跡ではない、違うかね？　私を除くすべての人々による、ただの推測ではないのかな？」

「そのとおりね」とザビーネが口を挟もうとする。

ファウステル親方の口角は下がり、分厚いレンズの奥の視線が厳しさを増す。

「少年たちへの性的感情はない」

「ヨーナもそうだとは――」

「私の最初の獲物、ケマルを見たまえ。彼はどうなのだ？　醜く愚かで、ひどいドイツ語を話していた。鼻水を流し、爪の下と襟元、そして耳の裏が不潔だった……身体が震えだし、なんでもするからと約束したよ。私のペニスだって吸うから、とね……笑いがこみ上げたさ。なぜならその時点ではすでに、彼の片目に銀を流し込んでいたのだからな。目玉はしゅっと萎んで消えうせたよ。まるで最初から存在していなかったようにね。彼は糞を漏らし、ロープを激しく引っ張るせいで、両腕から血が流れていた。ほぼキリストのような姿だったな」

ファウステルはほほえみながら椅子の背にもたれかかるが、両の拳はきつく握りしめられたままだ。ザビーネの顔は青ざめ、瞳孔が開く。

「今日ではそうしたことのすべてから、距離を置いている、言うまでもなくね。私は変わったのさ」ファウステルは、おだやかな声でそう説明する。

「それはよかった」とヨーナが言う。

「長い年月にわたって、私は医療の助けを借りてきた」

ヨーナは、ファウステルが手を染めた最初の十件の殺人事件現場を記した地図をあらかじめ分析していた。最初の犠牲者、ケマル・ユンヴェルは十九歳で亡くなった。薬物を投与され、両目を潰（つぶ）された状態で、S2号線のカーロウ駅とブーフ駅のあいだに放置された。線路が環状A10号線の下をくぐる地点だ。南からの電車が迫ったその瞬間、ケマルの意識はあった。大声で助けを求めながら、身体を起こしたところだったのだ。

「先ほどきみの話したことは興味深い」ファウステルは、ヨーナの目をまっすぐに見つめながらそう言う。「私がルールを作り、それを遵守することで喪失感を抱かないようにしている、という話さ」

「そうではないのか？」

「独自の方法論を駆使し、少しばかり勝率を安定させている、としか考えていなかったね。完全に優位に立っていると感じている時にも、そうすることで興奮が醒（さ）めないようにしていたというわけだ」

「それでも、あんたは今ここにいる」

「私が逮捕されたのは、偶然によるものだった。いささか皮肉なことではあったがね」とファウステルは言う。「パズルのピースをすべて差し出したにもかかわらず、だれも謎かけを解けなかったのだからな」

「今解答を教えてくれるというのは？」

「もはや意味がない。そもそも、あの頃の私とは関わりを持ちたくないのさ。私はひどいことをしたが、当時私は病んでいた。人に監視されていると考えていたし、いろんなものが見えてもいた」

「先に進もう」とヨーナが言う。「なぜなら、私が話したい事件にはまだ意味があるし、きわめて急を要する話でもあるからだ」

「私が助けになれればいいんだがね」

ヨーナは椅子を持って床の赤い線を越えると、ファウステル親方のテーブルの前にそれを置いて腰を下ろす。そしてスウェーデンにおけるシリアル・キラーの、進行中の捜索について話しはじめる。遺体発見現場には触れず、犠牲者はすべて女性だったと嘘をつくが、それ以外については真実を伝え、次の犠牲者を知らせるフィギュアのことにも言及する。

「腹の底から正直に言わせてもらうと」ヨーナが口をつぐむと、ファウステルがそう言う。「たいしたことは知らない。だが、きみよりははるかに知っている」

「なにを？」

「銀細工師とフィギュアのあいだになにかつながりがあるかもしれない、と疑っているわけだね？」

「ああ、ほかにもさまざまな仮説はあるがな」とヨーナは応える。

「それは、謝意を伝える蜘蛛(スパイダー)なりの方法なのさ」とファウステルが言う。

「スパイダー？」

「子蜘蛛さ」ファウステルは、笑みを抑えながらそう話す。「私は、費用を負担する面会者としか会わないようにしている。だが、スパイダーがイッターエー島の隔離病棟から解放されたばかりとわかり、しかも彼女が私のような師を求めていると聞いて……まあ、当然のことながら好奇心をそそられたわけさ。彼女は会いに来た。今きみがそうしているように椅子を引き寄せて、九件の殺人を計画しているから、そのためにヨーロッパ随一の実在したシリアル・キラーから技術を学びたいのだと話した。最高の、とはジル・ド・レ（十五世紀フランスの貴族。大量虐殺に手を染めたとされ、『青髯』のモデルとなった。）のことを考えているのか、と私は尋ねた」

「だが彼女はユレック・ヴァルテルだと応えた」とヨーナが言う。

「まさしく。彼の抱えていた暗黒に比肩し得る者はいないからね。だが、彼女に警察の思考法や、科学捜査の技術について教えたのは私だ。過ちをいかにして避け、どのようにしてゲームを作りあげていくのか。われわれは放火魔ではない。燃え広がる炎になす術もなく手をこまねくようなことはしない。われわれこそが炎なのだ」

「彼女の名前はわかるか？」

「ああ。だが、きみはすでに質問を五個してしまった」

「まだ二つだけだ」とヨーナは応じるが、無駄だとは悟っている。

「きみは、アストリッド・リンドグレーンの国から来た刑事が、私に会えばどんなことに巻き込まれるのかその自覚はあるのか？　という私の疑問の意味を尋ねた。その後、四つの質問が続いた」ファウステルはそう言い、ザビーネに向きなおる。「私の用事は済んだ。自分の独房に戻りたいのだがね」

「名前を明かしなさい」と彼女が言う。

ヨーナは、ファウステルの真正面に座り続けている。そこまで近づくと、息の匂いも古い生地の黴臭い匂いも嗅ぎ取れた。

「この会話は録画されている。私の協力を認める声明書を書くと、彼は約束した」

「声明書は届ける」とヨーナが言う。

「私は減刑され、仮釈放を認められるべきだというきみの意見を書くんだぞ」

「それはできない」

「なんだって？」とファウステルがほほえむ。

「なぜならおまえは再び人を殺すからだ」

「こんなこと許されんぞ！」ファウステルが抗議の声を張りあげる。「シュテルン女史、合意を反故にさせるなど許されないぞ」

「私はおまえの謎かけを解いた」とヨーナがおだやかな声で言う。

ファウステルはたちまち落ち着きを取り戻し、椅子にぐったりと身を預け、ヨーナのグレーの瞳をじっと見つめる。

「そんなことはあり得ない」と彼が言う。

「おまえにはあと二件の殺人が残っている」

「やめろ」ファウステルはそう口ごもりながら、ごくりと唾を呑み込む。

「私は地図を調べた。犠牲者は全員、ベルリン周辺の鉄道線路の上で死んでいる。おまえがケマルを放置した場所、カーロウ駅とブーフ駅をつなぐ路線は北北東に伸びている」とヨーナは話しはじめる。「二番目の犠牲者は、北東に伸びる路線のバベルスベルク駅とグリープニツェー駅のあいだ、三番目の犠牲者は真東に伸びる線路……」

「いったいどういうことなの」とザビーネが囁く。

ファウステル親方はため息を漏らし、目を閉じる。頬を汗が伝い下りた。

「鉄道路線の方角は、時計の文字盤に対応している。警察がおまえの住処に踏み込んだ時には、まだ十時までしか進んでいなかった」

「ああ、なんてこと」とザビーネが言う。

「おまえが釈放されたいと願うのは、残っている十一時と十二時を埋めて完成させたいからだ」とヨーナが話を締めくくる。

ファウステルは目を開き、ヨーナをじっと見つめる。そして、「あんた、何者なんだ?」と口ごもる。

四六

サーガは、警察庁舎の八階に設けられた軽食堂にある、ハイテーブルの一つについている。目の前にあるプラスティック製のボウルには麵が入っているが、まったく味がしない。サーガはそれでも食べきり、あたたかいスープをする。ボウルの底には、ペースト状になったスープの素が残っている。サーガはそれに箸の先を差すと口に入れてみて、本来の味をたしかめる。レモングラスと山椒(さんしょう)、そして塩が感じられた。

サーガはゴミ箱にボウルを投げ捨て、テーブルを拭いてから布巾を蛇口に掛け、時計を見上げる。待ち受けているミーティングのことを考えて重くなる気分を抑え込みながら、マンヴィルのオフィスに向かい、ドアをノックして開ける。

「入って腰を下ろしてくれ」と彼が言う。「グレタも向かっている。どこでもいいから座ってくれたらいい」

「ヨーナからの連絡はありましたか?」

「まだだ」マンヴィルは、キーボードでなにかを打ち込みながらそう言う。

サーガは、花柄の肘掛け椅子の一つに腰を下ろす。

なぜ自分がこのミーティングに呼び出されたのか、その理由がサーガにはわからなかった。だが、転属願いに関係していることを、心の奥底で願ってはいた。捜査の現場に出ることに関してマンヴィルが承認することを祈っていたのだ。そうなれば、カール・スペーレルとその仲間について明かせるし、彼らを正式に取り調べられる。

床の上のリサイクル箱には、枯れた鉢植えの植物が入っている。乾いた茎に、小さなグリーティングカードがぶら下がっていた。

グレタが姿を現し、背後で扉を閉める。

「遅れてごめんなさい」と彼女は言いながら、もう一つの肘掛け椅子に座る。

「今日、この場を設けた理由はわかるかい？」マンヴィルが、サーガのほうに向きなおりながら問いかける。

「いいえ」

「よろしい。われわれのほうから、きみにいくつか質問があるんだ……」

マンヴィルはそこで言葉を切り、椅子の上で背中を反らしながら、眉間に皺を寄せる。

「きみは、ここで捜査官として正式に採用されようとしている」とマンヴィルは続ける。

「信じられない思いです」サーガはほほえみとともにそう話す。

「だが、実際にはまだ雇用されていない。にも関わらず、現在きみはわれわれが手がける最大規模の捜査の中心にいる」

「はい」

「どうしてそのようなことが可能だったのかな？」

「質問の意図がわかりません」とサーガが応える。「正式にここで働きはじめる前から、という意味ですか？」

「そうだ」とマンヴィルがうなずく。

「なぜなら、犯人が直接わたしとやりとりをしてきたからです」

「それはどうしてなのかしら？」グレタが、身を乗り出しながら尋ねる。

「このことはすでに話し合いましたよね」サーガはそう言いながら、相手の表情を読み取ろうとする。

「そうね。ただ、犯人があなたとだけやりとりをしているのみならず」とグレタは続ける。「あなたには匿名の情報源がいて、あなただけに情報を渡している」

「いったいなんの話なのか、はっきり言っていただけませんか？」とサーガが尋ねる。

「きみは、捜査官としてきわめて鋭い洞察力の持ち主だ」とマンヴィルが言う。「光の速さで犯人の謎かけを解いたし――」

「でもヨーナほどではありません」とサーガが口を挟む。

「だが彼の論理、彼の思考の道筋は、あとになってみると腑に落ちるものだ」とマンヴィルは話す。

「ところがあなたの場合は、いきなり答えだけを手に入れたように見える」とグレタが補足する。

「それは違います、わたしは……あなたたちにもわかるはずです」サーガは説明を試みる。「時には、目にしたことから推測する。時には論理から導き出されることもあるし、時には身元を明かさないと約束した情報源に助けられることもある」

「きみの推理はしばしば的を射ている。最も細かな点にいたるまでね。それでもまだ、われわれは犯人を捕まえられないでいる……」とマンヴィルが言う。

「おかしなことだと思わない?」とグレタが訊く。

「遠回しな言い方はやめてください。なにが言いたいんですか?　はっきり言ってください!」

　サーガは平静さを失いかけ、その額が斑点状に紅潮する。

「シュムリンゲ駅のプラットフォームでは、きみの指紋が見つかった」マンヴィルはそう話しながら、報告書をサーガのほうに押し出す。

「なにかの疑いをかけられているということですか？」サーガはその書類を無視して尋ねる。

「なにかわたしたちに話したいことはないのかしら、って考えているだけよ」グレタがそう応えた瞬間、マンヴィルの携帯電話が鳴りはじめる。

「ヨーナだ」と彼は言い、スピーカーフォンに切り換える。「やあ、ヨーナ。グレタとサーガもここにいる」

「帰国便に乗ったところだ。いろんなことがめまぐるしくてね」とヨーナが言う。

「この便に乗り遅れないように、空港まで護送してくれたんだ」

ヨーナの声が弱まり、背後で轟くエンジン音が聞こえてくる。

「あなたを追い出したかっただけなのかもよ」とグレタが冗談を言う。

「機長から、離陸の前に一本だけ電話をかける許しを得た」

「ヤコフ・ファウステルと話したのか？」とマンヴィルが訊く。

「話した。で、サーガが正しかった。ただし――」

「そいつは驚きだな」とマンヴィルが呟く。

「なんだって？」

「なんでもない」

「とにかく、突破口が見つかった」とヨーナが言う。「犯人は女で、四年前にファウステルに面会している。偽造した身分証明書を使っていたが、蜘蛛(スパイダー)と名乗っていた。イッターエー島の精神科隔離病棟の元患者で……ファウステルに会いに行ったのは、捕まることなく九件の殺害をやり遂げる方法を尋ねるためだった。犠牲者をゴムの袋に入れるのは、蜘蛛の巣に捕らえられた獲物がその中で溶かされる、ということの表現だと思う」

サーガが肘掛け椅子からすばやく立ち上がる。

「でも名前はわからないんでしょう?」とグレタが訊く。

「わからない。だが……すまん、もう切らなくては。かけられるようになったらすぐにかけなおす」

ヨーナが電話を切り、部屋は静寂に満たされる。マンヴィルは携帯電話を机に置き、サーガを見上げる。

「座りなさい」と彼が言う。

「でも今の情報について調べなくては」とサーガが反論する。

「すぐに着手するとも」

サーガは肘掛け椅子に腰を下ろし、ため息を漏らしてからパイン材の書類キャビネットに意識を移す。錠の周辺には、指紋がいくつも残されていた。

「まだ答えてもらってなかったわね」とグレタが言う。

「なんについて?」サーガは、グレタの目を見すえながら鋭い口調でそう言う。「たまたまシュムリンゲ駅で壁の金具に手を触れたんです、意識を失いかけていて……ヨーナはその場で見ていたはず。そのことを報告し忘れたかどうかしただけで」

「あなたを責めているわけではないのよ、サーガ。ただ……捜査の手順を余さず踏もうとしているだけ」とグレタが言う。「犯人になんらかのかたちで協力したのかどうか、教えてちょうだい」

　サーガは、血の凍る思いでグレタの顔を見つめる。「なに?」

「犯人には、警察捜査に関して相当の知識があると思われる。鑑識における科学技術その他についても」とグレタが言う。

「きみはなんらかのかたちで犯人に協力しているのか?」とマンヴィルが尋ねる。

「なに言ってるの? たった今ヨーナだって——」

「たとえば、きみは独断で潜入捜査を試みた。そのせいで、犯人側にこちらの情報を明かさざるを得ない状況になったとか?」

「そんなことはありません」とサーガがとげとげしい口調で言い返す。

「なるほど、よろしい。これではっきりした」

　サーガは立ち上がり、背中が汗でびしょ濡れになっていることに気づく。

「ヨーナは、犯人は女性だと話していた」グレタは、サーガを見上げながらそう言う。

た。

「そうみたいね」サーガはそう応える。奇妙な状況に、薄ら笑いを抑えきれないでい

「その女性はあなたの知っている人かしら？」

「わたしではありません。そういうことを訊きたいのなら」

「いや、それはわかっている。しかし、犠牲者を選んだのはきみなのかな？」とマンヴィルが尋ねる。

「なんですって？」

「全員、きみの知り合いだ。きみには、全員を嫌う理由があった」

「もうたくさん」呼吸を荒らげないように努めながら、サーガは暗い声でそう応える。

「われわれの視点から物事を見てみてくれないか」とマンヴィルが言う。

「どうしてヨーナにはそういう質問をしないの？」とサーガが問い返す。「ヨーナだって、マルゴットやヴェルネルともめたことがあった。ヨーナも独断専行で動いてる。錫のフィギュアと銀細工師を結び付けたのはヨーナ。アナグラムを解いたのもヨーナだし——」

「なぜなら、今わたしたちはヨーナのことを話しているわけではないからよ」とグレタがその言葉を遮る。

「わたしはただ、こんなのとてつもなく馬鹿げていると思うだけ、正直に言わせても

らうと」

「でも、はたしてほんとうにそうなの？」

「こうした質問をするのがわれわれの仕事なんだ」とマンヴィルが言う。

「なるほどね、でもわたしにはどうでも――」

「そしてきみは、ことの重大さを理解していないようだな。よって私は、きみの臨時雇用を一時差し止めにする」と彼が言う。

「わたしはそっちの質問に答えようとした。でも、答えは最初から決まってたみたいね。そういうことなら、糞でも食らえばいい」サーガはそう叫ぶと、部屋から飛び出す。

四七

ヨーナは到着ロビーを足早に通り抜け、歩道橋を渡り駐車場に入った。自分の車に飛び乗り、イッターエー島を目指して疾走する。

携帯電話が鳴りはじめ、ヨーナはセンターコンソールのボタンで応答する。相手は所長のザビーネ・シュテルンだった。彼女はヨーナの訪問について礼を述べ、ヨーナはヤコフ・ファウステルとの面会の機会に感謝の意を伝えた。

　二人は沈黙する。

「あなたの噂はかねがね聞いていました」やがて、ザビーネは口を開く。「ファウステルが釈放されることは決してない、ということをお伝えしたくて」

「あの男が変わることはないでしょうね」とヨーナが言う。

「ええ。あなたが発ってから少し調べてみたんです。ヘルベルトとも話しました。わたしの前任者です。ファウステルのことを率直に尋ねたところ、彼が引退する前の年に発生し、内密に処理された、ある事件のことを話してくれました。ファウステルの脱走に協力するよう圧力をかけられたことを、刑務官の一人が雑談の中で打ち明けたようなのです……」

「だれに圧力をかけられたのですか？」

「名前はわかりません。しかし、ぞっとするほど嫌な男だったと刑務官は話していたそうです……まるで死そのもののような人間だった、と」

　ヨーナは礼を言い、電話を切る。そしてサーガにかけるが、応答はない。

　ストックホルム中心街を抜け、南のファーシュタ方面を目指す。

　空は青白く、小雨が降っている。

　ヨーナはマンヴィルに電話をかけ、ドイツでの面会について詳細な報告をする。そして、ザビーネ・シュテルンが確認したところによると、面会人名簿にはスウェーデン人女性の記録はなかったと伝える。犯人は偽造した身分証を使っていたということだ。

最後に、先ほどのザビーネとの会話で、ユレックが実際にファウステルを脱獄させようと試みた事実があったことを伝える。

「サーガが話していたとおりだな」とマンヴィルが言う。

「私は今、イッターエー島の精神科病棟に向かっている」

「ついにスパイダーの名前が判明するわけだ」

捜査官たちは、犯人を〈捕食者(プレデター)〉と呼ぶようになっている。犠牲者たちに接近し攻撃する様からつけられた呼び名だ。ヨーナは、ふとそんなことを考えている自分に気づいた。おそろしいほど正確な呼び名に感じられた。なぜなら蜘蛛(スパイダー)というのは、捕食者として信じがたいほど優秀だからだ。

四十五分後、ヨーナは、雑木林の中をマーゲルンゲン湖に向かって車を走らせている。赤いテニスコートを二面通り過ぎ、レンガ造りの施設の外にある駐車場に進入する。

イッターエーの精神科病棟は、厳重な警備体制を備える閉鎖病棟で、二十八人の成人患者を収容できる。

ヨーナは車から降り、正面エントランスまで歩いて呼び鈴を鳴らす。そしてインターフォン越しに、病院の責任者に話があると伝える。

約十分後、だらしない服にすっかり踏み潰されたスリッパという姿の男が、わずかに扉を開ける。

「だれかと話したいんですよね?」

ヨーナは、扉を引いて男の脇を通り抜けると、ひと気のない受付の空間に足を踏み入れた。無人の肘掛け椅子が並んでいて、テーブルには光沢のあるパンフレットが置かれている。

「アポはありますか?」

ヨーナは振り返り、身分証を取り出して掲げる。

「当直医はだれですか?」とヨーナが言う。

「実は知りません。イェンセンは帰宅したし。でも、心理学者、作業療法士、理学療法士ならいますよ」

「心理学者にしよう」

「お目が高い」男はほほえむと、踵(きびす)を返して歩き去る。

ヨーナは再びサーガに発信する。そして非常時の避難経路図のところまで移動しながら、呼び出し音に耳を傾ける。この施設は、連結された四棟の建物で構成されているようだ。小さな庭園を中心として、馬蹄形(ばていけい)に配置されている。

ヨーナは腕時計に目をやる。すると鍵を開くブザーが鳴り、髪が薄く頬が赤銅色の男が近づいて来た。茶色いコーデュロイのズボンと青いカーディガンを身に着けていて、首にかかっているプラスティックの鎖には小さな携帯用警報装置が吊(つる)されている。胸の名札には〈臨床心理士　ブロール・ヤンソン〉とある。

「お待たせしてすみません。一人、不安感が強くなった患者がいまして、手間取ってしまいました」

「お気になさらず」とヨーナは言い、身分証を手渡す。

「残念ながら、今は空(あ)きベッドがないんですよ」とブロールが冗談を言う。

「疲れ果てた刑事にも？」

「特別に空けられるかもしれません、今回だけの特例ですよ」ブロールはそう言い、ヨーナの身分証を返す。

「元患者について知りたいことがありまして、ご協力いただけますか」

「患者の身の安全と守秘義務については、厳格な規則があります。しかし、そんなことはご存じですよね？」

「そういう段階はとうの昔に越えていまして」

「なるほど」とブロールが応える。

そして扉を開き、ヨーナを閉鎖病棟へと招き入れる。

二人は廊下を進む。大きな窓の外には、四方を囲まれた庭がある。葉からぽたぽたと落ちる雨の滴が、ランプの光に群がる羽虫のように見えた。ブロールは扉を解錠し、自身の広いオフィスへと招き入れる。

「コーヒー、紅茶、水は？」

「いいえ、ありがとうございます」

ブロールはデスクにつく。ヨーナは客用の椅子を引き寄せ、彼の向かいに座る。

「元患者、そうおっしゃいましたかな？」ブロールはそう言いながら眼鏡をかける。

「名前はわかりません。しかし三年ほど前に退院していると思われます」とヨーナが言う。

「なるほど。私が着任する前のことですな。しかし患者の大部分は男性です。女性であれば見つけられるでしょう」

「蜘蛛（スパイダー）と呼ばれていたかもしれません」

「聞いたことありませんな。でもちょっと調べてみましょう」とブロールは言い、パソコンにログインする。「新しいカルテ管理システムに、去年移行したばかりなんです……古いカルテも保管はしていますよ、もちろん。でもいささか散らかっていましてね」

ヨーナは窓の外に視線を移し、湖の灰色の水面を眺める。カヤックが一艘（いっそう）、滑るように移動していき、完璧な矢印形の航跡を残した。

「三年前に退院した女性患者は七人います」とブロールが言う。「カタリナ・ノーディン、ハネット・フォーゲル、アンナ＝マリア・ゴメス、マーラ・マカロフ、そしてヤード・アンデション――」

「マカロフです」とヨーナがそれを遮る。

「なるほど、ええっと、十九歳の時、警察の手でフディンゲの病院に収容されていま す。栄養不良で混乱した状態でした。不法滞在者に違いないというのが、警察の見立てです。ここに移された時点で急性妄想性障害と診断され……二年後に退院していま す」

「カルテをすべて見せてください」とヨーナが言う。絵葉書に記された拳銃の名前と患者の苗字の一致が、偶然のはずはない。

「情報は以上です。服用していた薬剤の記録を除けば」ブロールがそう話しながら、クリックする。

「しかし二年間入院していたのですよ。なにかなければおかしい――」

「ちょっとお待ちを。これによると……ほう、こいつはおもしろい。すみません、この患者がスヴェン＝オーヴェ・クランツのグループにいたもので。と聞いてもなんのことやらでしょうが、このグループのカウンセリングはすべて録画されています。クランツ博士には、カロリンスカ研究所からの莫大な研究助成金があったのです」

「今、いらっしゃいますか？」

「休暇中です。ただし映像はありますな。ここに保管されている」ブロールはそう言いながら、本棚の脇にある耐火性書類キャビネットを身ぶりで指し示す。

「探し出していただけますか？」

「もちろんです」

ブロールは眼鏡を額に載せると立ち上がり、鉛灰色の書類キャビネットに歩み寄る。桁数の多い暗証番号を打ち込み、把手を回して戸を開く。

ヨーナも立ち上がり、ブロールに続く。キャビネットの内部にある棚は三つに分かれていて、それぞれに金属製の箱が収まっている。患者の氏名と識別番号は、その縁に記されていた。

「マカロフはこれです」とブロールが言う。

箱を取り出して蓋を開けると、ブロールの口角が奇妙なかたちに下がる。ヨーナのほうに振り返った彼は、空っぽの中身を見せる。

「ほかの患者を確認してください」とヨーナは言う。

ブロールは箱を次々と開けていきながら、表の識別番号と中に入っているハードディスクや手書きの記録を見比べる。

「すべて問題なしだ」照合作業を終えたブロールが、そう言う。「マカロフのものだけです……ちょっと確認します。こいつの管理を担当している同僚がいるものでね」

ブロールはデスクに戻り、携帯電話の連絡帳を呼び出すと、片耳にイヤホンを押し込む。

「もしもし、ブロールだ。邪魔して申しわけないが……なるほど、よかった。ここに警察官が来ていてね、患者のカルテを確認したいということなんだ。クランツの診た患者の一人だ……ちょっと待ってくれ、どうしてわかった？」

ブロールはしばらく沈黙し、無表情のまま耳を傾け、しばらくしてうなずく。

「なるほどね……ありがとう」

「どうでした？」とヨーナが尋ねる。

ブロールはヨーナのほうに振り返り、思慮深げな視線を向ける。

「別の警官がすでにここに来ていたらしいですな。一時間前に、犯罪捜査部の女性が姿を現したそうです。〝おとぎ話の王女〟を思わせる風貌で、その人がマーラ・マカロフの記録をすべて持ち出しています」

四八

銀灰色のスクリーンの前に立ったサーガは、ほとんど映像の中の患者とおなじ部屋にいる気持ちになった。

若い女性は部屋の片隅で縮こまりながら、両耳を手で塞(ふさ)いでいる。時折、身体に震えが走るようだ。

膝が泥まみれになっている灰色のスウェットと、アバのアルバム『アライヴァル』のジャケットをあしらったTシャツを身に着けている。顔はやつれ、黒く無気力な目はまっすぐ前に向けられている。もつれた髪は埃(ほこり)まみれで、生気のない肌はコンクリート色だった。

天井の照明にはピンク色の生地で作られたランプシェードが取り付けられていて、小部屋の中をあたたかい光で照らしていた。ビニールの床材は明るい黄色で、その上にオレンジ色の貧相なラグマットが敷かれている。そして壁紙には繊細なドイツスズランが描かれ、小さな木製ベッドはきれいに整えられていた。

床を引きずる椅子の音にたじろぎ、若い女性はカメラからさらに後ずさりしようとする。

「イッターエーへようこそ、マーラさん」画面の外から、男の声がする。「私の名はスヴェン＝オーヴェ・クランツ、この病院に務める心理学者です。入院手続きをしたフォン・フェルセン医師は、あなたは精神障害を抱えている、と診断しています。WHOによるICD－10（二〇一三年版の疾病および関連保健問題の国際統計分類。）におけるF－60・0、すなわち妄想性人格障害です。しかし、私にとってそんなことはどうでもいい。私は、あなたが病気だとは考えていません。あなたは誤解されている、私はそう考えています……あなたがここに滞在しているあいだに、私たちはお互いのことをよく知るようになるはずです。あなたを、〝誤解されている人〟から〝理解されている人〟へと変えるために、協力し合いたいと考えています」

マーラの口元からよだれが一筋、ちらちらと光りながら垂れる。

イッターエーの精神科病棟から回収して来た資料の中には、高解像度の動画がいくつも収められた三つの薄型ハードディスクと、手書きのメモをまとめた書類挟みが入っていた。

書式用紙と診療日誌は治療の推移を記録しているが、クランツとの会話の中身はそこに含まれていない。投薬、副作用と相互作用についてのやり取り、体重の変化、そしてほかの患者との関係に関する日々の記録で、ほとんどが占められていた。

映像には、一カ月おきにおこなわれた比較的短時間のカウンセリングの様子が収められている。患者であるマーラ・マカロフとの、対話を介した認知行動療法の一種だ。

手書きの診療日誌によると、スヴェン＝オーヴェ・クランツの方法論は、患者の認識している現実のありかたに対して、疑問を投げかけたり、説得によって考えを変えさせようとしたりすることなく、彼らの話に耳を傾け、その内容をそのまま真剣に受けとめるというものだった。

だれかが常に聞き耳をたてていると患者が訴えた場合、クランツはたとえば、音楽をかけて音量を上げる、あるいは互いに近寄ってひそひそ声で話し合う、といったことを提案する。

サーガの携帯電話が鳴りはじめる。画面に目をやり、ヨーナからであることを確認すると、着信を拒否する。

ビデオ記録の中では二回目のカウンセリングがはじまったところだった。病室の外を行く車のヘッドライトが、画面を横切る。

カメラは、扉の穴を通してマーラ・マカロフを捉えていた。マーラは、フロアランプの脚で窓を割ろうとしている。痩せ細った全裸の身体が、切り傷や痣で覆われている。

その背後の壁には、スパゲッティとトマトソースの筋が付着している。

マーラは極度の不安に駆られているようで、全身を震わせながらロシア語でなにごとか叫ぶ。その声は幾度となく割れた。

　室内には看護師が二名いて、懸命にマーラを落ち着かせようとしている。二人のほうに振り返った彼女の目は大きく見開かれ、細い太腿のあいだからは小便が流れ出ている。

　看護師たちがにじり寄ると、マーラはフロアランプで攻撃を加える。だが大男たちは彼女を制圧し、床に押さえ込むと片側の尻に筋肉注射を打つ。

　不意に録画が途切れ、映像が再開すると、カメラはマーラの部屋に戻り、三脚に載せられている。マーラはベッドの中にいて、片目には白い絆創膏が貼られている。そして、目の前にいる人間が見えていないかのように、空中をうつろに見つめている。

　壁面の食べ物は拭い取られていたが、明るい色の壁紙に残る赤いソースの痕が、まだ見て取れる。

「マーラ、ここを出たいのはわかるよ。毒を盛られるのではないかとおそれていることもね」スヴェン＝オーヴェ・クランツが話しはじめる。「もしそうしたほうが良ければ、食事を先に毒味してもいい。私自身がしてもいいし、看護師がしてもいい……しかし残念ながらきみを退院させるわけにはいかないんだ。そうするためには、同僚の医師たちと話し合わなければならない。そして彼は今もなお、きみは精神障害を抱えていると考えている。わかるかい？　退院するまでにはもう少し時間がかかるんだよ。ただ、それまでのあいだは私に話してくれたらいい。なにかできることがあったら、教えてもらいたいのさ。きみは今、ぐったりと疲れている。それは、ハロペリドールという名前の鎮静剤を投与されているからだ。危険なものではない。だが、眠気を催(もよお)してくるはずだ。だから、少し睡眠を取ったらいい」

サーガは静止ボタンを押し、心理学者の診療日誌を持ってキッチンに移動する。そして最終ページまでめくると、最後のカウンセリングを終えたあとに記入されたクランツの所見と、マーラの退院に関する覚え書きの部分まで進む。マーラの行き先を割り出すためだ。

日誌の終盤でクランツが描き出しているのは、落ち着きのある若い女性の姿で、彼女は自分の人生および自己像と折り合いをつけていた。自らの外見に誇りを持ち、身だしなみを整えている。そして、数学を学ぼうと考えている。

「あなた、だれなの？」とサーガが囁く。「退院してからどこに行ったの？　そして今は、どこにいるの？」

＊　＊　＊

工房の作業台の前に立っているマーラ・マカロフは両手で顔を擦(こす)ると、抽象代数学の本を繰りながら複素数の項目に赤いマーカーで丸をつけていく。

そして震える手でスイートコーンの缶詰を開けると、指で粒をすくい上げて口に入れ、濁った液体を飲む。ほとんど間を置かずに胃が収縮するのを感じ、膝をついてすべてをバケツの中に吐く。

荷物搬入口の脇にあるコンクリート製の傾斜路にいる女は、意識を取り戻していた。最初のうちは喚き、懇願したが、その後はどうにか気持ちを落ち着け、いかなる感情も声に表さないように抑え込んでいる。

「聞いてちょうだい」とその女が今、話しかけてくる。「あなたがこんなことをしている理由は知らないけれど……」

マーラは、口の中の粘液を吐き出したあと、バケツに手を伸ばしてコーンをつまみ上げると口に放り込み、ゆっくりと嚙みしめた。

「あなた、いったいなにがあったの?」と女が問いかける。

マーラはさらに何粒かを口に押し込み、嚙み続けながら立ち上がる。

「水をもらえないかしら。すごく喉が渇いているの」

女はそこで口をつぐみ、襲いかかる痛みと恐怖にあえぎ声を漏らす。

マーラは、作業台に載っていた本やペンを片腕で払いのける。それから、青いペットボトルを持ち上げ、塩素を注ぎながら台の表面を拭いていく。

「神様」と女はうめき、少しのあいだぜえぜえと息をついてから先を続けようとする。「あなたはわたしを傷つけたのよ。そのことについて話しましょう。わたしは撃たれたの……あなたはわたしを、あなたとおなじ一人の人間を撃ったのよ。わたしは血を流しているし、すごく痛い」

マーラは、パッケージから防護服を取り出して身に着け、ゴム手袋とフェイスカバーを装着する。それから引き出しを開け、クリアファイルを取り出す。そこには、図書館の本から切り抜いた紙片がぎっしりと挟まっていた。外科用メスを駆使してボッティチェリの〈ヴィーナスの誕生〉が登場する部分を切り抜くと、それをロースラグストゥルの隔離病院が載っている古地図の脇に置く。マーラはクリアファイルの中を引っ搔き回し、球形の建築物の強度に関する記事を見つける。そして地図の横、列の最後尾に置く。

「わたしの痛みと恐怖は、あなた自身の痛みと恐怖になんの影響も与えていないことに気づいていた?」浅く呼吸をしながら、女がそう尋ねる。「でもね……もしわたしを助けてくれたら、わたしを病院に連れて行ってくれたら、なにもかも良いほうに変化すると思うの。あなたは解放感というものを味わえるようになるの。そう思わない?」

マーラは作業台の片側に移動し、外科用メス、手袋、そして防護服を、可燃ゴミのドラム缶に放り込む。

「なぜかというと、もしあなたがだれかを助けたら、あなた自身も助けを受け入れられるようになるからよ。聞こえてる？　人はだれしも助けを必要としているの。ひとりぼっちの人間なんていない。時にはそう感じられたとしてもね……今から生き方を変えても遅くはないわ」

マーラはかがみ込み、再びメスを取り上げる。左手の人差し指の爪に刃を押し当て、深い切り傷を入れると、痛みが全身を満たすにまかせる。

そこではじめて、マーラは傾斜路のほうに振り向く。女は、背中を床につけて仰向けになっていた。頭上の天井クレーンシステムを見つめている。その呼吸は浅く、断続的だ。弾丸は脊柱(せきちゅう)を逸(そ)れていた。内臓を貫き、臍(へそ)の近くから飛び出ていったのだ。血は女の身体の下を流れ、両足を過ぎて床の排水孔に達している。

マーラは重厚な工具入れによじ登ると身をかがめ、作業台の上のものを仔細(しさい)に見つめる。それから手を振り、血飛沫(ちしぶき)が床に落ちる様子を観察する。

そろそろマスクと防護手袋をつけなければ、とマーラは考える。水酸化ナトリウムの袋を開け、十五リットル分をすくい上げ、少量の水に溶かす。

「お願いだから聞いてちょうだい」そう話しかける女の声は、もはや恐怖を押し隠すことができていない。「わたしは死にたくない。わたしには生きる価値があるの。あなたがどんな目に遭ってきたとしても」

マーラは、両脚から尿を垂れ流しながら床に降り、工具入れから拳銃を取り出す。それをじっと見つめ、自分のこめかみに当ててから、傾斜路の女に狙いを定める。引き金を繰り返し引き、やがて炸裂音がすると、女の太腿がびくんと跳ねる。

傾斜路と鉄の手摺りに血が飛び散り、女は声が嗄れるまで悲鳴をあげる。それから横たわると、懸命にひとり祈り続ける。

「マラナタ、来たりませ。主イエスよ、来たりませ……」

四九

ヨーナはクングスホルメンの警察庁舎へと戻る車中にいる。臨床心理士から手に入れた個人識別番号をもとに、スパイダーの名がマーラ・イヴァノーヴァ・マカローヴィナであること、そして公的書類にはマーラ・マカロフと記載されていることが確認できた。

現住所、電話番号、勤務先の登録はないが、幼少期のマーラが妹、両親とともに、ストックホルム東部に位置するリディンゲに住んでいたことは確認された。母親のタチアナは、国際的に著名な数学者だった。

った。

七年前、マーラは船の遭難事故で家族全員を失った。救助隊が広範囲におよぶ捜索活動を展開したが、回収されたのは船長の遺体だけだった。

ヨーナは事故の詳細に目を通したが、犯罪行為を疑わせる点は見あたらなかった。

ホーンストゥールに近づくにつれて交通量は増し、ロングホルメン島に架かる橋の上ではのろのろ運転にまで速度が下がる。そしてリッダルフィヤーデンに架かる橋の中央に差しかかる頃には、完全に流れが止まった。ヨーナはエンジンを切り、車から降りた数人のドライバーたちが、携帯電話を取り出しながら呆然と道路を眺める様子を見つめた。

ラジオからは、国立公文書館の外で二台のバスが衝突し、道路は両車線とも通行止めになっているというニュースが伝えられる。

ノール・メーラストランド通り沿いの水面と市庁舎は、午後の金色の陽光を浴びている。

別々の車から出てきた者同士がおしゃべりをはじめる。街の風景を眺めたり、有名な建物を子どもたちに指し示したりしている人々もいる。

年配の男性が一人、自動車のボンネットに寄りかかりながらパイプに火を点ける。その姿は、あたかも人生で最高の瞬間を過ごしているかのようだった。

携帯電話が鳴りはじめ、ヨーナはポケットからそれを取り出して応答する。

「本部に戻るんだ」そう告げるマンヴィルの声には、緊張の響きがある。「新たな小包がサーガ宛に届いた。今この瞬間にも、爆発物処理班が検査しているところだ」

「こっちはヴェステル橋の真ん中で立ち往生してる。渋滞でまったく動かないんだ」

「そうだったな、バスの事故か。撤去が済むまであと一時間は――」

「バイクで抜けることはできるか？」

「いや、両車線とも通行止めだ。ヘリを送る」マンヴィルはそう言うと通話を切る。

ヨーナは、橋の欄干越しに風景を眺める。市庁舎の緑銅色の屋根と警察庁舎の尖塔が見えた。

ヘリコプターの轟音が聞こえると、ヨーナは車から降りてドアに施錠する。そしてルーフの上によじ登った。

ヘリコプターは北側から飛んできて、あたりを一周してから橋の上で静止する。パイロットは、並んでいる車列の上にゆっくりと機体を降下させていく。それを眺める人々は、無意識のうちに後ずさりする。

ヨーナは上着のボタンを留め、片手を髪の毛に走らせる。

ケーブルの先のハーネスが、吹き下ろす激しい風に揺れながら、ヨーナのほうへと下りてくる。橋の上の人々が、ヨーナの姿を携帯電話で録画しはじめる。

吹き付ける風で服は身体に張り付き、すさまじいローター音が鼓膜（こまく）を打つ。回転翼の隙間（すきま）で光がまたたく。

ヨーナはハーネスをつかんで身体に装着し、すべてが間違いなく固定されていることを確認する。するとヘリコプターは上昇をはじめ、ヨーナは目のくらむような弧を描きながら橋を離れる。

停まっている車列、見上げる人々の顔、アーチを描く鉄橋の骨組み、そしてはるか下方で輝く水面がヨーナには見えた。

機体の上昇とともにヨーナの身体は揺れ戻り、足元の湾は急速に離れていった。

ウィンチがケーブルを震わせながら巻き上げ、ヨーナを機内に引き揚げる。そして一人の隊員が手を貸し、ヨーナを席に座らせる。

ヨーナはシートベルトを締（し）め、差し出された防音保護具（イヤープロテクター）を装着する。

パイロットは迎え角を大きくしてから機体を前傾姿勢にし、飛行速度を上げた。クングスホルメンを飛び越えると間もなく着陸許可を受け、警察庁舎の屋上にあるヘリ発着場へと降下する。

ヨーナは身をかがめ、待ち受けているエレベーターへと走る。

ドアがピンと鳴り、閉まる。車のルーフに立ち、ハーネスをつかんでから三分も経（た）っていなかった。

ヨーナは一階へと向かい、ガラス張りのエントランスホールを駆け抜ける。会議室に飛び込むと、ちょうど鑑識技術者たちが、外科用メスを操りながら繊細な手つきでテープを切りはじめたところだった。

マンヴィル、グレタ、ペッテルはすでにテーブルを囲んでいる。そして臨時に動員された職員たちが、黙々と装備を調えていた。

「さっさと開けるんだ」とヨーナが言う。

そして箱をつかみ取ると、残っていたテープを引き裂き、中に入っていたタオルを開き、丸められた紙の玉を取り出す。ヨーナはそれを開け、光沢のあるキャンディの包み紙をほどき、小さな錫のフィギュアをつまみ上げる。

今回は二センチの背丈(せたけ)がある男で、薄手の上着を着ている。

ヨーナはそれを顕微鏡に載せ、焦点と拡大率を調整する。灰白色の顔が、パソコンの画面に現れる。

「だれなんだ?」

「まったくわからん」

「くそ、くそ、くそ」とペッテルが囁きながら、顎を擦る。

小さな錫の男の鼻筋は通り、目はくぼみ、口元にはある種の緊張がある。上着はなめらかだが、ズボンの裾(すそ)まわりに皺が寄っている。サンダルの下には円錐(えんすい)形のバリがあり、その表面には鋳造の工程によっていくつも穴が開いている。

「警察のネットワーク上で写真を共有するんだ」とマンヴィルが言う。

「サーガと話さなければ」とヨーナが言う。

「サーガは停職処分だ」とマンヴィルが応える。

ヨーナは彼のほうを向く。「サーガを捜査から外したのか？」

「ああ、いくつかの疑問点が解決されるまでのあいだは、ということだ」

「だが捜査にはサーガが必要だ」とヨーナが言う。

「そうかもしれないが、私の決定は――」

「そんなこと今はどうでもいい」とヨーナはその言葉を遮り、フィギュアの顔の写真をサーガに送る。

「おい、今サーガに写真を送ったのか？」マンヴィルが、信じられないといった口調で尋ねる。

「ああ、送った」

ヨーナは、箱の中で包みとして使われていた三点を並べ、写真を撮る。

キラキラと光る、皺だらけのキャンディの包み紙は片面が銀色で、もう片面にはアフリカの人魚のイラストが描かれている。

小さなタオル。

そして、背の高い編み物の壺のように見えるものが写っているモノクロ写真だった。

五〇

サーガは食卓から立つと蛇口をひねり、食器棚からコップを取り出す。

マーラ・マカロフは、ベッドの上での睡眠に困難を感じている。スヴェン＝オーヴェ・クランツは診療日誌にそう記している。この患者はたいてい、病室の片隅の床で丸くなるのだ、と。また、食事の際の過食嘔吐は止まったものの、食べ物の溜め込みをするようになり、それを室内各所に隠している、とあった。

サーガはコップを満たして一口すすり、ホームシアターに戻る。

再生ボタンを押すと、背後でプロジェクターの冷却ファンが息を吹き返す。

スクリーンに近づき、映像の下端に自分の頭の影が現れたところで静止する。

マーラは椅子に座っていた。水色のスウェットを穿き、袖があまりにも長すぎるやわらかいセーターを着ている。ぼさぼさに乱れたプラチナブロンドの髪がだらしなく肩に掛かり、目の圧定布は薄汚れて見える。

「きみがどうしてここに入院することになったのか、教えてくれるかな？」とスヴェン＝オーヴェ・クランツが尋ねる。「警察は、フェールホルメンの近くできみを見つけた。高速道路の真ん中にある緑地帯で寝ていたんだ。良いことではないね。危険というだけでなく、違法でもある」

「安全だと思ったの」マーラは、腕を組みながらそう応える。

「どうしてかな？」

「あそこだとさらわれにくいから。車がびゅんびゅん走ってて」

「なるほどね。賢い判断だ。しかし……だれにさらわれると考えているのかな？」

「KGB」

「ソ連の諜報機関が？」

「今はFSBと呼ばれてる」マーラが苛立たしげに呟く。

「なぜ彼らがきみをさらおうとするのかな？」

「なぜなら、わたしが奴らのもとから脱走してきたからだよ、間抜け」マーラはそう言うと、膝の貧乏揺すりをはじめる。

「それはスウェーデンでのことかい？」

「わからない、でもそうだと思う。わたしがいるのはこの国だし、ここで生まれ育ったから」

「きみの親戚を一人も見つけられなかったんだ――」

「そんなのあたりまえじゃないか」とマーラが口を挟む。「あいつらがみんな奪い去った。わたしの家族、家族全員を一人残らず……」

　そこでマーラは口ごもり、膝に視線を下ろす。

「そのことを話してくれるかい？」クランツがためらいがちに訊く。

「おぼえてない」とマーラは呟く。

「思い出してみてほしいな」

「なぜ？」とマーラが尋ねる。膝の貧乏揺すりが止まっている。

「私の理解を助けてもらいたいからさ、なにが——」

「あんたはあいつらの仲間だ」とマーラが言い放つ。

「私はここイッターエーの心理学者さ……」

「やっぱりね、そうだと思ったんだ！」

「身分証を見せようか、それとも——」

「糞野郎（ブラート）、くたばりやがれ（ザイエバル）」とマーラは叫び、椅子を蹴り倒しながら立ち上がる。

「クソったれの鼻クソ野郎（ヨーバニ・フィエッス）！」

「マーラ」とクランツは平静な声で話しかける。「もし私が——」

　その時ヨーナのメッセージが届き、通知音が鳴る。

　サーガはビデオを一時停止し、携帯電話のロックを解除する。そして、新たなフィギュアが警察に届いたことを知る。画像を拡大すると、すぐに次の犠牲者がわかる。

五一

　シスタ産業団地に立ち並ぶ背の高いガラス張りのビル群には、頭上に広がる灰色の空が映っている。その傍（かたわ）らの高速道路を、シルバーのレクサスが疾駆していく。

　車内は静まりかえっているが、病院での長時間勤務のせいで、ステファン・ブローマンの頭の中では耳鳴りが響きわたっている。手術室と集中治療室のあいだを行ったり来たりと、駆けずり回る一日を過ごしたのだ。麻酔医の仕事は、終わることのないストレスに晒される。全体をくまなく見わたし複数の患者の状態を安定させることだけでなく、同時に細部への徹底した集中も求められるのだ。

　リラックスしなければ。これからの数時間、命を救うために気をもむ必要はない。ようやく自分のことだけを考えられるのだ。

　ステファンは、病院の駐車場へと下りていきながらサーガに電話をかけた。だが、パーティーに来させようとして以来、彼女は一度も応答しない。あれは間違いだったのだ、と今になって気づく。サーガの精神状態は不安定で、あの手の誘いに乗るはずだと、あの時のステファンは考えたのだが。

　ステファンはハンドルを切って高速道路を下り、くすんだ色の墓石が並んでいるようにも見える高層ビル群のあいだをリシンゲ広場方面に向かう。

そして、明るい黄色に塗られたビルの外に車を停める。壁面には古いグラフィティの痕跡が見られ、おなじブロックの妻壁には地下室の窓が二つあるきりだ。ともに鉄格子が取り付けられていて、薄汚れた窓ガラスの内側のブラインドは下ろされている。

妻のジェシカにメッセージを送り、今夜は夕食に間に合わないと伝える。それから車を降り、トランクの蓋を開けると大型のキャリーケースを取り出す。ステファンはドアに施錠し、ケースを引きながらコンクリートの湿った階段へと向かう。

青い金属扉にはプラスティックの看板があり、〈イエマヤ・マッサージ〉と記されている。

ステファンは、三時間前にバイアグラを二錠飲んだ――シルデナフィルを合計百ミリグラムだ。そのせいで頭痛があり、顔面が熱かった。

常軌を逸した衝動にはじめて身をまかせてから、十人のコールガールを試し、少なくとも三十軒のマッサージ・パーラーに赴いた。そして、ネット掲示板に書き込まれていた匿名の推薦によって辿り着いたのが、この店だった。ステファンはいつも、相手にとっては断りにくい頼みごとからはじめる。たとえば言葉を発しない、横たわったまま身じろぎしない、オイルや潤滑剤のたぐいはいっさい使わない、といったことだ。ステファンは愛想良く、かつ礼儀正しく接し、気前よくチップを払った。

三度目の訪問にいたってようやく、真の望みを伝えた。そして、それを受け入れるのと引き換えに支払おうと考えている金額を伝えた。

女たちは大金に惑わされ、さらなる詳細を求めた。ステファンはすべての質問に答えたが、彼女たちは完全に無防備な状態になるという事実を乗り越えられず、結局は誘いを断った。そこでステファンは譲歩し、一人が覚醒(かくせい)状態を保ち、こちらが普通のセックスしかしていないことを確認してはどうかと提案した。

先週、彼女たちはようやく同意し、ステファンは二人同時に麻酔をかけて、意識を失わせた。

以来、そのことが頭を離れず、もう一度しなければとずっと心に決めていた。

意識を失った二人の女を自由にできたあの時間は、まるでまったく新しい世界が目の前に開けたかのようだった。二人のぐったりとした身体は、なにかを求めてくることもなければ、ステファンをだれかと比較したり、圧力をかけたりしてくることもなかった。退屈で不幸な妻のことは、どこかに消え去った。時計を睨(にら)みつけながら、こちらの作業終了を待ち構えている人間はいない。自分のことだけを考えている、ひとりよがりな者もいない。

この国では、性的マイノリティの尊厳を象徴するレインボーフラッグを公共交通機関に掲示し、社会には制約など存在せず、どんなことでも受け入れられるのだと人々は好んで主張したがる。そのくせ、成熟した大人がセックスと金に関して合意にいたった瞬間、警察に踏み込まれ、フェミニストたちによって社会から排除されることになるのだからな、とステファンは考え、嫌悪に首を振った。

金属の扉を開くと、ステファンの心臓の鼓動が速くなる。廊下を進み、鉢植えの蘭の造花を通り過ぎる。

ステファンは、肘掛け椅子が二脚配され、テーブルには雑誌《ヘルス》が置かれている狭い待合室に足を踏み入れた。水を張ったボウルには、アロマキャンドルがいくつか浮いている。

壁には小さな写真が掛かっていて、そこにはキラキラと輝く真珠と貝殻でできたワンピースを身に着けた女性が写っていた。タオルが一枚、洗濯籠の中に落ちる。

ステファンは、キャリーケースのハンドルをつかんだまま、頭痛が引くまでじっと立ち尽くす。二倍の量のバイアグラのせいで、顔がまだ火照っている。まるでセロファン越しに世界を見ているかのように、視界が時々ぼやけた。

トイレを流す音が聞こえ、天井裏を走るパイプの中を水が流れていく。

どこか近くで、携帯電話の通知音が鳴る。

プーが待合室に姿を現し、デニムスカートの尻で手を拭う。ブラジャーの赤いストラップが、黒い肌着の上から見えていた。本名はマプーラだが、プーを名乗っている

――「くまのプーさんとおなじ」というわけだ。

「やあ」と彼が言う。

「ステファン……」

「ニーナはいるかい？」

「シャワー中」

ステファンは、このマッサージ・パーラーがラモンXというマフィアの一味の支配下にあることを知っている。つまり、プーとニーナは、故郷の家族への仕送りもままならないということだ。

「今日も元気だったかい？」

「元気？」

プーは決して笑顔を見せない。その視線はいつもうつろで、生気が少しもなかった。体型はスリム、手足は華奢（きゃしゃ）、そして肩までの長さの髪の毛は、三十本ほどの細いブレイドに編み込まれていて、それぞれの先端に金色のビーズがあしらわれている。

「ニーナの準備はもうすぐできるのかな？」とステファンは尋ねる。

「まず話があるんだけど。前回、あんたいったいなにしたの？」とプーが問う。

「なにした？　合意したことをしただけだよ」そう応えながら、困惑の笑みを浮かべる。

「ほんとに？」

待合室に入ってきたニーナは、ピンク色のスウェットパンツと、輝くハートが前面にプリントされたTシャツを身に着け、サンダル履きという姿だ。百五十センチの身長しかなく、胸もなければウエストもほとんど見あたらない。黒髪は肩までの長さで、前髪を眉の上で切り揃えている。プーとは違い、ニーナはよくほほえむ。だがその目には、いつでもどこか不安な色が浮かんでいた。

「金なら十倍払う」ステファンはそう言い、肩をすくめる。

「わかってる。でも……でもニーナは血を流していた」プーは、低い声でそう言う。

「どこから出血してたんだい？」

「お尻」とプーが答える。

「肛門をいじるつもりはない」とステファンが言う。「ニーナ、誓って言うが私は——」

「ニーナはあのあと血を流してた」プーが、平静な口調でそう繰り返す。

「いや、まじめな話、いつでもちゃんと気をつけている。そう話したじゃないか。私は医者なんだ。だから、きみたちを傷つけないようにする責任があるんだよ。きちんと注意は払っているさ。ただ、私はこういうのが好きなだけで——人はみな、それぞれに嗜好（しこう）というものを持っている。きみたちには説明するまでもないけど、これが私の嗜好なんだ」

プーは左肩の筋肉をこわばらせたまま手を上げて、ブレイドを何本か耳の後ろに掛ける。

「でもおかしなことしたら、ラモンに話すからね」顔をきつくしかめながら、プーはそう応える。

「おかしなことだって？　私は……いや待てよ、申しわけない、前回は少し夢中になりすぎて、ニーナの肛門に指を入れてしまったんだった。でもぜんぜん乱暴にはしてないし、だからどうして出血したのかわからないんだ。とはいえ、あの時に起こったことだとは思う……もうぜったいあんなことはしないと誓うよ。普通のセックスだけをする。私はそういうのが好きなんだ」

「どうしようかな」プーはため息をつき、ニーナを見やる。

ほんとうのところステファンは、意識を失っている二人に、下剤入りの水を浣腸したのだった。それからコンドームなしで二人の膣と肛門を使い、極度に暴力的なセックスをしたうえに、ニーナの肛門にはコカコーラの瓶を差し込んで写真を何枚も撮った。

「わかったよ。じゃあ、出ていけということだね？」とステファンは慎重に尋ねる。

「太腿に痣があった」とプーが言う。

「私のせいではないな」

「約束して。ぜったいに丁寧にするって」

「もちろんさ。いつだってそうしてる」

「あと、ぜったいに変なことはしないで」

「私は信頼できる人間さ」

「ほんとうに？」

「ああ、そうとも……私は大金を払うし、きみたちは仕送りができる……私は紳士だし、清潔だし、丁寧だし、専門医なんだからね……しかも、きみたちはほんの短いあいだ眠っていればいいだけなんだから」

「ニーナ、どう思う？」とプーが尋ねる。

「あんたがやるならわたしもやる」ニーナが醒めた調子で答える。

「いいよ、ステファン。今回は特別。もうあんたは来てしまってるし……」

「ありがとう」

「でも変なことしたら、おしまいだからね」とプーが言う。

五二

ステファンは、二人の女性を従えながら別室へと移動する。そしてそこに入ると、引いていたキャリーケースを床に倒す。

ケースの黒い生地に、明るい灰色の砂埃が付着していた。トランクから取り出す時、車体にぶつけたに違いない、とステファンは考える。

三人が部屋の中で動くと、壁のポスターが乾いた音をたてて膨れあがった。そこには、マッサージ台に横たわっている、オイルで肌が光沢を帯びた女性の姿が写っている。

ステファンが好む催眠鎮静剤は、ミダゾラムだった。本来は静脈内注射するべき薬液だが、経口投与もできる。わずかばかりよけいに時間がかかるとはいえ、効果は変わらない。

ステファンは機器類をサイドテーブルに並べてから立ち上がり、分厚い封筒を二つ差し出す。プーは生気が完全に失われたまなざしを向けながら、それを受け取る。そして中を覗き込んでから、それを掃除用具入れの中にある金庫へと運び、そこに収めてから部屋に戻ってくる。

「準備はいいかな？」とステファンが訊く。

プーは腕を組み、緊張の面持ちでいる。汗で顔が光っていた。ニーナは、今にも泣き出しそうに見える。

ステファンは、アイスコーヒーのボトルを二本、あらかじめ用意してあった。その中には、鎮静剤とモルヒネが混入されている。痛みを麻痺させると同時にくつろがせるためだ。前回よりもわずかばかり増量してあり、万が一のために、拮抗薬のフマゼニルも持参している。

「まずはこれを飲んでくれ」ステファンはそう言いながら、ボトルをそれぞれに手渡す。「うまくはないが、きちんと臨床試験の過程を踏んできた薬だ」

ニーナはうつむき加減で手もとのボトルを見つめている。呼吸は速く、不安げな様子だ。

プーは緊張の声を漏らしながら顔面を擦る。その姿は、縄跳びのタイミングをはかるか、勇気を振り絞って飛び込み台から身を投げようとしている人間を思わせた。

「やってやる」そう呟くと、プーはボトルからゴクリと飲む。

「ニーナ？」ステファンは、ほほえみとともにそう話しかける。

ニーナは息が詰まったかのようにあえいでから飲み、咳き込み、さらに飲み込んでから頬の涙を拭う。

「まずい」プーはそう漏らしてから、残りを飲み干す。

ニーナも飲み終わると、ステファンはボトルを受け取り、それをキャリーケースに戻しながら、「最悪の部分はこれで済んだ」という意味の言葉をかける。

ステファンの頰は相変わらず火照り、視界をぼやけさせるセロファンはさらに厚みを増しつつある。何度もまばたきをしなければ、腕時計に添えている自分の手すら見分けられない。

プーはニーナに近寄ると、気持ちを落ち着かせるために抱きしめる。そして、胸に頰を寄せているニーナの髪を撫(な)でながら、うつろな顔をステファンに向ける。

「足が冷たい」ニーナが不安げに漏らす。

彼女は口元を震わせているが、どうにか涙はこらえる。

ステファンは、二酸化炭素モニターと血圧計、そして酸素モニターと心電図を持参していた——そうしたものが必要になるとは考えていなかったが。

「さあ、二人ともベッドに横になってくつろいだらいい」モルヒネが効果を表しはじめたのを見て取ると、ステファンはそう話しかける。「もう少しすると感覚がなくなる。だが、私がずっとそばにいるから安心したらいい……」

ニーナはほほえみながら、サンダルを脱ぎ捨てようとする。

二人は隣同士で横たわり、それぞれに両脚を重ねたまま天井を見つめる。

間もなく催眠鎮静剤が効きはじめ、プーとニーナの身体を完全に自由に扱う力を、ステファンは手に入れる。

時計を確認しながら、ゆっくりと深く、規則正しくなっていく呼吸音に耳を傾ける。ニーナは最後に一度ぴくりと痙攣（けいれん）してから、深い眠りに落ちる。彼女の携帯電話が、ベッドの脇の床に落ちて音をたてる。プラスティック製のケースの内側には、小さな家族写真が何枚か入っている。

ステファンは近づき、ニーナの小さな手を取る。あたたかくてぐったりとしている。爪のまわりの皮膚が乾き、逆立っていた。

ニーナの心拍数は、すでに危険なまでに低下している。酸素モニターが必要かもしれない状態であることを、ステファンは理解していた。

部屋の中は静まりかえっている。

ステファンは視線を上げ、二人の女性をしげしげと見つめる。身じろぎひとつしない身体と、表情のない顔。

二人は、人間の能力や力を巡る争いのすべてを超越した場所にいるのだ。

ステファンは、震える手でニーナのTシャツを押し上げ、ほとんど膨らみのない胸を見つめる。

ニーナの青ざめた唇が、かすかに開いている。

ステファンの手の甲に、ニーナの熱い吐息が当たる。彼女の丸みを帯びた瞼には、赤い静脈が走っていた。

ステファンは力を込めてニーナの乳首をつねり、彼女の弛緩した顔を見下ろす。二人には、もはや自由意思がない。抗うことはできない。いっさいの痛みを感じることはないのだ。

ニーナのスウェットと下着を引き下ろし、押し潰された陰毛を仔細に見つめる。それから、彼女をうつ伏せにする。するとニーナは、まるで思春期に入りたての少年のように見える。

ステファンは、プーへと意識を移す。

プーの誇りも怒りも、その顔からは消えている。ステファンは手を伸ばし、口角を押し上げて笑顔を作る。

こうしたほうがましだ、とステファンは考える。そしてタイトなデニムスカートを引っ張り下ろし、床に投げ捨てる。黒い肌着を脱がせようとすると、髪の毛に引っかかる。それをむりやりに引き剥がすと、ブレイドの先の小さなビーズがいくつか弾け飛び、床に転がる。ステファンは、プーの膨らんだ胸が嫌いだった。それで、赤いブラジャーを着けたままにする。実のところブラジャーも嫌いだったのだが。

ステファンがしようとしていることを、二人が知る由はない。今後も、決して知ることはないだろう。ただ、あとになってからかすかな痛みと不安を感じるだけだ。

ステファンは薄茶色のズボンと下着を脱ぎ、椅子の背に掛ける。それからシャツのボタンを外し、プーの近くに移動すると、半勃ちのペニスを彼女のぽってりとした唇に押しつける。それから顔中に擦りつけ、目を突く。

それから、プーの下着を乱暴に引き下ろす。

プーはきれいに剃っている。だが、太腿にはちくちくとした手触りがある。ステファンは彼女の左膝を曲げると太腿を一方に傾けて、脚のあいだを、そこにある皺と泥色の肌を、じっくりと見つめる。

ステファンはカット綿をアルコールに浸し、プーを拭く。

ステファンの心臓は今や、激しく鼓動していた。

ペニスが充血し、硬くそそり立つ。

両脚を最大限まで開かせると、股関節が軋む。ステファンはのしかかり、挿入する。プーの膣は閉じてくっついている。きつく締まっていて、まったく潤滑していなかった。

筋弛緩薬を注射して、拳全体を入れてみようかな、とステファンは考える。

ステファンは突きながら、ニーナのほうを見やる。彼女は、ステファンの動きとともに揺れていた。

ニーナの肩甲骨のあいだには、隆起した黒子(ほくろ)がある。

口元から垂れたわずかな唾液が、マットレスを濡らしている。

ステファンは動きを止めて抜き取ると、今度はニーナの上に乗り、彼女の肛門に押しつけて激しく突く。ステファンの両脇からは汗が流れ、両脇腹を伝い下りる。

心臓が激しく脈打ち、痛いほど勃起(ぼっき)していた。

その時、表の扉を打つ音がやかましく響きわたる。低空飛行をしていた鳥が、窓に激突したようにも聞こえた。

ステファンはニーナの片腕を背中へとねじり上げ、その身体全体をきつく押さえつけると同時に、もう片方の手で力いっぱい喉を絞めながら突き続けた。

膨らんでいたポスターが、再び壁に吸い付けられたように見えたかと思うと、床の上を埃が舞いはじめる。

ニーナの首を絞めているステファンの耳が不意に、待合室を移動する軽やかな足音を捉える。ステファンは動きを止め、肩越しに振り返りながらとっさにラモン・Xがやって来たのかと考えるが、次の瞬間、若い女性の姿が目に入る。

岩の下にいる虫を思わせる灰色だった。しかも動きがすばやい。

ステファンは苛立ちながら、「なんなんだよ」と呟くが、轟音が響きわたり耳が聞こえなくなる。

突如として、焼けるような感覚をおぼえる。まるで、あの若い女性に煮え立つ湯をかけられたようだ。そして状況を把握する間もなくステファンはベッドから転げ落ち、肩で床を打つ。

ステファンの両脚がスパゲッティのようにもつれながら、上半身を追うようにして落ちてくる。

すさまじい耳鳴りがしていた。そしてステファンは、上位肋骨の一本を背後から撃たれたのだと理解する。脊髄が損傷している。麻痺状態になるだろう。

血液が床に向かって噴出している。

椎骨を固定しなければ。手術が必要だ——今すぐに。

「金なら払う」あえぎながらそう言うと、穴の開いた肺から溢れた血を吐き出す。

ステファンは横向きに倒れていた。ボタンを外したシャツが胴体に張りついている。自分の下半身を見下ろすと、剝き出しのまま血だまりの中に横たわっている。ペニスは、睾丸の上で小さな突起程度の大きさにまで萎んでいた。

女は光沢のある赤い拳銃をプーの顔に向ける。だが発砲することなく踵を返し、部屋から出ていく。

ステファンは両腕を駆使してどうにかうつ伏せになると、這いはじめる。自分の身体は重く、心臓は異常な速度で脈打っている。腰から下の感覚はなかった。引きずっている両脚が死んだように感じられる。

椅子まで辿り着こうと力を振り絞る。ズボンのポケットには携帯電話が入っているのだ。

ステファンはあえぎを止め、口いっぱいに溜まっていた血を吐き出す。手を伸ばすが、椅子が遠すぎる。ビニールのカーペットをつかんで引っ張り、すすり泣きながらさらに数センチ進もうとする。

視界が狭まりはじめていた。

双眼鏡を逆さにして覗き込んでいるようだった。自分の手が伸びていき、指先が椅子の脚をかすめる様子を見つめる。

若い女が部屋に戻ってくる。

その手には金属のケーブルがあった。女はそれをステファンの足首に巻き付けてから、ウィンチのフックを掛ける。

「なにが望みなんだ」ステファンは、息を切らしながらそう言う。

女はその質問に応えることなく椅子に歩み寄り、そこに掛かっていた服を叩き、携帯電話を取り出すと部屋をあとにする。

ステファンは床に頰をつけて目を閉じると、〝俺はテンスタのマッサージ・パーラーの床の上で失血死しつつあるんだな〟と認識する。

五三

サーガは279号線で時速百九十キロまで加速し、マリエヘール地区を走り抜ける。防音壁の上まで伸びた蔓草（つるくさ）の向こうには、木立や大きな屋敷の立派な屋根が見えている。

マンヴィルとグレタの気が知れなかった。だが、停職処分にされたくらいで捜査から手を引けるはずもない。自分はそういう人間ではないのだ。

サーガは今や、単独行動をしていた。法を破ることになったとしても、捜査を続けなければならない。

ほかの連中は動きが遅すぎる。

新しいフィギュアが送り届けられてからすぐ、ヨーナは包みの写真を送ってきた。

人魚を目にした瞬間に、どこでステファンが殺されるのかがサーガにはわかった。掲示板上で、ステファンの書き込みを目にしたことがあったのだ。チャットの相手は、買春を好む別の男だった。編み物の壺については、謎を解くまでもなかった。

サーガはグロック17を拳銃保管庫から取り出し、防弾ベストとヘルメットを手にしてからスウェットを穿き、階段を駆け下りた。

ウルスヴィークを過ぎてからE18号線に乗る。そしてすぐ次の出口で降りると、高速道路の上をカーブを描きながら横切る高架橋を渡り、中心部の草が枯れかけている環状交差点をまっすぐに突っ切る。

金髪の少女たちが二人、バスの待合所に腰を下ろし、携帯電話を覗き込んでいる。

再び着信がある。ヨーナが、今回は警察庁舎の電話からかけてきたのだ。

再び加速しながら、背の高い栗の木とくすんだ灰色の集合住宅が立ち並ぶ直線の大通りを進む。バイクの背後で、乾いた枯れ葉とゴミ屑が空中に舞い上がった。

脇道に入り、数百メートル逆進してから、ステファンのグレーのレクサスの前にバイクを停める。

サーガはヘルメットを脱ぎ、手早く防弾ベストを身に着けると、ストラップを締める。

地下室に続く階段の前の地面は、掃き浄められているように見えた。それで、すでに手遅れだろうと悟る。

金属扉の錠が破壊され、戸外の階段に破片が散乱していた。

サーガは引き金に指を掛けたまま扉を開き、その内側に伸びる狭い廊下に拳銃を向ける。

血塗れのモップが、床にある暗い色の水たまりの中に横たわっている。

ビニールのカーペットはまだ湿っていた。そして造花の蘭の鉢が倒れていて、粘土小石が床一面に散乱している。

アロマキャンドルと石鹸の匂いがする。

サーガはモップをまたぎ、音をたてることなく廊下を進む。右側の壁に身を寄せ、一瞬のあいだ拳銃を下げて肩の筋肉を休ませる。

前方にある狭い待合室の入り口を、テーブルが塞いでいた。

マッサージ・パーラーは静寂に包まれ、動く影は一つもない。

サーガは拳銃を持ち上げてすばやく角を曲がりながら、二脚の椅子から二つの扉へと銃口を向けていく。

ひと気がない。

アロマキャンドルに使われていたガラス製のボウルが、床の上で砕けている。そして壁には、アフリカの女神の扮装をしたビヨンセの写真が、斜めに傾いだまま掛かっていた。

天井裏のパイプを水が勢いよく流れはじめ、サーガはぎくりとする。

慌ただしくモップがけされた血だまりが、汚い矢印のようなかたちを描いていて、それがまっすぐ前方の部屋を指し示していた。扉は半開きで、中の明かりが点いている。

サーガは扉の隙間に狙いを付けてから少しのあいだ聞き耳をたて、それからゆっくりと進んでいく。

木目調の戸口は血に濡れ、鼻を刺すような火薬と血液、そして人糞(じんぷん)の臭いで息苦しいほどだった。

サーガは銃身でゆっくりと扉を押し開き、微動だにしない二人の女性の姿を見る。

彼女たちは、血塗(まみ)れのベッドに横たわっていた。

一人は全裸で、大の字でうつ伏せになっている。もう一人は仰向けのまま脚を開いていて、赤いブラジャーしか身に着けていない。

サーガはそのまま戸口をくぐるとすばやく部屋全体を見わたし、死角の安全を確認してから、ベッドへと足早に回り込む。

ステファンの姿はないが、あたりは一面血塗れだった。マーラは、自分の足跡を拭い去るためだけにモップがけをしたのだ。ベッドの下の埃だらけの床には、衣服の山が残されていた。

待合室でなにかが音をたて、サーガはすばやく振り返りながら片膝を付き、片足を壁に押し当てながら神経を尖(とが)らせる。

またしても排水パイプだった。

音はなおもしばらく続いたあと、止まる。

サーガは立ち上がり、二人の女性のもとへと歩み寄る。脈を取り、キャリーケースの中の医療用品に気がつく。そして、ステファンは彼女たちに麻酔をかけたのだと悟る。サーガも誘いをかけられたことがあったのだが、サーガの反応を見たステファンはすぐに諦めたのだった。

サーガは二人の身体を動かし、横向きの回復体位にする。すると、ともに覚醒しつつあることがわかる。

ベッドにあった白い薬莢（やっきょう）が床に落ちて、音をたてる。

「最悪」女性の一人が苦しげにあえぐ。

そして、顔にかかっていたブレイドを払いのけ、頭を持ち上げようとする。

「あいつはいなくなった」とサーガが言う。「しばらく横になったまま休んで」

「なにがあったの？」と女性が口ごもる。

「二人とも薬を打たれて暴行されたの。救急車を呼ぶけど、いい？」

「だめ、救急車はやめて、お願い」と女性が懇願する。

「呼んだほうがいいと――」

「救急車はだめ」

「わかった、やめておく。でも、だれかに診てもらうべきだと思う。わたしの言ってること、わかる？」サーガはすばやく電話番号を書き留める。それは予約なしで診察を受けられる、患者の秘密を漏らさない性暴力相談センターのものだった。

「気持ちが悪い」もう一人の女性がもごもごと呟く。

「すぐ良くなるから。横になってじっとしてて、水も飲んだほうがいい」とサーガが告げる。

「最悪」と最初の女性が再び漏らす。

「この番号にかけてみて」とサーガは言い、自分の名刺と併せてメモを手渡す。

「わかった」

「ほんとうに、ここの人たちなら助けてくれるから。秘密は漏らさないし、あなたたちの味方だから。無料だし、そうしたければ匿名で診察を受けてもかまわない……わかる？」

「うん」

「電話して」

「そうする」

「あなたたちをこわがらせたくはないし、慌てる必要もないけど、もうすぐ警察がやって来るはず……たぶん、荷物を持って出ていったほうがいいと思う」

「わかった。ありがとう」

「でも、まだあと五分は休めるから」

サーガは後退し、床とベッド、そして壁に飛び散った血を観察する。どうやらステファンは、二人の女性に暴行を加えている最中に背後から銃撃されたらしい。そしてほかの犠牲者たちの場合と同様、広がった弾丸が体内に残留したようだ。

ステファンは床に転がり落ち、両手を使って逃げようとしたが、そこへウィンチを持ったマーラが戻ってきた。

ウィンチで引きずられたことで、身体の下に血液と骨髄、そして糞がなすりつけられることになった。ステファンは、テーブルにしがみついて抵抗したものの、最終的には力がおよばなかった。

サーガは、粘つく血だまりに自分の足跡が残されていることに気づく。そして、立ち去る前に拭い取らなければ、と考える。

「だれか？」男の声が叫ぶ。

「服を着て」サーガは、二人の女性に向かってそう言う。

拳銃を背後に隠したまま待合室に出ると、廊下の先に六十代の男性が姿を現す。

五四

最後の小包が到着して以来、捜査本部は地上階の大会議室を二十四時間体制で押さえ、次のフィギュアに備えていた。

臨時指令センターが設けられ、地区指令センターとの直通回線が開かれている。そして特殊部隊のほうでは、命令が伝わると一分後には飛び立てる分隊を待機させていた。

並んでいる窓からは、警察庁舎の灰色のコンクリート壁を背景にして、タンポポのような白い種子の塊が漂う様子が見えた。一筋の宵の光が、そこに差し込んでいるのだ。

ヨーナが最新のフィギュア画像をサーガに送ると、マンヴィルは立ち上がっていつもの片隅へと移動した。それから十八分が過ぎたが、今もなお顔を壁に向けて立っている。

次の犠牲者の身元は謎のままだった。だが今からでも、殺害現場を割り出せれば間に合うかもしれない。

マカロフを止めることはできる、という前提のもとに考えなければならないのだ。

ヨーナは、会議室の中央にあるパイン材の大型テーブルのそばに立っている。頭上の照明が、ラッカー塗りされた天板をまぶしく照らしていた。ペッテルのメモ帳の脇に残されている乾いたコーヒーの輪が、ヨーナの目に映る。

フィギュアはすでに、デジタル顕微鏡を用いて、一ミリ単位で調べあげられていた。

その画像は、パソコンを通して二台の外部モニターに映し出される。

「さあ、謎を解きましょう。マカロフが謎かけを組み立てる方法については、わたしたちもわかっている。パズルのピースのすべてが、具体的な場所を指し示しているのよ」とグレタが言う。

鑑識技術者の一人であるオーティスが、テーブルのそばで車椅子を停める。蝶ネクタイがわずかにゆがみ、目には疲労の色があった。そして眼鏡のレンズには頭垢が付着している。

「手伝えることはありますか？」とオーティスが尋ねる。

「あるとも」とヨーナが言う。

グレタは真珠のネックレスを伸ばし、留め金を正しい位置に直す。

「ますます難しくなってきてやがる」ペッテルは、苛立ちを押し殺そうとしながらそう呟く。

「見て考えるんだ。なにが見える？　場所、住所が必要だ」とヨーナが言う。

「タオルからはじめましょう」とグレタが言いながら、それを裏返す。「白。組み合わせ文字も、ブランド名も、クリーニング店のラベルもなし」

「目に見える染みもない」とペッテルが言う。

「オーティス」とヨーナが言う。「付着している繊維がないか、見てくれないか？

DNAや隠されたメッセージはないだろうか？」

「急ぎですか？」とオーティスは冗談を言いながら、ゴム手袋をはめる。

そしてタオルを慎重に持ち上げると証拠品箱に収め、ほかの技術者たちがいる場所へと車椅子で移動していく。

「次はモノクロ写真を見てみましょう」とグレタが言う。「カタログかなにかから切り取られたものに見える――オークションか美術館、展覧会か民俗資料館……」

三人は身を乗り出し、編み物の写真を仔細に見つめる。背の高い器のようなもので、次の文字がその下に印刷されている。

索引用語：
・魚釣り
文章：
・碑銘：AC
寸法：
・高さ：一一三センチ
素材：
・木材：ジュニパー、トウヒの根

紙片は二つに引き裂かれていて、下部にさらなる情報が記されていたのかどうかはわからない。

「いずれにせよ、魚釣りとなんらかの関係があることだけはわかる」とグレタが口を開く。

「なにかの仕掛け網かな」とペッテルが言う。「あるいは、ロブスター漁に使う籠とか？」

「罠か」とヨーナが言う。

「これなら解けるはず」とグレタが呟き、自分のパソコンの前に腰を下ろす。

ペッテルは、きらきらと光る皺だらけになったキャンディの包み紙をつまみ上げる。片面には、褐色の肌のアフリカの人魚が描かれていて、もう片面は銀色だ。

「人魚と魚釣りの道具のようなもの……ということは、水に関係している、と言えるのかな？」とペッテルが言う。

「かもしれない」ヨーナはそう応えながら、もう一度サーガに発信する。

国家警察犯罪捜査部の長官代理を務めるモルガン・マルムストレームは、通信班と話し込んでいる。深刻な状況下に置かれ、少年を思わせるくつろいだ顔つきの下から真の年齢が姿を現していた。目の下には灰色の隈があり、口元はこわばり、口角が下がっている。

「ヨーナ」と口を開いたモルガンは、咳払いをする。「小包が到着してから二十四分経つぞ」

「ええ」

「時間がかかりすぎだ——」

「そのとおりです」

ヨーナは通信班の脇を通り過ぎると、片隅に立ち続けているマンヴィルに歩み寄る。その顔は、二面の壁が接し合う角からわずか二センチほどのところにあった。

「マンヴィル、申しわけないがこれは指揮系統とは関係のない話なんだ」とヨーナが話しかける。「なぜなら、もしほんとうにサーガが関与しているとしたら、最新の小包を彼女に見せたところで状況はなにも変わらないからだ。だが、具体的な証拠が見つかって検察が乗り出すまでのあいだは、われわれはサーガの助けを必要としている——きみが嫌がったとしてもね……犯人はサーガと言葉を交わしているんだ。サーガのほうを向いている……」

「サーガは停職処分だ」マンヴィルが壁に向かってそう呟く。

「サーガとマーラをつなぐものはなにも見つかっていない。だからといってつながりがないとは言えないわけだが、しかし——」

「きみはサーガを知っている」

「それは聞いた。しかし私はサーガを知っていた。だが、きみのせいで彼女の人生も崩壊したんだ。きみの過失ではないが、崩壊したことに変わりはない」マンヴィルは壁に向かって応えながら、ネクタイの位置をたしかめる。「そもそもきみは、ほんとうにサーガがおなじ人格のままだと考えているのか？　あんな目に遭ったあとでも？　きみの知っているサーガのままだと？」

「そう考えている」ヨーナはそう告げると踵を返し、ペッテルとグレタのもとに戻る。

　そして銀色の包み紙をつまみ上げると、明かりにかざしながら裏返し、イラストをじっと見つめる。

　ウォーターー・サーバーが泡立ち、やわらかい音をたてる。ペッテルはパソコン画面を凝視しながら、Tシャツの中に片手を入れて腹の上に載せている。

「そういえば」とヨーナが視線を上げながら言う。「関係ないかもしれないが、この人魚はどこかで見たような気がする」

「どこで？」ペッテルは、そう尋ねながらノートパソコンを閉じる。

「まるきりおなじというわけではない。だが、ヴァレリアの温室で見つけた宗教関係の彫刻の写真を思い出したんだ。マイ・ダーグアという」

「なるほど……」とペッテルが笑みを浮かべる。

「カンドンブレと呼ばれるブラジルの宗教と関係していたと思う。カトリックとアフリカの宗教が混ざり合ったものだ」

「調べてみよう」とマンヴィルが言う。

そして踵を返すと、無言のまま自分の席に戻る。

マンヴィルが片隅に立っていたことを気にする者はいなかった。捜査班の面々は、あたかも彼が常に同席していたかのようにして作業を続けている。

「クソったれ、時間がかかりすぎてる」とペッテルが呟く。「こんなにかかってちゃ――」

「ちょっと待って。聞いて」とグレタがそれを遮る。「見つけたわ。モノクロの写真。テナと呼ばれてるものよ」

「テナ?」ペッテルはそう繰り返しながら、不安げに唇を嚙む。

「それが名前。伝統的な魚捕り用の罠」グレタはそう言い、パソコンの画面を三人に向ける。

「どこか具体的な地名と結び付いているのだろうか?」とマンヴィルが言う。

「わたしの見るかぎりでは、なさそう」グレタはそう応えながら、床を這う仮設ケーブルに足を引っかける。

「マーラ・マカロフは、なんの目的があって謎かけをしているのだろうか?」とマンヴィルが問いかける。「なぜ先を越される危険を冒してまで、われわれにチャンスを与えているのか?」

「ほんとうにチャンスなんか与えてるのか?」とペッテルがため息を漏らす。

それから立ち上がり、棚から赤いマーカーを手に取ると、ホワイトボードに〈テナ〉と書き加える。

ヨーナは自分のパソコンの前に座っている。おだやかな目つきで、意識を集中させている。睫毛(まつげ)が一本、頬に付いていて、それが小さなスマイルマークの口のように見える。

「わかったぞ」ヨーナは、人魚に向かってうなずきながらそう言う。「私の理解が正しければ、オリシャと呼ばれる女神だ。西アフリカなどの地域でも信仰されている。川と女性の守り神で、さまざまな呼び名がある。そしてすべてのオリシャの母とされるのが、イエマヤのようだ」

「イエマヤ」とペッテルが繰り返す。

「西アフリカに住むヨルバ族の言葉だ」

「聞いたこともない……」

「スウェーデン語人口の五倍の人々が使っている」とヨーナが言う。

「イエマヤとテナか」とマンヴィルが口を開く。「そこからわかることは？」

「三十分か……もう手遅れかもしれない」とペッテルが言いながら、喉を掻く。

オーティスが彼らのもとにやって来て、テーブルの端に衝突する。そして口をすぼめると、眼鏡の奥の目をしばたたかせる。

「タオルには、精液とマッサージオイルが付着している」と彼が言う。

「最高ね」とグレタがため息をつく。

「データベースの中に、適合するＤＮＡはなかった。それから――」

「これで充分のはずだ」とヨーナが口を挟む。「テナ、マイ・ダーグア、イエマヤ、オリシャ、それからカンドンブレと、マッサージ・パーラーや売春という単語を組み合わせて検索するんだ」

新たな単語を打ち込むヨーナの左肩で、青いシャツが張りつめる。

テーブルの周囲では、だれもが口をつぐむ。

マンヴィルは、警察が持っている各種のデータベースや登録情報をあたり、ほかの二人はダークネットを含めたインターネット上で徹底的な検索をかける。

「あった！」グレタが椅子の上で跳び上がる。「ええっと、イエマヤ・マッサージという店がある。未登録店だけど、気味の悪い掲示板で話し合ってる連中が――」

「場所は？」とヨーナが尋ねる。

「テンスタのリシンゲ広場よ」とグレタが答える。

五五

階段を駆け下りるヨーナの脇腹に、拳銃が激しく当たる。向かう先には〈イエマヤ・マッサージ〉の看板を掲げた青い金属の扉がある。

テンスタ地区が歴史的文献にはじめて登場するのは、十六世紀のことだ。地名はおそらく、テナと呼ばれる魚捕り用の罠に由来する。

ヨーナは一、二秒の間を置くことで心を鎮め、犯罪現場の細部をあますことなく取り込める精神状態を整える。

深く息を吸い込み、扉を開けて廊下を覗き込む。床には縞状の血の痕があった。

扉のすぐ内側にはモップが横たわっていて、先端部が半ば凝固した赤黒い血液でぬらぬらと光っている。

ヨーナは天井の明かりを点ける。

床には、より新しい足跡がいくつもある。モップがけされたあとにここを出ていった人間が、二人いるのだ。

砕けた粘土小石が散らばっていた。横転した鉢から出たものだ。ヨーナはその先へと歩を進める。ドア枠が深くえぐれている。金属ケーブルが、そこで方向を変えたということだ。

突如としてガタガタという音が聞こえはじめ、近づいてくる。そして天井裏の排水管の中を勢いよく流れ過ぎ、壁の中へと消えていく。

かすかな轟きのあと、静寂が訪れる。

ヨーナは、マーラがいい加減にモップがけした足跡を辿って、待合室に入る。

この場所全体から、だれかが慌てて出ていったという印象が伝わってくる。

ローテーブルは元の位置から動かされ、ガラスのボウルが床の上で粉々になっている。

犠牲者の身体が床に付けた痕跡は右手に鋭角に折れ、ベッドのある暗い部屋の中へと続いている。

血液と糞便の臭いがすさまじい。

ヨーナは部屋の中に手を伸ばし、明かりを点ける。部屋の中央にベッドがあり、血塗れのシーツがそれを覆っている。被害者は背後から銃撃され、床に転落したに違いない。その位置に、内臓の大部分がぶちまけられているように見えるからだ。

咳き込んだような扇形の血飛沫が、床に広がっている。

弾丸は脊椎を貫通し、肺で止まったということだろう。

服を置いていた椅子に手を伸ばしたところでマーラに捕まり、足にケーブルを巻き付けられた。

小型のキャリーケースにはさまざまな医療機器が収まっている。全身麻酔下で手術ができそうなほどの装備だ。

ヨーナの視線は、交差している奇妙なモップ痕に留まる。そして、コンセントのすぐ上の壁面に、血で象(かたど)られた靴(くつ)の痕が半分残されていることに気づく。

この部屋には五人目の人物がいたということだ。

サーガに違いない、とヨーナは悟る。

サーガは、凝固しかけていた血液を踏んだ。それからなんらかの理由によって片膝をつき、その時にたまたま足を壁に押し当てた。

マッサージ・パーラーを出る前に自分の足跡をモップで消したものの、この一つだけは見落としたのだ。

ヨーナは待合室に戻ると、もう一部屋のマッサージ・ルームに足を踏み入れ、浴室の明かりを点ける。便器の中には携帯電話があった。

掃除道具入れを見やると、中にある金庫の蓋が大きく開いたままになっている。

ここで労働していた人々が戻ることはないだろう。店を出るために踵を返しながら、ヨーナはそう考える。

外にはグレタがいて、数名の鑑識技術者に話しかけていた。彼らは、駐まっているレクサスを調べることに集中している。グレタのストッキングには、透明なマニキュア液で伝線を止めた痕があった。鑑識技術者の一人が、自分の付けているダイヤモンドのイヤリングをいじりながら顔を上げる。

「もう入ってくれてかまわないぞ」とヨーナが告げる。

「特に注意すべきものはありますか？」

「便器に携帯電話がある」ヨーナはそう話してから一瞬躊躇し、先を続ける。「それから右手側の壁に足跡がある。血塗れのベッドがある部屋だ」

「了解」

ヨーナは立ち止まるとあたりを見まわし、監視カメラや、犯行現場となった地下室を見下ろす位置にある窓を探す。

「目撃者によると、銃声を聞いたのは十九時三十九分だったそうよ」とグレタが言う。「被害者の名前はステファン・ブローマン。カロリンスカ病院の麻酔医で、ユルスホルム在住、妻と二人の子持ち……今のところサーガとのつながりは不明」

ヨーナと捜査官たちは、十六分遅れで殺害を止められなかった。だが、サーガを排除していなければ、間に合った可能性があるのだ。

五六

一人の裸の少年が、高い位置にあるコンクリートの梁を走り抜ける。その一端からは、錆びた鉄筋が突き出ている。少年は床の開口部に辿り着き、あたりを見まわしてから階段を下りはじめる。

少年は透明で、水色のガラスでできているように見える。

彼は階段を下り続けるが捕らえられてしまう。引き倒されて拳を切った途端、氷のように冷たいぼろ切れで顔を覆われる。

淡いピンク色のガラスでできた別の少年が階段を駆け下りる。その少年も捕まり、引きずり下ろされて拳を切り、顔に氷のように冷たい布を押し当てられる。

ステファン・ブローマンは目を開き、夢を見ていたのだと悟る。若い女が背中の銃創にガーゼを押し当てた瞬間、彼は意識を失ったのだった。

ピックアップトラックの荷台に載せられていたという記憶はある。そこは、泥まみれの防水シートで覆われていた。ステファンの口にはテープが貼られ、胴と首はストラップできつく締められていた。

手の甲の擦り傷がひりつく。

工房の床を引きずられた時に、身体の下に手が引っかかったのだ。

頭は混乱状態にあるが、自分の命が長くないことは認識している。

ステファンは、コンクリートの傾斜路で仰向けに横たわっていた。頭上には金属の屋根のほかに、太いロープと滑車を備えたクレーンがある。

あの若い女は人違いしている、敵対するギャングのだれかと間違えたんだ。ステファンは繰り返し自分にそう言い聞かせる。

工房の中は化学薬品の臭いがしていて、壁際にはプラスティック製の大型ドラム缶がいくつも並んでいる。

若い女は、何度か自分の頬を叩いてから近づいてくると、ステファンの身体を転がして、分厚いゴムの袋に収めようとする。それは、両端に留め具を付けた、大きすぎるエンドウ豆の莢（さや）のように見えた。

女は彼の両脚を持ち上げ、袋の中に放り投げる。ステファンはその一部始終を眺めているが、いっさいなにも感じなかった。

戻ってきた女は防護マスクに加えて、厚いエプロンと黒い防護手袋を身に着けている。

そして頭上のクレーンを用いて重いプラスティックのドラム缶をステファンの上まで持ち上げると、ゴム袋に取り付けられているバルブにホースをつなぐ。

突き刺すような濃厚な臭気に襲われたステファンの鼻腔はひりつきはじめ、心臓の鼓動が速くなる。

かすかなゴボゴボという音とともに、低い位置から徐々に、ゴム袋が液体で満たされていく。その滴がいくつか手の甲に飛び、ステファンは痛みにすすり泣く。

混乱と信じられないという思いが頭の中を駆け巡り、下半身が溶けつつあることに気づく。

女は、ドラム缶をもう一つ移動させるためにクレーンを操作する。

滑車の軋みとともに、重いドラム缶がステファンの上まで持ち上げられる。

女はなにやら落ち着かなげにぶつぶつと呟きながら、ゴム袋の頂点に取り付けられているバルブに、震える手でホースをつなぐ。

そこではじめて、ステファンはこれから起こることを理解する。

地獄の苦しみに叩き込まれるのだ。

女はバケツの中に嘔吐してから戻ってくる。その手には、水場の床などで用いられる溶接ガンがあった。そうして彼女は、ステファンの胴体の部分から顔へと開口部を閉じたのち、ゴムを溶接して袋を完全に密封する。

すべてが闇に閉ざされると、ステファンの目の前には再び夢の中の透明な少年が姿を現す。今回は、その剝き出しの身体が黄色いガラスでできている。少年の足がコンクリート床の上でパタパタと音をたて、彼が階段を下りきったところで、ステファンはすさまじい地獄の業火に呑み込まれる。

五七

帰宅したサーガはすぐに靴を脱ぎ、キッチンで塩素を使って擦り洗いをする。今頃ステファンは死につつあるのだろう、と考える。

この部屋の監視カメラから、靴と上着を洗っている自分の姿を削除すること、と頭の中にメモをする。そして熱に浮かされているような感覚のまま、服をすべて脱ぐと洗濯機に放り込み、長時間モードでスタートボタンを押してからシャワー室に入る。

熱い湯が頭に降りそそぎ、両耳の上へと流れ落ちる。

自分の身体を石鹼で洗いながら、待合室にいた男に対してはやり過ぎだったと考える。

男の禿げ頭は肝斑だらけで、濃くて黄色い顎髭をたくわえていた。そして、突き出た腹に張りついていたのは、ホームセンター〈ビッグマックス〉のTシャツだった。

「やあ！　ニーナを八時に予約してるんだ」男は、ためらいがちな笑みを浮かべてそう言った。

「廊下の血が目に入らなかったの？」

「ああ、だけど――」

「だけどなに。買春の場なんだから問題ないとでも考えた？」サーガはそう言うと、男の顔に銃を突きつけた。

「すまない、俺は――」

「わたしが最後の客になにをしたか、教えてやろうか？」とサーガは怒鳴り、銃口で男の額を小突いた。

「私はもう行くよ」と男は囁きながら身をひるがえし、よろめきながら玄関ホールに出ていった。

「女を搾取するのはやめろ！　目を光らせてるからな、おまえの住所は押さえてあるんだ」サーガは、そう声を浴びせた。

シャワーから出ると身体を拭き、服を着るために寝室へと移動する。

考えなくては。

マーラ・マカロフは、なんらかの理由からサーガに執着している。それはなぜなのだろう？

サーガはリビングに移り、プロジェクターのスイッチを入れると、スクリーンが明るくなるのを待つ。それから部屋の中心まで椅子を引きずり、ボタンを押してスヴェン＝オーヴェ・クランツによるイッターエーでのカウンセリングの記録を再生する。

この回のマーラ・マカロフはシャワーを浴び、髪の毛を梳かしてあるように見えた。包帯は外され、目のまわりの皮膚は黄色がかっているように見えるものの、腫れは引いている。落ち着きのない自分の両手を膝の上に押さえつけておこうとしているが、顔にかかってもいない髪の毛をせわしなく手で払いのけ続けている。

サーガの血が凍る。マーラには会ったことがある。アストリッドとニックのダンス教室の外で、待合室にいた時のことだ。

銀色の上着を身に着け、数学の本を読んでいたあの若い女性がマーラだったのだ。ケーニヒスベルクの橋の問題を出した人物だ。

クランツが椅子を引きずる音が聞こえてくる。マーラは心理学者を目で追い、相手が腰を下ろしてから口を開く。

「わたしを助けてくれるって言ったでしょう。実際、何回もそう言ってた」マーラはそう話すと、唇を吸う。

「今でもその気持ちは変わらないよ――私にできることならね」

「まずわたしの話を聞くことからはじめて。祖母以外はみんなまだ生きてて、わたしの助けを待ってる」

「どうしてきみが助けなければならないのかな？」

「どうしてかというと、あいつらが食べ物を持ってきた時に、わたしがあの部屋を逃げ出したから。ものすごく身体が汚くてねずみ色になってたから、見張りはわたしに気づかなかった……あいつが中に入ってくると、家族はみんないつもどおりにいちばん奥の隅っこで身を寄せ合って、こわくて口をつぐんでたんだけど、わたしだけは扉の脇の壁際で待ち構えた。あいつが箱を床に置く隙に抜け出して、外に出た……ぜんぶは思い出せないけど、長いあいだ食べ物を与えられてなかったし、わたしはすっかり弱ってた。でもとにかくなんとか脱出した。たしか長い金属の梯子を登って、跳ね上げ戸を開けたんだと思う……はっきりおぼえてるのは、タンポポがたくさん生えてる草むらを横切って、大きな家の前を何軒も通り過ぎて、道路に出たってこと。なんとしてでも家に帰り着いて警察に連絡して家族を助け出してもらわなきゃって、考えてたのはそのことだけだった。家族の命はわたしにかかってるの。わかる？」

「もちろんさ」と心理学者はおだやかに応える。

マーラは、額を繰り返し擦る。

「思い出すのがすごく難しい」と彼女は言う。「この感覚、あなたならわかるでしょう？　あの場所まで戻れるかどうか自信がない……でもちょっと待って、道路に出た時、看板があったんだった……〈モヤヴェヤブ〉って書いてあった」

「どういう意味だい？」

「わからない。ただの名前。意味はないけど、見たのはたしか」

「なるほど、そうか。きみは看板を見たんだね」

「モヤヴェヤブ、モヤヴェヤブ」マーラは、暗記しようとしているかのようにそう囁く。

「見張りはロシア語を話していたのかな？」とクランツが訊く。

「もちろん」

「つまりきみは監獄から脱走した」とクランツが言う。「なのにどうしてここにいるんだい？　警察はストックホルム郊外の高速道路上できみを見つけたんだよ」

「わからない。もしかしたらロシアじゃなかったのかも。どういうことなのかわからない。もしかしたらロシアの諜報機関が、スウェーデンにも秘密の監獄を持ってるのかも」

マーラは座ったまま両手で顔を覆い、少しのあいだ口をつぐむ。それから顔を上げて、再びクランツのほうを見る。

「私にしてもらいたいことはあるかい？」と彼が尋ねる。

「公安警察に連絡して、わたしの体験を伝えて」とマーラが言う。「わたしの家族は捕らえられていて、飢え死にしそうだって」

「連絡するよ。しかし、もう少しほかの細かなことを思い出してくれると助かるんだがね」

「やってる。ずっとそれしかやってない」

スヴェン＝オーヴェ・クランツがマーラの部屋を立ち去ると、サーガは一時停止ボタンを押し、手書きの診療日誌を手に取る。ページを繰り、映像に記録されていたカウンセリングのあとで記された、次のくだりを開く。


公安警察に連絡し、マーラの話した内容をすべて伝えた。ただし、彼女が妄想性障害で治療を受けていることは伏せた。「この件については調査を進めます」とのお決まりの返答を受けた。


サーガはひとりほほえむ。この医師の方法論はかなり型破りだが、きわめて理解しやすく、人間的でもある。サーガは首を巡らせて窓の外を見る。Tシャツの背中は、濡れた髪から滴る水で湿っていた。そして、再び日誌を読みはじめる。

それ以降のマーラは、はるかに落ち着いたように見える。医師たちは投薬量をわずかに減らし、マーラはほかの患者たちとも交流し、談話室でテレビを観るようになった。すべてはかなり安定したようだった。ある晩、マーラが《エクスプレッセン》の記事を読むまでは。

五八

ヨーナとグレタは、ストックホルム警察署内にある取調室の前で合流する。一人の男が出頭し、テンスタのマッサージ・パーラーで起こった殺人事件について話したいと申し出たのだ。

男はすでに弁護士を伴っており、証言をする条件として警察による身辺警護を要求している。

「それ、なんとかしなくちゃね」グレタはそう言いながら、ヨーナの剝がれかけたマニキュアに向かってうなずく。

「ああ、予約を取らなくてはな」ヨーナはそう応えながら、扉をノックして中に入る。

男は中年で禿げており、濃い髭をたくわえている。両手を膝に載せ、ぐったりと椅子に腰かけていた。弁護士は女性で、その金髪は肩までの長さ、前歯の一本にリップが付着している。三十歳前後と若く、濃いグレーのスーツと丈の短いジャケット、そして白のブラウスを身に着けている。椅子の端ぎりぎりのところに腰かけていた彼女は、入ってきた二人が扉を閉めてから立ち上がり、握手をする。

「依頼人は、証人として身辺警護の確約を求めています」と弁護士が言う。

「必要な場合はもちろん警護しますよ。まずは、身辺警護課が調べます」とグレタが応える。「ただしその判断に、目撃証言の内容は関係しません。純粋に、警護が必要かどうかという話なのです」

「なら証言はなしだ」と男が言う。

「よろしければ、スウェーデンの法律においては、証言する義務があるということを、依頼人のかたにご説明いただけますか?」とグレタが弁護士に問いかける。

「そういう駆け引きは省略しよう」ヨーナはそう言いながら、男の隣に腰を下ろす。

「答えが必要なんだ。買春するために行くマッサージ・パーラーの名前は?」

「依頼人は買春の事実を否定しています」と弁護士が口を挟む。

「イエマヤ」と男が口ごもる。

「依頼人は医師の紹介によりマッサージを受けに行きました。腰に問題を抱えているのです」と弁護士が説明する。

「待合室に入ったらサイコパス女がピストルを振り回しはじめて、殺してやると言ってきたんだ。別の客を殺したのと同様に、とな。私の住所はわかってるとも話していた」

「それはさぞかしおそろしかったでしょうね」とヨーナが言う。

「どうしたら良かったんだ? はっきりと殺しの脅迫を受けたんだぞ、警察には私の身を守る義務があるだろうが」

「拳銃を持っていた女性の特徴を教えていただけますか？」

「金髪で、怒ってて……」

ヨーナは携帯電話に保存されているサーガの写真を見つけ、それを掲げてみせる。

「どういうことだ、もう捕まえたのか？」

「彼女は、自分が男を殺したと言ったのですか？」とヨーナが訊く。

「そうさ」

「男を撃ったと？」

「思い出せない」

「しかし、彼女はマッサージ・パーラーで男を一人殺したと言い、それからあなたを殺すと脅した、そうですか？」とヨーナが畳みかける。

「そうさ」

「どうしてあなたを殺すんです？」

「わからない」

「敢えて推測するとしたら？」

「その質問に答える必要はありません」と弁護士が釘を刺す。

「マッサージ・パーラー内でほかにだれかの姿を見ましたか？」とグレタが尋ねる。

「いいや」

「外では？」

「見てない」

「なにか異常なものに気づきませんでしたか？」とヨーナが訊く。

「いいや、なんにもなかったと思う」

「血だまりにも扉の内側のモップにも気づかなかったのですか？」とヨーナが迫る。

「なんだって？」

「あなたが腰の治療のために通っているマッサージ・パーラーでは、あれがあたりまえの光景なのですか？」

「依頼人はこれ以上の質問には答えません」と弁護士が言う。

「依頼人にお伝えください。買春の罪で告発されることになります、と」グレタが言う。

＊　＊　＊

レースのカーテンを通して陽光が差し込み、カシミアのラグマットとワインレッドのソファを照らしていた。ジンジャーとカルダモンの香りが、テーブルの上に置かれたモダンなサモワールから漂っている。

フランチェスカ・ベックマンの遺体は、昨日、ボーイスカウトの一団によってサンドトルペットで発見された。袋は、草木に覆われた孤児院跡に残されていた。十五世紀に、ヴェステルレヴスタ教会に属していた施設だ。

直近の殺しとフランチェスカの遺体の発見を受けて、マンヴィルは、リディンゲにある自宅での会議を招集した。黄色い靴箱を二つ重ねたように見える一戸建てをリッダル通りで探すように、とヨーナとグレタは伝えられている。

ヨーナが、繊細なつくりの小さなソーサーの上にティーカップを置くことに専念していると、濃紺のワンピースを着た少女が部屋に入ってきた。六歳くらいで、きつく編んだお下げ髪をしている。目元と頬骨のあたりにマンヴィルの面影があったが、それ以外はほとんど父親に似ていなかった。

「こんにちは」とヨーナが言う。

少女は好奇心をあらわにして近づいてくる。左手には、四分の一サイズのヴァイオリンがあった。顎当ての代わりに発泡材が取り付けられていて、指板には、指の位置を示す小さなシールがいくつも貼られている。

「どうして爪にピンクの点々が付いてるの？」と少女が尋ねる。

「私がサーカス団の一員だからさ」

「嘘ばっかり」少女はそう言いながらにこりとする。

「そのとおりだね。でもきみくらいの年頃には綱渡りが得意だったんだよ。それで、サーカスの舞台監督がやって来てスカウトしてくれないかなあ、ってほんとうに考えてたんだ」

「わたしはピエロになって、バカな子たちをみんなこわがらせてやるの」と少女が言う。

マンヴィルが、ビスケットの皿とともに姿を現す。そのあとに続くグレタとペッテルは、あたたかいミルクと砂糖を運んでいる。

「うちの子、ミランダだ」

「こんにちは」とグレタが言う。

「こんにちは」

「こちらはグレタ、ペッテル、そしてヨーナだよ」とマンヴィルが言う。

「うん」とミランダが応える。

「さあ、ミランダ、自分の部屋に行きなさい」

「先にビスケット食べていい？」

「稽古（けいこ）が終わったらね」

「終わったよ」

「そうは聞こえなかったけどな――二分休符をまた忘れてたじゃないか」

「忘れてないもん」

「それに、まだ運弓法（ボウイング）をおろそかにしているようだね」

少女は暗い表情を浮かべ、ヴァイオリンをテーブルに置くと大股で部屋の片隅へと移動する。そして、三人に背中を向けて立つ。ヨーナはちらりとグレタと目を合わせ、口角がむずむずするのを感じる。

「よし、じゃあはじめようか」とマンヴィルが口を開く。

ヨーナは、マッサージ・パーラーで気づいたことと目撃者からの聴取の内容について、低い声で話す。マンヴィルはため息をつき、立ち上がる。

そしてミランダのところに行くとしゃがみ込み、耳元で「ごめんよ」と囁く。

「ビスケットをお食べ」とマンヴィルは話しかける。

「やだ」とミランダは静かに応える。

「稽古はまた明日したらいい」

ミランダは振り返るとマンヴィルに抱きつき、それからテーブルまでやって来るとヴァイオリンとビスケットをつかみ取る。そして、振り返りもせずに部屋を出ていった。

マンヴィルは再び腰を下ろし、紅茶をすすりながらグレタに耳を傾ける。彼女はヨーナの見解を補足するかたちで、現時点での鑑識班の所見を報告していた。

「われわれの中で、サーガがシリアル・キラーだと真剣に考えている者はいるのかな?」とヨーナが問いかける。「もちろん、サーガは常に規則を遵守(じゅんしゅ)するわけではないし、時にはカッとなる。それでも……」

「わかってる」とペッテルが囁く。

「甘い考えを抱くわけにはいかん」とマンヴィルが言う。「警官が境界線の向こう側に行ってしまうというのは、耳新しい話ではない。なにしろありとあらゆるコネを持っているし、体制側の不公正さも、金で買収される連中も見尽くしてきているのが警官だからな」

「とはいえ、今回のことは金とは関係ないわ」とグレタが言う。

「失望し、心に傷を負った連中が鞍替(くらが)えすることもある。次第次第に、暗闇の中から出てこられなくなっていった人々だ。むしろ暗闇を選ぶほうがはるかに簡単で——」

「だが、これはサーガのことなんだぞ」とヨーナがそれを遮る。

「そのとおり。そしてサーガにはすべての殺しについて動機がある」

「動機?」とヨーナが問い返す。「どんな動機だ」

「復讐(ふくしゅう)だと言いたいわけ?」とグレタが訊く。

　マンヴィルはティーカップを下ろし、指先に付いていたビスケットのくずをいくつか払い落としてから、ヨーナに向きなおる。

「私の直感で言えば、サーガは殺しを実行に移すために、マーラ・マカロフを誘い込んだんだ」とマンヴィルが口を開く。「マーラの精神状態は不安定だから、操りやすい。サーガには怒りも知識もある。犯行現場をきれいにすることで、われわれの判断を誤らせていたのかもしれない……常に、堅固なアリバイを確保しながらね」

壁の向こうからヴァイオリンの音色が聞こえてきたかと思うと急に途切れ、また再開する。

「しかし、裏付けとなる具体的な証拠はあるか？」とペッテルが問う。

「マッサージ・パーラーに残されていた血の足跡は、サーガの靴と合致した」とマンヴィルが応える。

「サーガは今なお捜査を続けている。われわれよりも迅速に行動を起こし、一歩先に現場に着いたんだ」

「だとしたら、なぜ自分の痕跡を消そうとするんだ？」とヨーナが言う。

「しかしきみは彼女を疑って――」

「サーガは男を脅し、ステファン・ブローマンを殺したと主張したんだぞ」とマンヴィルがヨーナの言葉を遮る。

「サーガらしいやり方だ。しかし私は――」

「ヨーナ、きみがサーガを弁護する必要はないんだ」

「私はただ、サーガは怒り、あの男を脅しつけようとしただけだと思う」

「同感」とグレタが言う。

「シュムリンゲ駅でも彼女の指紋が見つかった」とマンヴィルが言う。

「私は一緒にその場にいた」

「ならば、サーガが消火栓入れに触れるところを見たのか？」

「マンヴィル」とヨーナは言う。「状況を見ればそう考えたくなる気持ちはわかるよ、だがそういうことではないんだ」

「ほかにもあるぞ……サーガはヴェルネルを責めた。自分の身に起こったすべてのことは、彼の責任だとな。そして、牧師とのあいだにももめ事があった。脅迫めいた手紙を書き送っていたんだ。マルゴットの葬儀には遅れてきたし、スウェット姿だった。サーガは——」

「こんなことをしている時間は——」

「ヨーナ」とマンヴィルはその反論を無視する。「血液の分析結果が出てきたんだよ。フランチェスカ・ベックマンが殺された教会から採取したものだ。きみにこんなことを伝えるのは残念なんだが、サーガのＤＮＡと完全に合致した」

「そんな」とグレタが囁く。

「サーガには、教会を訪れる理由がない」とマンヴィルが続ける。

「そうだな」ヨーナは、低い声で認める。

「私はこれから広域手配をおこなう。サーガ・バウエルは第一容疑者だ」

五九

シャワーを浴びたサーガはキッチンにいて、下着姿のまま手づかみでピザを食べている。溶けたチーズが筋となって、ピザの切れ端と箱のあいだに伸びた。サーガは、手の甲で唇の脂を拭う。

マーラは子どもたちのダンス教室に姿を現した。その目的は、ケーニヒスベルクの七つの橋の問題を出すことだったに違いない。そう気づいたサーガはインターネットで検索し、解答はないということをすぐに知る。十八世紀の数学者レオンハルト・オイラーが、すでにそのことを証明していた。

では、マーラはなにを言おうとしていたのか？

サーガは、スヴェン＝オーヴェ・クランツの日誌を読み返す。マーラの容態ははるかに改善したものの、それもある夜、タブロイド紙に掲載されていた一本の記事を読むまでのことだった、とそこには書かれていた。

マーラは粘土細工に長時間を費やす。一つひとつが独特で、具体的かつ個別の特徴を備えている。今日は赤子を抱えた女性像を作っていたので、私は（ややうかつにも）それは降誕の場面かと尋ねた。するとマーラは困惑の視線をこちらに向けただけで、そのまま自分の作業を続けた。マーラはそれからさらに二時間、趣味の部屋で過ごしてからエプロンを外し、手を洗い、夕刊を手にして談話室のソファに向かった。

テレビの音が床板越しに聞こえ、冷蔵庫がうなりをあげている。サーガは、食卓の背後の壁に当たっている一筋の陽光が震えていることに気づく。

それで立ち上がると、窓に歩み寄る。そして、通りを挟んで向かい側に立っているマンションを見やる。

こちらより一メートルほど高い位置に窓が二つあった。一つは保護用の紙で覆われ、もう一つの内側には新品の脚立がある。その上に並んでいるペンキの缶と刷毛（はけ）も見えた。

太陽が雲の背後から姿を現すたびに、脚立の金属部品に光が反射する。

サーガは食卓に戻り、食べ続ける。

隣人の犬が、郵便受けに向かって吠えはじめる。

次のカウンセリング映像を見なければ、とサーガは考える。だが、強烈な不安感が身体の中で膨れあがりはじめていた。

なにかがサーガを落ち着かない気持ちにさせている。なにを見落としているのだろう？

サーガは立ち上がり、寝室に移動する。そして靴下を履き、黒のカーゴパンツと深緑色のTシャツを身に着ける。

携帯電話を尻ポケットに押し込み、新たな小包みに備えておかねばならないことに気づく。一秒たりとも無駄にはできない。

頭の中では、うなりをあげながら思考が渦巻いていた。サーガはスニーカーを履き、玄関の扉を解錠する。そしてキーホルダーと拳銃は廊下のチェストの上に置いたまま、リビングに戻ってプロジェクターのスイッチを入れる。

パソコンを開き、マーラのカウンセリング風景を収めた最後のハードディスクを接続し、再生ボタンを押す。

遮光カーテンを引いてあるおかげで、グレーのスクリーンに映し出される映像は明るく鮮明に見えた。

感情を爆発させたあと、マーラ・マカロフは落ち着きを取り戻している。椅子のそばに立ち、その暗い視線はカメラの脇のあたりに向けられている。スヴェン＝オーヴエ・クランツがそこにいるのだろう。マーラの髪の毛はきれいに梳かされてつやがあり、片側をヘアクリップで留めてある。

「シリアル・キラーのことを新聞記事で読んだ」とマーラが言う。その声には緊張の響きがある。「ガムラ・エーンフエデの幼稚園から子どもを誘拐しようとして、二人殺した奴のこと」

「シリアル・キラー？」

「あんた、馬鹿？」

「マーラ、私は理解しようとしているんだよ、きみの話をね」

サーガの心臓が早鐘を打ちはじめる。マーラがなんの話をしているのか、サーガにははっきりとわかっていた。

「今から話すところ。新聞には写真が載っていた。犯人の写真。わかるでしょ？　横向きと正面向きのやつ」

「では、犯人は今や刑務所にいるのかい？」

「脱走したんだと思う。よくわからないけど、とにかく今は外にいる……この話がどういうふうに聞こえるか、自分でもわかってる。でも、見たことがある男なの。シリアル・キラーの写真を新聞で見た。わたしたちの乗ってた船の船長だった」マーラはそう言い、クランツから視線を外すことなく腰を下ろす。サーガの身体を身震いが走る。スサンネ・イェルムが話していたのはこのことだったのだ。ユレックは精神科の隔離病棟で時を過ごしながら計画を練り、六年後にそれを実行に移した。その外交官が家族をスウェーデンに呼び集めるのを待ち構え、一家全員を拉致（らち）すると地下室に閉じ込め、生き埋めにしたのだ。

「どの船かな？」クランツがかんじよく尋ねる。

「今まで考えたことがなかった、すべてのはじまりがどんなだったか」とマーラが言う。「でも、あれは祖父の誕生日にはじまった。ほかの家族と一緒にスウェーデンにやって来た時に。みんなで船に乗って、それからグランド・ホテルで夕食を取る予定になっていた……」

「なるほど」

「船長は皺だらけの男で、ロシア語を話した。新聞に載ってたのはその男、ユレック・ヴァルテルの写真。思い出せる最後の記憶は、甲板で苺（いちご）のジュースを飲んでる場面。凍らせた小さなシュナップス用のグラスに入ってて……それで目が覚めたら、わたしたちは独房の中にいた」

「では、きみときみの家族を監禁した人間はシリアル・キラーなんだね？」とスヴェン＝オーヴェがしんぼう強く尋ねる。

「写真の男だってことはたしか。でも、ロシアの諜報機関の一員かどうかはわからない」

「で、時々食糧を運んできたのは、その男ではなかったんだね？」

「そう」マーラはそう応え、再びそわそわと立ち上がる。

サーガは、若い女性の血の気のない顔をじっくりと見つめ、船の事故など起こらなかったことを悟る。ユレックは、拉致の事実を隠すために船を沈めた。その片腕だったビーバーは、一家が生き埋めにされるまでのあいだ、彼らを監視する任務を与えられた。だがヨーナがユレックを殺し、ビーバーは敗残兵よろしく陣地を放棄した。こうしてマーラの家族は閉じ込められたまま見棄てられ、食糧も水も与えられなくなったのだ。ビーバーは国を脱出し、今ではベラルーシの刑務所で長期刑に服している。

「そもそも、きみたちが閉じ込められていたのは監獄だったのかな？」とクランツが問いかける。

「わからない」マーラは自分の腕を引っ掻く。

「ロシアに連れて行かれた？」

「わからない、そう言ったでしょ。食べ物が少なすぎてなかなか思い出せないけど、ずっとスウェーデンにいた可能性はあると思う」

「なるほど」

「無理しなくていい。ずっと『なるほど』って言い続ける必要はない。自分の話がイカレて聞こえることはわかってるから。わたしたちをモヤヴェヤブの近くの監獄に閉じ込めたのはロシアの連邦保安庁だって話したけど、でも今になって急に……あいつの写真を見たらいろんな記憶が蘇(よみがえ)ってきたってこと」

「珍しいことではないよ。記憶というのはそういうものだからね」

「助けてほしいの」とマーラが懇願する。「新聞記事によると、サーガ・バウエルという警察官が捜査を指揮している。その人に話して。わたしの話したことをぜんぶ伝えて。そのシリアル・キラーがわたしの家族を閉じ込めている、って。家族を救って、って」

「やってみるよ」

光の筋が、マーラの背後の壁を走る。腕時計かカメラのレンズの反射だろう。

「ものすごく急を要するの」とマーラが続ける。「その刑事に言って――」

サーガは身をひるがえして電源ケーブルを引き抜くと、パソコンとハードディスクをキッチンの食卓まで運び、日誌の上に置く。

なぜあれほどまでに不安を感じたのか、サーガはその理由をつかんだのだ。

向かいのマンションにある脚立には、ペンキ汚れが一つも付いていなかった。まったくの偶然で、内装業者が新品を持ち込んだところなのかもしれない。だが一方で、業者が持ち込んだのではないという可能性もある。

　であるとすれば、道路の向かい側には狙撃手が待機しているはずだ、とサーガは考える。だれかが、ライフルの照準器を通してこちらを見つめている。特殊部隊がこの部屋の扉を蹴破るタイミングを待ち構えながら。

　サーガは静かにキッチンカウンターへと移動し、じょうろを手に取ると、窓際に向かう。そしてシダに水をやりながら、通りを見下ろす。

　ひと気がない。

　自動車も自転車も通行人もいない。規制線が張られているのだ。

　アドレナリンが体内を駆け巡る。体毛が一本残らず逆立つのを感じる。まるで氷のように冷たい霧に呑み込まれたかのようだ。

　頭の中では思考が高速回転し、逃げろとサーガに喚き立てる。

　心臓が激しく脈打つが、サーガはゆっくりと食卓に歩み寄り、ピザの切れ端をつまみ上げ、端を嚙む。それからパソコンをつかみ、残りの資料を手に取るとキッチンをぶらぶらとあとにする。

　そして窓から動きを捕捉されない死角に入った瞬間から、動きを速める。足早に玄関ホールに出ると、ピザの切れ端をチェストの上に置く。ノートパソコンとハードディスクをリュックサックに入れてから拳銃と鍵と黒いウィンドブレイカーをつかみ取り、階段室に出る。サーガは扉を閉めるが、わざわざ施錠はしない。

下方の階段からすばやい足音が聞こえてくる。

サーガは音をたてることなく身をひるがえし、屋根裏部屋まで駆け上がる。金属の扉を解錠し、背後で静かに閉める。

勾配の急な屋根トラスといくつもの剝き出しの梁が、凹凸のあるタイル貼りの床から四メートルほどの高さのところにある。そしてあたたかくよどんだ空気は、古い木と石の匂いがしていた。

サーガは手早くホルスターを装着して上着を着ると、リュックサックを左肩に掛け、未塗装の薄い板が積まれている倉庫をたちまちのうちに横切り、木製の梯子を上る。そして雪かきや煙突掃除のために使われる金属製のハッチに辿り着くと、注意深く開いて外を覗く。風がサーガの顔に吹き付ける。

そこから見えるかぎり、屋上にひと気はない。

サーガはハッチの外に出てからそれを閉じ、片手で手摺りにしっかりとつかまる。無意識のうちに視線を下方に漂わせると、黒ペンキの剝げかけた急な屋根が目に入る。その先には向かいの建物の黄色く塗られた漆喰のファサードがあり、各階に並ぶ窓の列と二十五メートル下にある通りも見えた。

サーガは、屋根が突き出ている部分までゆっくりと梯子を上り、命綱をつなぐために設置されている金属製の頑丈な輪につかまりながら、慎重に背筋を伸ばす。

連なる屋根と中庭の彼方に、セーデルマルム島全体が見わたせる。マリア・マグダレーナ教会、イェート通り、そして離れたところにグローブ・アリーナが望めた。

髪の毛が顔面に打ち付けられる。

進路は一つしかない。

身をかがめ、屋根の棟(むね)の上に設けられた板敷きの細い通路を足早に進む。足元の金属板が鈍い音をたてた。サーガは妻壁に辿り着く。この通りの建物はすべて連結しているのだ。だが、隣の銅板葺(どうばんぶき)の屋根の傾斜はこちらよりもはるかに急で、低い位置にあった。サーガは飛び降り、棟から一メートルほどずれた場所に着地する。ゆらめきながら両腕を伸ばして、バランスを整える。

ポケットから鍵が落下し、銅板の上で音をたてながら滑り下ちて樋(とい)に引っかかる。

頭上のカモメが、上昇気流に乗って高く舞い上がる。

目がくらむようなほんの一瞬のあいだ、眼下の通りが姿を消し、深い渓谷と化したように感じられる。

サーガは隣の建物の作業用通路へとよじ登り、棟の上を移動しながら次の建物を目指す。

錆びついた梯子があり、それが隣の屋根へと伸びている。サーガは棟の上に設けられている手摺りにつかまり、身体を持ち上げた。

足が滑り、尻を打ち付けるが、どうにか再び立ち上がる。

着ている服に風が吹き付ける。

震える両脚を引きずるようにして煙突に辿り着くと、清掃用の足場にしがみつきながらそれを回り込み、眼下の屋根窓（ドーマーウィンドウ）まで這い下りる。

単板ガラスの窓からは、中がなにも見えない。サーガは肘でガラスを割り、破片を叩き落としてから、暗い屋根裏部屋に入り込む。

屋根は低く、まっすぐに立つことができない。粗いフローリングの上には、埃まみれになったアンティーク調の扉がぎっしりと積み上げられていた。

サーガは梁に腰かけて携帯電話を取り出すと、ホームセキュリティアプリを起ち上げ、監視カメラの映像を呼び出す。

当初は機能していないかに見えるが、やがて、煙でいっぱいの部屋の中で動く光の筋に気づく。サーガは高解像度モードに切り換え、リビングの映像を拡大する。黒装束の隊員たちが、ヘルメットと防護マスクを装着した姿で、懐中電灯を取り付けたアサルトライフルを構えて移動していた。

サーガは立ち上がり、背の低い鉄扉を開くと、狭い階段を下って建物の最上階に降り立つ。配達員の残していった食料品の袋が、エレベーター脇の壁に六つ並んでいる。

サーガは階段を駆け下りながら、自転車や植木鉢のそばを通りすぎていく。

建物のエントランスホールには、ベビーカーが二台あった。サーガは一台をつかむと爪先でブレーキを解除し、扉を開ける。そして右手に曲がった。

バストゥ通りは無人だ。

三十メートル前方で、警察のバリケードテープが微風に揺れている。そして交差点のすぐ手前に停まっている黒いバンが、青い回転灯を明滅させている。

脱出するには、そこを通り抜けなければならない。

歩道をできるかぎりゆっくりと歩きながら、ベビーカーを押す。数メートル進んだところで立ち止まり、幌(ほろ)で手もとを隠しながら薬室に弾丸を装塡し、拳銃を小さなピンク色のクッションの下に入れる。

周囲に人影は一つもなかった。

サーガは頭の中を空にしようと努めた。自分のアパートで、突入作戦が進行中であることは考えないようにする。

ここから逃げ出せさえすれば、状況を把握し、計画を立てられる。

背後であがる犬の吠え声を聞きながら、サーガはバリケードテープを持ち上げ、その下をくぐり、バンに向かって歩を進めた。

サーガはバンの左手側を歩いている。視線はまっすぐ前に向けたまま動かさない。

それでも、ベビーカーのクロムメッキを施したパーツに反射している青い光は見えていた。

あの角を曲がることさえできれば、スルッセン駅まで走り、構内の群衆に紛れて地下鉄に乗れる。

バンの横をほとんど通り抜けかけたところで、コーヒーカップを手にした一人の警察官が姿を現す。

サーガはベビーカーの中にある拳銃を見下ろし、赤ん坊の様子を確認しているように見せかけようとする。

すれ違いざまにコーヒーがふわりと香る。

真横に並びながら、警察官の足音を聞く。そのブーツの下で砂利が砕ける。サーガは内心で身震いしながらも歩き続け、クッションの下の拳銃へと手を伸ばしていく。

無線通信が入り、警察官は踵を返してバンに戻る。サーガは拳銃から手を放し、その上に掛かっている毛布をきれいに均（なら）す。

六〇

建物の出入り口にベビーカーを駐めたサーガは、拳銃を上着の中のホルスターに押し込む。それから足早にセーデルマルム広場を横切り、スルッセン駅のがたつくガラス扉を通り抜ける。背後を振り返り、尾行の有無を確認する勇気はない。あたりは人だらけで、こちらに向かって来る人々も、すれ違う人々もいる。若い男が一人、改札を抜けるサーガの真後ろにつくが、そのままプラットフォームまで階段を下りていき、人ごみの中に消える。

駅に進入する列車が風を起こし、線路上のゴミ屑と汚れた茶色の床を小刻みに振動させる。

サーガは頭を下げ、地面に向けたまま視線を動かさない。

ブレーキが軋み、列車が停まる。

サーガは人の流れとともに乗車し、ドアの近くに留まる。とっさの場合にすばやく下車できる位置だ。

無精髭を生やし、青いスポーツジャケットを着た中年男が、車両の反対側の端に立っている。男はちらりとサーガを見てから、視線を逸らす。

列車が動きはじめると、花束を抱えている年配の女性が身体のバランスを崩しかける。

サーガは見つめられることに慣れている。そのため、無精髭の男がもう一度こちらを見てこないのが気にかかった。

携帯電話を取り出し、ランディにかける。

ランディは応答を拒否するが、ロードマン駅に近づいたところでかけなおしてくる。

「今は話せない」とランディが緊張の感じられる口調で言う。

背後の物音からすると、ランディはトイレの個室にいるようだ、とサーガは推測する。

「まじめな話、いったいどういうことなの？」とサーガが尋ねる。

列車が轟音とともに次の駅に到着する。

「サーガ、出頭するんだ――」

「いったいどういうことなの？」とサーガは繰り返す。

「捜査班は、きみが殺人に関与してないかどうかを調べてるんだ」

「あなたはどう思うの？」

「俺がどう思うかなんて関係ない」

「わたしには関係あるかもよ」

「どうして」

「だって……」

ドアがシュッと音をたてて開く。サーガは、乗車してくる人々を注意深く観察する。

プラットフォーム上には、まだ一握りの客が残っていた。

「切らなきゃ」とランディが言う。今回は、悲しげに聞こえる声だった。「ランディ、身を隠す場所が必要なの、どこか――」

ランディが電話を切る。サーガは、扉が閉まる直前に列車を降りる。無精髭の男は、発車していく列車のドア越しにサーガと目を合わせる。

サーガはプラットフォームを横切り、次にやってきた南方面行きの列車に乗ると、追跡されにくくするために携帯電話の電源を切る。

ドアが閉まり、発車する。

中年女性がサーガに背中を向けて腰を下ろした。林檎（りんご）を食べながら、携帯電話の暗い画面に映るサーガの姿を見つめている。

列車が転轍機（ポイント）に差しかかり、揺れる。そしてゆっくりと中央駅に滑り込んでいく。

サーガは降車し、ほかの乗客たちを押しのけて階段を上がり、すでにプラットフォームに入っていた列車に飛び乗る。

耳をつんざくような発車ベルが鳴り響くが、扉は開いたままだ。スピーカーが、繰り返し発車をアナウンスする。

林檎の女性が再び姿を現すと、車両の反対側の端に腰を下ろしながら、電話でだれかと話している。

ドアが閉まり、列車が動きはじめる。

サーガの思考は高速回転を続ける。特殊部隊がアパートに突入した。捜査班は、サーガが殺害に直接関与していると考えている。マンヴィルと話したあと、何かが起こったということだ。

サーガは窓に顔を向けて立っている。脈拍は通常の速度を保っているが、身体は汗でべたついている。

窓外を灰色のコンクリート壁が高速で過ぎ去っていく。

駅や町をいくつも通り過ぎ、乗客の数は減っていく。それでもあの女性は車両の端に座っていて、今では林檎の芯を紙ナプキンに載せている。

サーガはフルーエンゲン駅で列車を降り、エスカレーターを駆け上がると建物を出て、果物売りの屋台が並ぶ広場を横切る。

肩越しに背後の幹線道路に視線を走らせてから、右方向に進む。

白いバンがサーガを追い越し、数百メートル先の縁石で停まる。

サーガは、その引っ越し用のバンの脇を通り過ぎる。歩道には段ボール箱が四つ重なっていて、積み込まれるのを待っている。

幌付きの荷台の上に、荷締め用のベルトがある。

サーガはそのうちの一箱の中に携帯電話を落とすと、狭い脇道へと曲がる。

二十分後、大きな窓のある六十年代建築の住宅に辿り着いたサーガは、正面玄関の前の敷石を横切り、裏口へと回る。呼び鈴を鳴らすと陰の中に隠れ、蔓草の絡まる枝編み細工の塀に身体を押しつけた。

階段を踏みつける重い足音が聞こえてきて、扉が開く。

「サーガ？」カール・スペーレルは、サーガの姿に驚いているようだ。

着ている茶色のTシャツの胸には〈ジェントルメン・テイク・ポラロイズ〉とプリントされていて、穿いている黒のジーンズは裾を折り上げてあった。ベルトの金属製のバックルは、突き出た腹に埋もれていてほとんど見えない。

「一人？」とサーガが尋ねる。

「ああ、俺は――」

「入っていい？」

「もちろん、ただちょっとだけ――」

サーガはカールを押しのけるようにして中に入ると、扉を閉めて施錠し、天井の明かりを消す。

「尾行されてるのかい？」

「いいえ」とサーガは応えながら階段を下りていく。

地下室に着いたところで、慌ててあとに続いて下りてくるカールの足跡が聞こえる。前回の訪問の時と同様、このささやかな資料館の天井に備わっている八つのスポットライトは、最も重要な展示品に向けられていた。サーガの履いていた血塗れのスリッパは光を浴びて輝き、棚の中にはユレックの使っていた古くさい義肢の模造品があることに、サーガは気づく。

そのまま暗いキッチンへと進み、バーカウンターの背後に回るとコップに水を注ぐ。遅れて到着したカールはスツールに腰を下ろし、半開きにした口で荒い息をつく。その顔は赤くなっていた。

「何日かここにいていい？」とサーガが尋ねる。

「それは困る」とカールは応えるがすぐにニヤリとし、尖った歯をキラリと光らせる。「なんてね。もちろんいいとも」

「ありがとう」とサーガは言いながら、再びコップに水を注ぐ。

「なにが起こってるんだい？」カールはそう尋ねながら、長髪を払いのける。

「しばらく身を隠す必要があるだけ」

「その理由は……？」

「知らなくていい。あんたを巻き込みたくないから」

「俺は巻き込まれたいんだよ」とカールは応える。

六一

　カールは手首を振り、黒いロレックスを巻き上げてから静かにサーガを観察する。サーガは水をもう一口飲むとコップを置き、手の甲で口元を拭いたあとカールと目を合わせる。

「これから話すことは記事にできない、言っておくけど」

「わかった」カールはそう応えながら、爪を噛む。

「わたしの言ったこと、理解してる?」

「理解してるさ」とカールはうなずく。「なにが起きてるんだ?」

　サーガは向かいのスツールに腰かけると、深く息を吸い込む。「シリアル・キラーを捕まえようとしていた。ところがその過程でどういうわけか自分が……容疑者になってしまった」

「殺人の?」

「だと思う」サーガはため息をつく。

「なにを根拠にそう考えたんだい?　なにを言われた?」

「停職処分になって、さっき特殊部隊がアパートに突入した」

「ほんとかよ」

「ほんと」

皺だらけで裏地の擦り切れた上着が、カウンターの下のフックに掛かっていた。テレビの音声が天井越しに聞こえてくる。頭上で暮らしている一家のものだ。

「関与を疑われた理由は？」とカールが訊く。

「すぐに誤りに気づくはず。でもたぶん、わたしの単独行動が少し過ぎたんだと思う……あと、ルールもいくつか破ったし」

「でも殺人には関与してないんだろ？」

「それ、真剣な質問？」

「ああ」

「わたしは関与してない」

サーガは、隣の部屋を覗き込む。シャッフルボードにはビニールシートが被せられ、ソファセットやテーブル、そして床には、ビールやエナジードリンクの空き缶、キャンディーやクッキーの包み紙やマクドナルドの空袋が散乱していた。

「犯罪捜査部は犯人の名を突き止めた」とサーガが話す。「でも、わたしがその女の共犯者だと考えているらしい」

「女なのか」

「名前はマーラ・マカロフ。実のところ、あんたのおかげでマーラに辿り着いたの——服役中のヤコフ・ファウステルと何回か面会していた」

「うわあ、ほんとかよ？」カールはそう言い、思わず笑みを浮かべる。

サーガはウィンドブレイカーを脱ぐと、それを丸めてカウンターに載せる。着ている緑のTシャツは裏返しで、ホルスターのストラップはねじれている。

「つまり、ファウステルがマーラとユレックをつないだんだな？」とカールが訊く。

「そう、つながりの一つ」

サーガはホルスターから拳銃を取り出し、弾倉を左手に落とすと、薬室から弾丸を抜く。

「ほかにどんなつながりが？」とカールが尋ねる。

「ユレック・ヴァルテルは、マーラの家族を皆殺しにしたらしい」

「はじめて聞く話だ」

サーガは弾丸を弾倉に押し込み、それを拳銃に差し込んでからホルスターに戻す。

「わかってることは、マーラがイッターエーの精神科病棟に隔離されていたということと、その時にあんたの書いたユレックに関する記事が掲載されたってこと」サーガはそう説明しながら、壁に掛けられている記事を顎で指す。「差し押さえられる前に売れた新聞が、病院の談話室にあったんだと思う。マーラはすぐに、自分の家族に薬を盛って拉致したのがユレックだと認識した。完全にそう確信して、医師にわたしと連絡を取るようにと懇願したわけ」

「でも医師は、マーラが精神障害者だからそんなことを話してるって考えた？」

「まあ、その答えはイエスでもあるしノーでもある。医師は実際に電話をかけてきたから。患者のことと、彼女が話した内容をすべてわたしに教えてくれた」

サーガはそこで言葉を途切れさせ、記憶の中の会話を蘇らせる。スヴェン＝オーヴェ・クランツの言葉に耳を傾けたことをおぼえていたのだ。いくつか補足的な質問をしたあとで、すべてをメモに書き留めた。だが、すべては手遅れだった。なぜならその時点でのサーガはすでに、ユレックの暗黒の迷宮の中で途方に暮れていたからだ。

「マーラの話を信じたのかい？」

「ユレックに家族全員を拉致されたっていう話は、少しも疑わなかった。でもマーラは……モヤヴェヤブという場所から逃げ出したって話していた。だから調べてみたけど、なにもわからなかった。どうすべきだったって言うの？　捜索犬を使ってスウェーデンとロシア全土を探し回る？」

サーガは前を見つめたまま、再び口をつぐむ。その片手は、カウンターの上をゆっくりと行ったり来たりしていた。

「で、どうなったんだい？」とカールが訊く。

「なんて言うか。どうなったか、あんたも知ってるでしょう？　わたしはだれも救えなかった。みじめな大失敗だった。それが理由で、わたしはマーラ・マカロフの復讐を手伝っている。捜査本部の連中はそう考えているんだと思う」

「マーラの復讐？」

「マーラは、わたしとヨーナに近しい人たちを殺している。その中には同僚もいる。マーラは警察を憎んでいる。自分の家族を救ってくれなかったから。わたしに執着しているけど、いちばん憎んでるのはヨーナ」

「なぜ？」

「ユレックを止められたタイミングで逃げ出したから。自分の娘を救うことに決めたから。ほかの全員を見棄てて」

「人間らしい反応に思えるけどな」

「そうね、でも残されたわたしたちがその代償を支払った」

「あんた、ヨーナに怒ってるのかい？」

「そうだね、怒ってる……そんなふうに感じるのは間違ってるってわかってるけど仕方がない」

サーガは床からリュックサックを持ち上げ、パソコンと診療日誌を取り出す。

「出頭してすべてを話すべきだよ」

「そんな暇はない」とサーガは言い、パソコンを見つめる。

「今できる分別ある行動はそれだけだよ」

「なにが?」

「出頭して弁護士を見つけて――」

「無理」

「どうして無理な――」

「質問は終わり」とサーガは遮る。「ごめんなさい、でも考えなくては」

サーガはスヴェン＝オーヴェ・クランツの診療日誌を開き、彼の記した覚え書きを読む。それは、サーガと連絡をとってほしい、とマーラが懇願したカウンセリングのあとに記されたものだった。その時点での彼女は、まだ家族を救えるかもしれないという希望を抱いていた。

クランツは談話室にある新聞を見つけ、そこに掲載されていた大きな見出しと写真付きの記事に辿り着いた。そのことが簡潔に記されている。


私見では、いささか裏付けに乏しく無責任な記事である。極秘扱いとされているシリアル・キラーが実在しているという証拠はない。とはいえ、青少年センターでの殺人と誘拐未遂事件は、現実に起こったことのはずだ。また同時に、もしサーガ・バウエルという刑事が実際に、国家警察犯罪捜査部とともに捜査をしているとすれば、単なる親権問題のもつれよりもはるかに複雑な事件ということになるだろう。

その次の記述は、刑事に連絡したことをマーラに伝えた際のものだった。彼女に関する情報は、マーラ自身が名を挙げた刑事に渡ったのだ、と。するとマーラは、はっきりとした躁状態に陥った。病院を出て、家族を救うために警察の手助けをすることしか考えられなくなったのだ。

サーガはいつのまにか、クランツとの電話での会話を再び蘇らせている自分に気づく。彼はあたたかく親身な口調で、しかも理路整然と説明したのだった。身元を特定できない患者がいるのだが、その人間が打ち明けたおそろしい話が、もしかするとサーガの捜査している事件と関係しているかもしれないのだ、と。

サーガは詳細なメモを取り、その通話を記録した。だが、その情報は、精神障害者の妄想だとしか感じられないと考えたことを、はっきりとおぼえている。ユレックがKGBの工作員だという細部が、特にそう感じさせたのだった。

「患者は、家族がどこに監禁されているのか話しましたか?」とサーガは尋ねた。

「いいえ、思い出せないんです。ただ、モヤヴェヤブと書かれた看板があったとは話しています……ロシアのどこかでしょうか、もしかすると。あるいはスウェーデンとか？」

そこでサーガは悟った。探し出すのは不可能だと。たとえ家族が実在し、まだ生きていたとしても。その時の彼女は、すでに極限状況に置かれていた――その後間もなく、完璧な大惨事へといたる状況に。

六二

高地で雨が降ったあとは、苔（こけ）むした風景がほとんど不自然なまでの緑色に見えた。カルダヴィースクル川は火山岩を深くえぐり、蛇行（だこう）する渓谷（けいこく）をかたちづくっている。そして川の水は、スヴェン＝オーヴェ・クランツが身に着けている胴長（ウェーダー）を、太腿と尻にぴたりと押しつけていた。一定の力の流れによって、身体を前や横へと引っ張るのだ。

スヴェン＝オーヴェは、幾度かかすかに釣り竿（フライロッド）を引きながら、リールを回していく。その先には、きらきら光る孔雀とガチョウの赤い羽根を二本取り付けた小さな毛針がある。針の部分は銀色で、頸羽（ハックル）は青みがかった黒だ。

スヴェン＝オーヴェはゆっくりと横に移動し、新たにアンダーハンドキャスティン着水する。

グを試みる。フライラインが打ち出され、川面を渡っていくと、右腕からは小さな滴がいくつも飛ぶ。リーダーが光を反射し、毛針は見事に、おだやかな流れの中ほどに着水する。

氷河からの雪融け水はひどく冷たく、スヴェン＝オーヴェの足は感覚を失っている。だが、今やめるわけにはいかないのだ。

毛針は、岩のまわりで波立つ水面に到達すると、そこで水中に潜り、スヴェン＝オーヴェはフライロッドを持ち上げる。するとたちまち当たりを感じる。リールがうなりをあげ、イワナが対岸へと逃げ去ろうとする。その先には切り立った岩肌があり、付近の水面には無数の影が落ちていた。

スヴェン＝オーヴェのフライロッドは激しく曲がり、竹材が軋る。

リュックサックの中で、携帯電話が鳴りはじめる。

イワナは下流に向かって突進し、深く暗い川の中で静止する。ラインは張りつめ、早い流れによって震動し、ブンブンと音をたてる。

スヴェン＝オーヴェは、澄み切った水面の変化を読みながら、イワナが疲れるのを待つ。

雪のように白い腹が見えたかと思うと、イワナは鋭角に向きを変え、逆巻き泡立つ急流の中へと一目散に進んでいく。

スヴェン＝オーヴェはその場で踏ん張る。急流のせいで、魚の口からフックが外れる可能性があった。

腕を伸ばしてフライロッドを持ち上げるとそれはしなり、軋みをたてながらほとんど半円のかたちになる。

イワナはラインを引っ張りながら不意に止まると、向きを変えて急勾配の川岸へと戻っていく。

スヴェン＝オーヴェは、これ以上好きに逃げ回らせるつもりはなかった。このままフライロッドの揺るぎない弾力性に逆らわせ、巨大イワナが疲れ切ったところで静かに巻き寄せようと考えているのだ。

きっかり五分後、イワナが川面を割り、横倒しになると水を吐き出す。

それを注意深く引き寄せ、イワナが水面のすぐ下に留まるように操る。フックが抜けるのを避けるため、細いリーダーに魚体が絡まないようにしているのだ。

苦心しながらゆっくりと急流に接近しつつブレーキをかけると、ラインが奔流を切り裂く。

自分のほうへと、水面近くを移動させていく。そして鰓のすぐ上の部分を丁寧につかみ、毛針を外す。イワナを水から出し、その完璧な身体をじっくりと見つめる。側面に散らばる銀色の点、そして鉛灰色の背中。スヴェン＝オーヴェは丸まった鼻先にキスをしてから、川の中に放してやる。

スヴェン＝オーヴェは上流に戻る。足の感覚は失われていて、なめらかな岩の表面でつまずくが、どうにかバランスを保ち、乾いた地面へとよじ登る。

明るい色の雲が、濃い灰色の山の頂を包囲しつつあるように見える。

フライロッドを苔の上に置き、リュックサックを下ろした瞬間に、携帯電話が再び鳴りはじめる。

「クランツです」と応答する。手からは、かすかな魚の匂いが感じられた。

「ヨーナ・リンナと申します」フィンランド語訛りの男がそう話す。「犯罪捜査部の刑事です」

「実は休暇中なのですが、用件はなんですか？」

「あなたの元患者に関することです」と男が説明する。「会っていただく時間はありますか？」

「もちろんですとも。私は今、レイキャヴィクから東に百五十キロのところにいます」

「毛針は自作されているのですか？」

「ええ」スヴェン＝オーヴェはそう応えながら驚きの表情を浮かべ、あたりを見まわす。「趣味、ということです」

「マーラ・マカロフという名の患者のことはおぼえてらっしゃいますか？」とヨーナ

が尋ねる。

「犯罪捜査部の刑事であれば、守秘義務に関わる法律をご存じでしょう……ということは、マーラがなにか特別に愚かなことをしでかしたということですね」

「六件の殺人容疑がかけられています」

「あなたがたの誤り、という可能性は？」

「マーラはどんな患者でしたか？」

「当初は極度の不安を抱えていましたが、治療に対する反応は良かった。投薬量を下げていき、最小限で安定するようになりました。そしてその後、退院して外来診療に移ったわけです」

スヴェン＝オーヴェは岩に腰かけ、思い出せることをすべてヨーナに話す。マーラの人格とそのトラウマ、そして妄想性障害の患者の主張を、そのまま真実として受けとめるという方法論について。

「そういうわけで、適切と思われた対応をとりました」とスヴェン＝オーヴェは説明する。「マーラの話を記録し、事件を担当していた捜査官に連絡したのです」

「その人間の名前はおぼえてらっしゃいますか？」

「サーガ・バウエルです」

「彼女はどんな反応をしましたか？」

「私の話に耳を傾け、協力に感謝してくれました。そのあとどうなったのかは、残念ながらわかりません」

「サーガになにを話したか、思い出せますか？」

「細かくは無理です。ただ、そういうことはすべてマーラの診療日誌に書き留めました。ＫＧＢの出てくる話で、シリアル・キラーがマーラの家族を拉致し、なんとかという場所の近くに監禁しているという内容でした……マーラは存在しない場所の名前を口にしたのです」

「その名前を思い出せたりは、しませんよね？」

「ロシアっぽい響きだったことくらいしか。ダヤヴェヤブとかなんとか。違うかな、よくわかりません……ただ、シリアル・キラーのもとから逃れたものの警察は自分の話に耳を貸してくれず、精神病院の救急病棟に連れて行かれただけだった、というのがマーラの主張でした……そんなことになっていなければ、家族を探し出して救えたかもしれないのに、と訴えていました」

　スヴェン＝オーヴェは立ち上がり、押し寄せる急流を見わたしした。すると、不意に幸福感が湧き上がる。この川を、あと四日のあいだひとり占めできるのだ。

「サーガ・バウエルから、その後なにか連絡はありましたか？」とヨーナは訊く。

「いいえ、期待もしていませんでしたが」

「マーラの話は、時とともに変化しましたか？」

「ＫＧＢに関する部分だけを切り捨てました」

「サーガ・バウエル以外の人間と連絡を取るように求めることはありましたか？」

「いいえ、ただ、バウエルからの連絡はあったか、とはよく訊かれました」

「だれかほかの人間について話したことは？」

「だいたいは船の船長のことばかりでしたね——船長こそは、サーガ・バウエルが追っているシリアル・キラーだと確信していたのです。それから、家族のことも話しました。両親のイヴァンとタチアナ、そして姉のナターシャ。また、ナターシャの幼い息子イリヤのことです」

「それから看守のことは？」

「そうですね。ただ、名前は出ませんでした」

「イッターエーにいたほかの患者については？」

「時々、言及することがありました」

「ヤコフ・ファウステル、ファウステル親方という名前は？」

「いいえ」

「ユレック・ヴァルテルは？」

「よくわかりません。しかし来週にはストックホルムに戻ります。お望みなら日誌を確認しますよ」

「最後にもう一つだけ」とヨーナは静かな声で言う。「マーラのことを〈蜘蛛(スパイダー)〉と呼んだ者がいます。そのことをどう思われますか？」

スヴェン＝オーヴェは再び川面を見わたす。だが頭の中では、マーラの姿が見えていた。あの急き込むような、息も継がない話し方が聞こえていた。

「囚われの身だった時に目にした蜘蛛のことを、いつも話していたのをおぼえています。その小さな狩人たちは、獲物の身体を麻痺させ、糸でぐるぐる巻きにしてから、そこに毒を注入することで全身を溶かしてしまうのです」

＊　＊　＊

ヨーナは携帯電話をテーブルに置き、アドルフ・フレドリック教会を眺める。その手前には市庁舎の屋根と、旧警察庁舎の複雑な尖塔があった。

心理学者がサーガに連絡し、マーラ・マカロフの話をしたあとの経緯が、ヨーナにはわかるような気がする。サーガは、マーラにとってきわめて重要な存在となったのだ。そのため、彼女は今でもサーガだけに目を向けている。自分自身が殺人者の役割を演じる立場になったにも関わらず。

サーガと話さなければ。今すぐに。彼女がマーラの手助けをしていたとは微塵も考えてはない。だがよしんばそうだったとしても、一刻も早く出頭するのが、サーガにとって最善の選択肢だ。

警察は、まだ記者会見を開いていない。だがすでにマスコミは憶測をはじめているし、国家警察内部では危険なまでに緊張が高まっている。

サーガの携帯電話はセッフレ市まで追跡され、引っ越し荷物を降ろしている最中だったバンの中で発見された。

またサーガには、ステファン・ブローマンとのつながりがあることも判明していた。土曜日に、ブローマンが買春しているという通報を警察に入れていたのだ。

そのうえ鑑識班は、バイクに付着していた苛性ソーダの痕跡と、リュックサックの中に残されていた馬の毛を発見していた。

マンヴィルは、サーガのアパートの家宅捜索を命じた。あと一歩で、広域手配という事態にいたるだろう。最終的には、武力を用いた制圧も起こり得る。

ヨーナは、サーガの視点から状況を見つめ直してみる。そして、自分に容疑が降りかかった理由をサーガは理解しているに違いないと確信する。自尊心を押さえ込むことができさえすれば、すぐに連絡を寄こすはずだ。

ヨーナは携帯電話を手に取り、モルガン・マルムストレームに自分の考えを話す。

「きみの言いたいことはわかる」モルガンは短い沈黙のあとでそう応える。「だが事実として、今やサーガは、マーラ・マカロフとともにわれわれの第一容疑者なんだ」

「そうです。そしてそれは誤りです。サーガには、答えなければならない質問が無数にある」とヨーナが言う。「しかし実際には、ほとんどすべての殺害時にアリバイがあります」

「わかっている。だが――」

「サーガはだれも撃っていません」

「サーガが撃ったとはわれわれも考えていない。関与したと言っているんだ。マンヴィルはその証拠を手にしている……そもそも、実際に発砲していなくても殺人容疑で有罪になることはある」

　ヨーナは数秒間目を閉じ、腰を下ろして深々と息を吸い込む。

「私がお願いしたいのは、もし……もし私がサーガを説得して出頭させるのなら、彼女と会うのは私だけであり、私一人が警察に連行する。彼女にそう約束する必要があります」

「サーガはきみを信頼するのか？」

「おそらく。しかしすべて秘密裡（ひみつり）におこなう必要があります。正式な勾留手続きや検察官や記者発表はすべてなしです。さもなければ――」

「二日だ」モルガンが口を挟む。

「はい？」

「二日やろう」

「私のやり方でやっていいと保証していただけますか？」

「ああ」

「サーガから連絡が入ったらお知らせします。その時は勾留手続きを飛ばす手配をしておいてください」

「それが最善だときみが言うのならな」と長官代理は応える。

六三

サーガは、カール・スペーレルのローテーブルの上を片づけ、自分のノートパソコンと残りのハードディスクを置く。そこへカールが現れ、「シャワーを浴びてくる」と声をかける。

「電話を借りていい？」

「パスコードは９１５８３７だ」そう告げながら、彼は携帯電話を手渡す。

カールが部屋を出ていくと、サーガは椅子の肘掛けに腰かけ、ランディの個人番号に電話をかける。

「ランディだ」と応答がある。その声には驚きの響きがある。

「話せる？」とサーガはおだやかに尋ねる。

「サーガ、いったいどうなってるんだ？」

「疑われてるようなことはなに一つしてない」

「わざわざ俺に言う必要はないよ」とランディは応える。「わかってるさ。ただ、すぐに出頭しないと――」

「わたしが出頭したら、スパイダーはぜったいに捕まらない」

「きみが背負う必要はないんだよ。きみはもう警官ですらないんだから」

サーガは視線を上げ、雑然と物が並んでいる棚を見つめる。テレビゲーム機、水煙管（ボング）、自由の女神を象った蠟燭（ろうそく）、そしてびっくり箱。その中からは、赤と黄色に塗られたシルク地のコスチュームを着たピエロが飛び出ている。

「なにか新たに判明したことはある？」とサーガが訊く。

「いいや、ないと思う」

「新しいフィギュアも？」

「ああ」

床一面にポテトチップスの空袋やキャンディの包み紙、ポーカーチップ、そして八十年代のＬＰが散乱している。

「特殊部隊がわたしのアパートに突入した」とサーガは話す。

「家宅捜索をする予定だって聞いたところだよ」

「アサルトライフルで武装して、狙撃手も閃光手榴弾も……」

「なにもかもイカレてる」とランディが囁く。

「なんでこんなことになったのか」とサーガが小声でひとり呟くように応える。

「隠れる場所が必要だって話してただろ。うちなら――」

「これ以上あなたを巻き込みたくない」

「もうどうなってもかまわないよ」

「わたし、死ぬかもしれないから先に伝えておきたかったの。わたしにはあなただけだったって」サーガはそう言い、ランディが口を開く前に通話を切る。

サーガは深々と息を吸い込み、頬を伝っていた涙の滴を拭う。そして崩れ落ちるようにして腰を下ろし、パソコンに向かう。クランツによるマーラ・マカロフのカウンセリング記録は、あと数回分残っていた。二人の対話は、一年以上の期間にわたって続けられていた。だが、マーラの語る話は、細部にいたるまで驚くほど一貫していた。

カール・スペーレルが浴室から出てくる。髪の毛は逆立ち、肩にタオルを載せていた。カールは新聞の束を除けてから肘掛け椅子に座り、カウンセリングの記録映像を見つめる。

マーラ・マカロフは読んでいた書籍を置く。アルキメデスによる『平面板の平衡について』だ。その髪はきれいに梳かし付けられ、光沢がある。顔の表情も落ち着き、まなざしは知的だった。

マーラは落ち着いた口調で、隔離病棟を出て、家族を救いに行かなければならないのだと説明する。クランツはそれに対して、マーラはめざましい回復を遂げているということ、投薬量を減らしたこと、そしてこの秋の退院を視野に、同僚たちとの話し合いの場を持つことを伝える。

マーラはサーガのことばかりを話し続け、彼女からの連絡はあったのか、そしてシリアル・キラーは逮捕されたのかと尋ねる。

「彼女からの連絡はまだないね」とクランツは応える。

「おかしい」とマーラは囁く。

六カ月後、マーラは檻（おり）の中の獣（けもの）のように病室内を歩きまわっている。敗北を認められないでいるのだ。ほとんど緊張症（カタトニア）の状態にあるかのようで、なにごとかをロシア語でひとり不安げに呟いている。

マーラはあきらかに、退院し外来診療に移るのを待ちきれないでいる。クランツがなにか話しかけた瞬間、叫び声を張りあげてそれを遮る。「モヤヴェヤブに行けよ（イジ・ヴ・モヤヴェヤブ）！

モヤヴェヤブに行けよ（イジ・ヴ・モヤヴェヤブ）！」と繰り返し喚いたかと思うと口をつぐみ、再び円を描いて歩きはじめる。

次の記録までに、十五カ月近くが過ぎる。マーラは再び完全な変化を遂げている。今回は寡黙で、打ちひしがれているように見える。

「自分の未来についてはどう考えているのかな？」記録映像の終わりのほうで、クランツがそう尋ねる。

「わたしの？」

「ああ」

「わたしに未来なんかある？」

「未来と言われるとどんな光景を思い浮かべるのか、せめて文章を一つだけ考えてみてくれないかな」

「小さな農家を見たことがある。ヴェステルハニゲンの郊外だったと思う」マーラはそう話し、しばらく考えに沈んでから続ける。「家族と一緒にそこにいる光景を想像してる。夏の暑い日で、草むらは埃っぽくて、草が黄色くなってて、木の葉も乾燥して丸く縮んでる……わたしは木陰で椅子に座ってて、そばにはトラクターが駐まってる。そして油紙に挟んだシナモンパンを食べながら、ヴァジムと、アグラーヤの子どもたちのことを眺めてる。あの子たちはクロケットをしてる。わたしはそんなふうに自分の死を思い描いてる」

最後の映像が終わると、サーガはパソコンを閉じ、腕を組んだまま座っているカールに向きなおる。

「これでおしまい」とサーガは言う。

「おもしろい」とカールは応えながら立ち上がる。

クランツの診療日誌の残りを読み進めるサーガは、カールがベッドのシーツを取り替える音を耳にする。

クランツの見るところマーラの心理療法は完了した、と日誌には記されている。患者は、自身の人生および自己像との折り合いを付けることができたのだ、と。そしてこれ以降は、週ごとに開かれる院内カンファレンスの場で、マーラ・マカロフの退院を診療部長に進言し続ける予定である旨が書き添えられている。

カールが部屋に戻り、サーガは立ち上がる。そして、彼が自分の使っていたシーツをソファにかけているあいだ、壁にある額入りの記事を見上げる。ユレック・ヴァルテルについてその記事に書かれていることは、ほとんど正しかった――とはいえ、現実のユレックの悪辣さは、カールの想像をはるかに超えているのだが。

「シャワーを使ってもいい？」とサーガは尋ねる。

「外の棚にきれいなタオルがある」

浴室に入り戸を閉めたところで、ロックが失われていることに気づく。サーガは、オスロのグランド・ホテルのタオルをフックに掛けた。

水色のリノリウムの床は凹凸だらけ、洗面台の端には黄色い使い捨て剃刀（かみそり）がいくつも置かれていて、便器には蓋がなかった。浴室の奥に設置されている洗濯機の背後の壁には、ほぼ一メートルの高さまで黒カビが生えている。

サーガは隠しカメラがないことを念入りに確認してから、服を脱ぐ。

シャワーヘッドは壁から外れ、天井を走るパイプに針金で吊されている。サーガは慎重に蛇口を回し、数秒待ってから熱い湯の下に入る。

シャワーカーテンが大きな音をたてる。

サーガは髪を洗いながら、スヴェン＝オーヴェ・クランツの記述について考える。マーラは、自身の人生の物語と折り合いを付けられた、というくだりだ。その言葉は、長い期間を経て、クランツ自身がマーラ以上に変化したことを示唆している。当初クランツは、彼女が真実を語っているかのような態度で接していた。そうするうちに、徐々に医師の側もまた、マーラの言葉は実際に現実を語っているものと信じるようになっていったのだ。

シャワーから出ると、洗濯機の下に大きな泡まじりの水たまりができていることに気づく。

サーガは汚れた服を着て、浴室を出る。ベーコンを炒(いた)める香りが鼻孔を打ち、食欲をそそられる。そして、バーカウンターの周辺がかすんで見えることに気づく。ステレオからは、八十年代の重苦しいポップスが大音量で流れている。カールは、カウンターの上に二人分の食器を用意し、ピッチャーに水を満たしていた。

「料理なんかしなくていいのに」とサーガが言う。

「なに言ってんの」

「お腹は空いてるけど」

カールはフライパンをコンロから持ち上げ、コルクの鍋敷きの上に置く。

「フォークとかもあるけど、俺の経験から言えば、こいつはスプーンで食うのが最高」とカールが説明する。

「スプーンでいい」

「よし、と。めしあがれ(ボナペティ)」カールはそう言い、満面の笑みを浮かべる。そして自分の皿にはケチャップを絞り出した。

空腹のせいかもしれない。だが、早茹でのマカロニと炒めた玉ねぎとベーコン、そこに塩と胡椒を振っただけの食事は驚くほど美味(うま)かった。

食べながら、カールはジャーナリズムの世界について語る。いかにクリック数を増やし、広告収入を増やすことばかりに専心するようになってしまったか、と。

「でも、俺がいちばん心配なのは、ジャーナリストたちに独立心がなくなったってことさ」とカールは続ける。「もはや自分の意見を口にすることも許されなくなって、ただひたすら経営者の方針に従うことだけを求められてるんだからな」そしてカールは口元を拭う。

「ほんとうにそう考えてる？」サーガはそう尋ねながら、フライパンの料理を自らお代わりする。

「そうでもないな。でも苦々しくは思ってるし、たまには愚痴をこぼしてもいいだろう」そう応えたカールは、にやりとして尖った歯を剝き出しにした。

「南アフリカから来たんでしょ？」とサーガは尋ねながら、壁の旗を顎で指す。

「ああ、でも十五歳の時に母親と一緒に移り住んだんだ。苗字だけは父親のを使ってるけど。アフリカーンス語でプレーヤーとかゲーマーって意味さ」

「その時にはもうスウェーデン語を話せたの？」

「ああ、母親はスモーランドの出身でね」

「こっちに引っ越して来た時、どう思った？」

「上品で静かで寒い……私立の学校に行ったんだ。一年で高校を卒業。成績は主席。それから大学ではジャーナリズム専攻。で、今はこのていたらくってわけさ！」

サーガは水を一口飲むと、揺れ動く水面で光が屈折するのを見つめながら、コップをカウンターに戻す。

「シャワーの排水がおかしいみたい」とサーガが言う。

「床の傾斜の方向が間違ってるんだ」とカールが応える。「シャワーヘッドは壊れてるし、洗面台にはひびが入ってる……夢のわが家ってわけにはいかない住処さ。でもしかたないだろう？　俺と俺のキャリアにはふさわしい場所だ」

「あんた、ちょっと運が悪かっただけでしょ」

「ああ、たしかにこんなクソみたいなところに籠もって薄い壁に囲まれてるなんて、運が悪いよな。上に住んでる大家がセックスする音は聞こえるし――ちなみにそれはラッキーなおまけだと思ってるけど……窓もなければ鍵もなし、換気扇もなし……油紙で挟んだシナモンパンもなければ――」

「行かなくちゃ」サーガはそれを遮り、スツールから飛び降りる。

「すまん――」

「そうじゃなくて、確認しなくちゃいけないことがあって」とサーガは説明しながら、唇をペーパータオルで拭う。

カールがシナモンパンに言及したことによって、明確に思い当たることがあったのだ。

「同行してもいいかい？」

「車を持ってるなら」とサーガは応えながら、ホルスターを肩に装着する。

「俺が車なんか持ってるタイプに見えるか？」

「良い腕時計はしてる」サーガはそう言いながら靴を履く。

「十八になった時、親父は自分のロレックスを譲りたがったんだが、俺は断ったんだ。プライドが高すぎたのさ……だから、五十歳になった時にオークションでこいつを買った」

「何時間かで戻る」サーガはそう言い、身をひるがえして立ち去ろうとする。

「行き先は？」

「ヴェステルハニゲン」

カールは慌てて上着をつかむと、小さな資料館に足を踏み入れつつあるサーガのあとを追う。二人が通り過ぎると、サーガの血に塗れたスリッパが展示ケースの中で揺れた。

「そこにマーラがいると考えてるんだな？　自分の死について語っていた彼女の言葉から推測して」

「どこか広くて静かな場所が必要。化学薬品を保管しておくためにはね」

「車を調達するよ」とカールが言う。

「時間はどのくらいかかる？」

「三十秒だ」

六四

　薄暗いキッチンに座っているマーラ・マカロフは、親指の甘皮を噛む。目の前の食卓には、写真が三枚並んでいた。そこから一枚を取り上げると、それを二つに引き裂いてから立ち上がる。マーラが電気コンロへと移動しはじめると、床の空き缶が触れあってカタカタと鳴る。最も小さなプレートの火力を最大にすると、食卓に戻る。そして残っていた写真を床に払い落とし、食卓を数回叩く。

「モヤヴェヤブ（イジ・ヴ・モヤヴェヤブ）に行けよ！」マーラはそう叫ぶと、両手で自分の喉をつかむ。

　息ができなくなるまで絞めあげながら、窓に映った自分の姿を見つめる。

　マーラは手を放し、庭に立っている夏至柱（ミッドサマー・ポール）に目を向ける。樺（かば）の木の葉は茶色く縮れ、野草は干（ひ）からびて枯れていた。

　ポール周辺の地面には、白い骨が円を描くようにして置かれている。頭蓋骨、肋骨、大腿骨、骨盤が並んでいるのが、マーラの目には見えるのだ。

　だが、骨はマーラの頭の中にしか存在しない。

　カチカチという音が聞こえてさっと身をひるがえすと、ホルスターから拳銃を抜く。

コンロのことを忘れていた。

プレートが赤熱している。

白い骨と赤い血、とマーラは考える。白と赤、白と赤。

マーラは先ほど、泥で人形を作った。じっくりと写真を見ながら、ナイフの先端部を駆使して顔の特徴を刻み込んでからシリコンで型を取った。

マーラはコンロへと移動し、坩堝（るつぼ）をリングの中心に置く。中には、純粋な錫の塊がいくつか入っていた。

クレーンを使い、重いゴム袋をパレットに載せたのは今朝のことだ。それをガレージの扉まで運ぶ時に、パレットの端から足が出た。砂利の上に下ろそうとすると、男は苦痛に悲鳴を上げたり震えたりしはじめた。その時点ですでに溶剤は、全身の皮膚や顔面を腐食させていた。四肢の先端部は溶け出していたのだ。

ピックアップトラックに乗り、ガレージまで急いで後退させる時、うっかり頭を轢（ひ）いてしまった。それで袋は弾け、血と脳が砂利の上に一メートルほど噴き出た。マーラはトラックを前に進めてから降り、テールゲートを下げるとウィンチを使って袋を引き上げた。そして、荷台にストラップで留めてあるドラムの横に載せたのだった。

男の身体はぐったりとしていたが、それでも時折、身震いを思わせる痙攣が走った。

マーラは袋の穴を修繕し、砂利で血液を覆った。そしてトラックを森の際に停めると、荷台に防水シートをかけた。それが済むと屋内に戻り、ツナのオリーブオイル漬けの缶を半分食べてから吐いた。

マーラは今、コンロの前に立っていて、溶けた錫の鏡のような表面を見つめている。そしてマッチを手に取ると頭の部分を折り、それを溶けた金属の中に落とす。淡い灰色の煙が螺旋(らせん)状に立ちのぼる。

マーラはコンロを切り、持ち上げた坩堝の中身を慎重にシリコン型に流し込んでいく。内側にある溶けた金属の熱が感じられた。さらにもう少しだけ錫を足してから、ぶるりと身を震わせる。

小さな銀色の粒が人差し指に落ちた。一瞬だけ鋭い火傷の痛みがあり、すぐに消える。

マーラは震える片掌を上に向け、溶けた錫の残りをその上に注ぐ。

錫はシュッと音をたてながら皮膚に触れる。痛みに両脚の力が抜けた。マーラは床に崩れ落ち、背中を食器棚に打ち付ける。右手で左手首をつかみ、硬化していく錫が掌(てのひら)の上で輝きを失っていく様子を見つめる。

数分後、マーラは脚を震わせながら立ち上がる。小さな金属片をつまみ上げると、それが洗面台に当たる音を耳にする。

それで完全に覚醒したマーラは、スケジュール帳を取り出す——そこには、時間軸、変数、数学の方程式がすべて揃っている。すでに数え切れないほどの回数、見直しを繰り返していた。

心臓の鼓動が収まらないまま、食卓の椅子に腰を下ろす。

いくつか予定の変更を余儀なくされたものの、スケジュール帳の過去欄はほぼ完璧だった。

現在の欄の対向面には、その現在にいたるカギとなった瞬間が記されてあり、それらはすべて赤丸で囲まれている。

マーラは、未来の孕む複数の分岐点を検討する。

再三再四、確率と成功の可能性を計算する。確率変数を分析し、それを心理的尤度と照らし合わせるのだ。

六五

街灯の放つ琥珀色の光が次々と車体の窓枠の影を落とし、それがサーガの決然とした顔と、ハンドルに載せた左手の上で踊りながら去っていく。

助手席にいるカールは、サーガのほうを見すぎないようにと懸命に自分を抑えている。

二人は今、盗んだポルシェでセーデルハーゲンを通り過ぎたところだ。しかし二十分前のサーガは、カールが地下室を借りている屋敷の前の路上に立っていた。大家のキッチンはリビングから漏れているテレビの青い光に照らされていて、その中を通り抜けるカールの姿が見えた。彼はひと言も発さず、物音もたてず、明かりも点けなかった。だれにも気づかれることなく玄関ホールまで行き、戸棚の中から車のキーを取り出したのだ。

数秒後、ガレージの扉がスライドして開いた。

サーガが運転席に座り、カールは彼女の指示に従い、ヴェステルハニゲン付近の農場を検索した。

すぐに十五件のヒットがあったが、マカロフという苗字につながるものはなかった。そこで条件を広げ、マーラが言及したほかの名前、ヴァジムとアグラーヤを入力すると、一件が合致した。

ヴァジム・グルキンという男が、オルムスタ通りの農場を購入していた。ストックホルム群島での事故のわずか一年前のことだ。ヴァジムの死によって相続したロシア人の親戚は、今にいたるまで登記の名義変更をしていない。そのため、農場は忘却の彼方に追いやられたままとなっている。

フォーシュのインターチェンジで高速道路を下りたサーガは、暗闇に沈む採石場を過ぎて560号線に乗り、高架橋をくぐる。

「なにもかもすばらしくおもしろいが」とカールは言う。「でもな……思わないか？いちばん良いのは、自首してこの場所について警察に知らせるってことだって」

「時間がない。ヨーナを救えるのはわたしだけだから」と、サーガはぶっきらぼうに応える。

サーガは、工場や倉庫の青い建物群を回り込む細い未舗装路で減速してから、再び加速する。

「どうしてあんただけなんだ？」カールがためらいがちに尋ねる。

「マーラがそう言ったから。マーラはこの世のだれよりもヨーナを憎んでるから」

「マカロフがそう言ったの――」

「わたしがマーラを止めなければ、ヨーナは殺される」

「ヨーナには話さなくちゃいかんだろ」

「かもね」とサーガは囁く。

工業地帯の建物と無人の駐車場、そしてどこまでも続くゴミ箱の列をあとにした二人の周囲に、田園地帯の風景が広がる。

サーガは凹凸の激しい砂利道でハンドルを操る。そして電気柵に囲まれた野原を通り過ぎ、鬱蒼とした森林地帯に進入した。車体の側面を枝が擦り、前方へと伸びる道が薄明かりに浮かび上がる。

サーガは道路の穴を見つけた瞬間に減速するが、それでも車体は大きな音をたてる。

「だいぶ近づいてきたぞ」カールがおだやかに言う。

木々の幹に遮られ、地面はほとんど見えない。だが突如として森は開け、生気のない平板で灰色の風景が広がる。耕されることなく放置された畑は、暗がりの中で乾いてくすんでいるように見える。

ニシコクマルガラスたちは不安げに木立の周囲を旋回し、遠くにある送電線の下では数頭の鹿が草を食（は）んでいる。

「このあたりのはず」とサーガが言う。

道なりにカーブを曲がると、排水路脇の密生した茂みの向こうに、暗い農場がちらりと見えた。

荒れ果てた赤い建物群が、土地の片側に集まっている。

外に駐まっている車はなく、割れた窓ガラスはすべて闇に沈んでいた。

農場への脇道を通り過ぎ、さらに数百メートル進む。そしてサーガは、Uターンできる場所を見つけると車の向きを変えて戻り、茂みの背後に停める。農場からは見えない位置だ。

「わたしは様子を見てくる」とサーガは告げる。「なにがあっても、ぜったい車から出ないように」

「じゃあ、俺はなにしたらいいんだ？　座ってるだけか？」

「車が通りかかったら――ピックアップトラックの可能性がいちばん高いけど――身をかがめてヨーナに電話して。そいつが視界から消えたらすぐに」

「ヨーナ・リンナと話せって言うのか？」

「わたしの指示で電話してると伝えて。フォーシュの出口から先のオルムスタ通りに、ただちに規制線を張るようにって」

「わかったよ、いいとも……」

サーガは、シートのあいだの物入れからカールの携帯電話を取り出し、ヨーナの番号を登録する。

「銃声が聞こえたり、三十分経ってもわたしが戻らなかったりしたら、ヨーナに電話をかけて、状況を伝えて――ただし、車からは出ないこと」そう言いながら、サーガはドアを開ける。

「了解」

「懐中電灯持ってる？」

「持ってないな……でもこういうのならある」とカールは応え、キーホルダーに取り付けられている小さなマグライトを持ち上げてみせる。

「完璧」サーガは、そう言いながら受け取る。

小型懐中電灯の本体は青いプラスティック製で、側面に丸いボタンがある。そして、ピンの頭ほどの大きさのＬＥＤ電球がついていた。

「気をつけてな」カールは、車を降りるサーガに声をかける。

サーガは静かにドアを閉め、ひんやりとした空気の中を農場に向かって歩きはじめる。きつく敷きつめられた砂利が、足下で音をたてる。

風が茂みと雑草のあいだを吹き渡る。

サーガは立ち止まるとホルスターから拳銃を抜き、身体の近くに隠し持ったまま道を離れる。

建物は密集して立っていた。納屋、ガレージ、そして貯蔵庫のあいだの仕切りは取り払われ、ひとつながりの広い空間を構成しているように見える。屋根の高さや角度はまちまちで、ほとんどはトタン板か黒い亜鉛板でできているようだ。

脇に離れた場所には、トラクターのタイヤがいくつかと掘削機のバケット、そして薪の山があり、緑色の防水シートがかけられている。そしてサーガは、森の際に円筒型のディーゼルエンジン燃料のタンクがあることに気づく。四メートルほどの長さで、赤錆色に塗られている。

宵の明かりの中、サーガは砂利地を横切る。

緑色のゴミ箱が五個、ガレージの壁に沿って並んでいた。壁の木材は臙脂色で、下端が腐っている。

窓枠や、その上の横木のペンキは剝がれかけていた。窓ガラスがなくなっているところもあり、ガラスの破片が草むらに散乱している。

サーガはプラスティック製のゴミ箱を開けていき、すべて空であることを確認する。ムクドリの群れが屋根を越えて飛んでくると、林檎の老木に少しのあいだ留まり、それから再び飛び立っていく。

サーガは背の高いガレージの扉の前を通り過ぎ、その脇にある小さめの戸に辿り着くと、重い黒色の閂を横にずらし、ゆっくりと押し開ける。

暗い空間を覗き込む。金属と油の匂いがしていた。カールの小型懐中電灯を点すと、錆びたトラクターが浮かび上がった。種蒔き機と圧縮機を備えているが、タイヤはパンクしている。

サーガは中に入り、後ろ手に戸を閉める。トラクターの脇を過ぎ、枯れ草でいっぱいになった馬鍬をまたぐ。

立ち止まり、耳を澄ます。グロックを下げるが、その重量は肩の筋肉にかかったまま退かない。

頑丈な鎖が床に転がっていた。フォークリフトとブルドーザーのバケットに挟まれた位置だ。

サーガはガレージの端に到達し、幅の狭い戸を開ける。その向こうには窮屈な通路が伸びていて、床は砂だらけだった。壁板の隙間からは中庭が見える。

前方の闇の中で、なにかがガサガサと音をたてる。

サーガは拳銃を持ち上げる。通路の先には大きなネズミがいて、近づくとするりと姿を消す。隣接する建物の戸に辿り着いたサーガは、懐中電灯を消して再び闇に潜る。閂を持ち上げようとした瞬間、背後でなにかを擦るような音がした。

まるで、だれかがトラクターのボンネットにさっと掌を走らせたような音だった。

サーガは息を殺して引き金に指を掛けると、半ばまで引き絞る。

全身の神経を研ぎ澄まし、周囲の闇の中に意識を張り巡らせる。

用心深く歩を進める足音が背後から聞こえ、サーガはゆっくり振り返ると、音のする方向に拳銃を向けて懐中電灯を点ける。

六六

カール・スペーレルは暗い車内に座っている。片手には携帯電話があり、その視線は前方にある脇道の入り口にじっと注がれていた。サイドミラーを定期的に覗き込み、背後に伸びる道も確認している。それは、自然に呑み込まれかけている、なんの変哲もない小道にしか見えない。草むらや木立、茂みの中を伸びていき、約五十メートル先で森の中に消えていた。

カールは髪を払いのけ、時刻を確認する。

サーガが立ち去ってから五分。

サーガと交わした会話から、カールは自分の十八歳の誕生日のことを思い出していた。ケープタウンにいた父親が、スウェーデンまでやって来た時のことだ。父はカールを老舗(しにせ)レストランでの昼食に連れ出したがり、母にも行くようにと説得された。

父が、予想していたよりもはるかに老けて見えたことをおぼえている。半袖のシャツにカーキ色のズボン、茶色の靴という姿だったことも。そして日に焼けた腕には、白い毛が生えていた。

デザートを食べている時に、父はプレゼントをカールのほうへと押して寄こした。六十年代のオリジナルの箱に、青いリボンが結ばれていた。

「まさか古いロレックスをくれたら、なにもかも解決だって考えてる?」とカールは問いかけた。「そいつを引っこめなかったら俺は帰るよ」

カールは、その時の父の顔を決して忘れないだろう。あの消え入りそうなほほえみを。当時のカールは、それを苛立ちと判断ミスをしたという認識の表れだと考えたわけだが、その後、親父はあの時たぶん涙をこらえていたのだ、と理解するようになった。

「どうせガラクタだからな」と父は言い、そのプレゼントをバッグにしまった。

カールは、フロントガラス越しに砂利道を見つめ、それから農場への分岐点に視線を移す。その瞬間、しばらく背後の道を確認していなかったことに気づく。身震いとともにサイドミラーを見やり、顔をわずかに傾ける。

道はあいかわらず青白く、無人だ。しかし、車の真後ろに人がいないかどうかはわからない。

カールはゆっくりと手を伸ばし、ルームミラーの角度を調整する。

リアウィンドウは、黒い長方形でしかない。

カールはまばたきをし、目の焦点を合わせようとする。

濃い灰色の雲のようなものが、リアウィンドウの下の端に現れる。

それでサイドミラーに視線を動かした瞬間、車体になにかが当たったような音がする。

風で枝が揺れてるだけさ、と自分に言い聞かせる。葉っぱがリアウィンドウに当たってるんだ、と。

カールは額を擦ってから頭を後ろに倒し、フロントガラスの向こうをじっと見つめる。

まっすぐ前方の茂みに、ちらりと光が見える。まるで嵐に抗う炎のようだ。だがそれは、意識を集中させる前に消えてしまう。

心臓の鼓動が速まり、カールはひとりにやりとした。この不条理な状況に思いを巡らせたのだ。この俺が、サーガとともにシリアル・キラーを追ってるんだからな。ラッセルとドラーガンは、ぜったいに信じてくれないだろう。

カールはドアを開けて夜気の中に出る。車の背後を確認してから、農場の建物がはっきりと見える位置まで前進する。

なにもかもが静まりかえっている。

踵を返そうとした瞬間、再び光が閃く。それは、ガレージと大きな建物をつなぐ小さな差し掛け小屋の壁板の隙間から漏れていた。

こぼれた光の筋が樺の木のあいだに差し込むと、赤い二つの反射板を輝かせた。まるで、ひと組の目玉が開いたり閉じたりしたようだった。

一瞬後、農場は再び闇に包まれる。

二枚の赤い反射板が意味することは一つしかない。車のテールランプだ。

近づいて、マーラのピックアップトラックかどうかを確認しなければ、とカールは考える。だがまさに、そういうことをするなというのがサーガの指示だったではないか。

　農場に近づく途中で、サーガも森の際に駐まっているピックアップトラックの存在には気づいたはずだ。

　カールは一瞬、躊躇してから、足早にポルシェに戻り施錠する。

　前方に伸びる道を見つめ、農場への分岐点を確認してから、ルームミラーを見やる。

　木の枝がゆっくりと風で揺れている。

　遠くから見ると、森はほとんど真っ黒だ。

　子どもの頃、積み重ねた薄切り肉がこわかったことを思い出し、それをむりやり頭の中から押し出しながら再び時刻を確認する。サーガが出ていってから十二分だ。

　カールは、バッテリーが残っていることを確認しようと、携帯電話のロックを解除する。すると画面の光が車の中をおそろしいほど明るく照らし、すぐに消す。何百メートルも離れたところからでも見えたに違いない、とカールは考える。ひとりぼっちの蛍のように。

　シフトレバー脇の物入れに携帯電話を落としながら、三十二歳の時のことを蘇らせる。長いあいだ闘病していた父が死んだという報が届けられた。葬儀のあと、カールは母に話した。親父は、ロレックスを差し出すことで息子に許してもらおうとしたことがあったのだ、と。そして、自分はいつでも母親の味方だったたし、そういう気持ちは金で買えるものではないということを、親父は理解できなかったのだ、と説明した。

「それは残念な話ね」母はそう言うと、椅子にぐったりと腰を下ろした。

「え？」

「お父さんはずっと、あんたが十八になったらあの腕時計を譲るんだって話してたのよ」と母は言った。「お母さんとのあいだが難しくなるずっと前から」

その時はじめてカールは理解したのだった。あれは賄賂でも息子を籠絡する試みでもなかったのだと。隠れた動機などなに一つなかった。父は、最初にあの時計を買った時から——そして腕時計をはめる時にはいつでも——ずっと息子のことを考えていたのだ。

車の中に座りながら、カールは父の老けた顔を蘇らせる。日に焼けた両腕と、左手首にできた腕時計の白い痕。

なぜ今、父のことが思い出されるのか、カールにはわからなかった。サーガに一つ質問されただけでこうなったのだろうか？　それとも単に、自分が怯えているからなのだろうか？

六七

サーガがゆっくりと通り抜けようとしている空間は、ユティリティルームのように見えた。壁に沿って金属製の戸棚が五つ並んでいる。窓には乾いた蠅（はえ）取り紙が吊されていて、床には大きなトタンの盥（たらい）と山積みになった紙ナプキンがあった。

先ほど一挙に噴出したアドレナリンは退きはじめている。

砂だらけの通路で、だれかの足音がしたのだ。反射的に暗闇に向かって発砲しかけたほどはっきり聞こえた。だが、懐中電灯を点けてみるとだれもいなかった。

引き金にかかっていた指が震えた。

忍び寄る足音は消えていた。

サーガは今、幅の狭い扉の前で立ち止まっている。曇りガラスのはまっている小さな覗き窓の下にはラミネート加工された貼り紙があり、工房内で遵守すべき安全規則が列挙されていた。

ここはマーラの世界だ、とサーガは考え、グロックを持ち上げて戸を開く。

西の空からのうっすらとした光が、高い位置に並ぶ窓からこぼれている。

トタン屋根のすぐ下には、頑丈な天井クレーンがいくつも並んでいた。なんらかの揚重（ようじゅう）システムだ。

サーガは一瞬のあいだその場に立ち尽くしてから、足を踏み出す。左右の安全を確保しながら金属の作業台へと足早に移動し、身をかがめてその下を見る。

片隅に置かれているプラスティック製の盥には、防護マスクと、化学薬品を取り扱うための染みのついた手袋が入っていた。

よどんだ空気には、かすかな腐敗臭が感じられる。壁際には、プラスティック製の大型ドラム缶が並んでいた。

サーガは作業台の傍らであたりを見まわす。

天井クレーンの真下にはベニヤ板があり、乾いた血が一面にこびりついていた。血液は床を横切り、排水溝へと流れていったようだ。

コンクリートの傾斜路は荷物搬入口につながっていて、その開口部には黄ばんだ分厚いビニールカーテンが垂れている。

建物全体を探索し、マーラを待ち伏せするのに適した場所を見つけよう。サーガはそう決める。謎かけを解くのではなく、ヨーナに電話をかける。そして、一緒にこの農場に罠をしかけるのだ。

サーガは立ち上がり、その空間全体に拳銃を向けていく。

じっと立ち尽くしたまま、扉を一つひとつ観察する。そしてまず、ユティリティルームと砂だらけの通路につながる扉に意識を集中させる。それから身体を百八十度回転させて、反対側の壁にあるタール塗りの木の扉を見つめる。おそらく母屋につながっているのだろう、とサーガは考える。

視線を扉から引き剝がし、荷物搬入口に掛かっているビニールカーテンのほうへと部屋を横切る。その先には、この農場のより新しい区画があった。

サーガはゴムシートの分厚いロールをまたぎ、傾斜路を搬入口へと上る。

黄ばんだカーテン越しに、アルミの通風管が無数に走る明るい部屋が見て取れた。

カーテンに肩を押し当てると、重なっていたビニールカーテン同士が粘り気のある音とともに剝がれていく。サーガは工房のほうに振り返ってから、カーテンの隙間を滑り抜け、片膝をついて拳銃を構える。そして、戸外にある背の高い穀物乾燥機から、穀物貯蔵庫の半開きの扉へと銃口を移動させていく。

時間がなくなっていく。カールがヨーナに電話をかけるまで、あと九分しかない。

サーガは開いた鉄扉へと移動する。

重厚な閂が、片方のドア枠に掛かっていた。

貯蔵庫は空だった。天井は高く、壁は金属板で覆われ、床には小麦粉と穀粒が散らばっている。

空間の中央には、積まれたパレットの巨大な山があった。

身をひるがえそうとした瞬間、サーガは思いがけないものを見つける。ドアから五メートルほど離れた床の上に、マトリョーシカがあった。ロシアの入れ子人形だ。

＊　＊　＊

カールはドアのロックを確認する。これで三回目だった。サイドミラーを見やると、風が梢（こずえ）を吹き渡り、黒々とした枝が夜空を背景に揺れている。

背後の道はもうほとんど見えなかった。弱い光の中で、砂利がふわふわ漂っているようにすら見えた。それが川の流れとなり、細い水路をどこまでも伸びていく。

カールはフロントガラスの向こうを見つめる。

路面にいくつもある水たまりが一つになる。

サーガがあの車を見ていなかったらどうする？　隠されているとしたら？　その場合、サーガはマーラが戻っているとは思いもしないだろう。

サイドミラーをちらりと見やってから、ルームミラーに視線を移す。

リアウィンドウからは、車のすぐ背後の路面だけが、まだおおよそ見分けられた。

木の根が路面を持ち上げ、膝のように砂利から突き出ている。

カールはゆっくりとルームミラーを調整し、車の後ろにある側溝を確認する。

雑草が震え、イワミツバの白い花がゆっくりと一方向に倒れる。

カールはすばやくサイドミラーを確認してから、ルームミラーに視線を戻す。

数秒のあいだはすべてが静止しているが、やがて手前にあるフランスギクの列が動きはじめる。草の茎と牧草のあいだに、巨大な手がちらりと見えた。

カールは目をしばたたかせる。

頭の中にあるだけさ、幻想だ。

十二歳の時、カールは脳炎に罹（かか）った。脳が炎症を起こし、そのせいで幻覚が現れ、癲癇（てんかん）発作が起こったのだ。発熱が頂点に達し、スモーランドのあの小さな夏の別荘に救急車が到着するまでのあいだに経験したことは、一度も忘れたことがない。

夜ふけに、カールは家の外にひとりで座っていた。

小さな芝庭には、無数の松かさが転がっていた。

青白い月光の中、森の際に佇（たたず）む人影にカールは気がついた。それは積み重ねた肉片でできている男で、人間の身体の断片の上にさまざまな動物の切れ端も足されていた。

太い首筋に雄牛の頭、そして血でぬるぬるになった人間の腕を持っていた。

男は近づいてきた。肉屋の使うなめし革のエプロンを撫でながら、目を細めてこちらの家を見つめ、首をかしげて耳を澄ました。

カールは、立ち上がって屋内に逃げ込む勇気も湧かなかった。恐怖に凍りつき、息を殺しているうちに身体が激しく痙攣しはじめた。

意識が戻ると翌日になっていて、病院にいた。

カールはフロントガラス越しに脇道への入り口を見てから、ルームミラーに目を向ける。そして手を伸ばすと、角度を調節した。

側溝になにかある。それは光沢のある黒い繊維で包まれていた。

その正体不明のものはゆっくりと動いていて、雑草を前に倒していく。

カールはシートにぐったりと身体を預け、呼吸を整えようとする。

車から出たのが悪かったんだ、と非合理的な考えが頭をよぎる。ルールを破ったせいだ、と。

車体を引っ掻く音がする。長い爪を塗装面に突き立てているように聞こえた。

カールは息を止める。

なにかが側溝を移動しているのかどうか、カールにはもうわからない。雑草が風に揺れているだけなのかもしれない。

片手で口元を押さえ、指の隙間から静かに息をする。

ドスンとルーフを叩く音がする。

カールは必死に悲鳴を抑え込む。

引っ掻くような音が聞こえて、モリバトがフロントガラスを滑り下りてきた。羽を動かしてバランスを取り戻そうとしている。それから、ボンネットの上をもったいぶって横切っていく。

カールは再びルームミラーを見上げる。

やはり側溝にはなにもない。

カールは心を鎮めようとする。

汗だくだった。腕の下から脇腹へと汗が伝い下りている。

ここにはだれもいない、とカールは考えながらドアを開けた。ハトが羽ばたき、飛び去っていく。

外に出たカールの心臓は、激しく脈打っていた。車の背後に回り込み、側溝の中を確認してから雑草を蹴る。黒いゴミ袋が茂みの中に転がっていた。それを持ち上げて中を見る。古い服とちぐはぐな靴でいっぱいだった。

カールはその場にゴミ袋を放置し、砂利道を農場のほうへと移動しはじめる。最近では、暗闇をこわく感じることは少ない。だが今は不安感があとを引いていて、そのせいで神経が張りつめていた。

マーラの車に破壊工作をし、逃走できないようにしなければ。

カールは細い脇道に入る。道の中央部には草が伸びていた。

互いに密着して連結した赤い建物群が、闇に沈んでいる。

暗い赤色の中庭は、薔薇(ばら)のつぼみのように閉ざされていた。

カールは歩調を緩め、どのあたりで光ったのか思い出そうとする。あれはサーガの持っている懐中電灯の明かりで、彼女がガレージから母屋に移る時のことだったはずだ。

壁板とその隙間を仔細に見つめてから、視線を樺の木の茂みへと移す。大きな高架タンクが見分けられた。カールはそちらに近寄る。

その瞬間、カールは赤いテールランプを見つける。

地面を見わたすと、緑色のゴミ箱の傍らにガラスの破片が一つ転がっていた。カールはそれを拾い上げて、車に近づいていく。

無数の割れた瓦(かわら)が、切り株に立てかけられている。

ディーゼル燃料のタンクの横を通り過ぎながら、トラックにカモフラージュネットがかけられていることに気づく。

フォードの旧式ピックアップトラックだ。

カールは、ガラス片で後輪をパンクさせようとするが、厚いゴムは貫けない。

荷台にナイフかドライバーがあるかもしれないと考えて身をかがめ、大きな岩に固定してあったストラップの一本を緩める。

カモフラージュネットの角を折り上げると、何百匹もの蠅が空中に渦巻く。

カールの心臓は早鐘を打ちはじめる。

燃えた髪の臭いがしていた。なにか化学薬品の強烈な臭気も感じられる。

巨大な袋のようなものが荷台に横たわっていた。カールは一歩後ずさりする。黒いゴムの内側でなにかが蠢(うごめ)くのを見た気がしたのだ。

六八

サーガが工房の側に抜け出てコンクリートの傾斜路を下りると、ビニールのカーテンは背後で元の位置に揺れ戻った。

側溝の周囲にあるねっとりとした黒い血液の中で、白い蛆(うじ)が何匹か蠢いている。

サーガは二枚の扉を見比べ、遠いほうに向かう。母屋につながるものだ。床に開いた穴のようなものに金属の波板が被せてあり、その上を歩くと奇妙な足音がたつ。

道具箱をまたぎ、黒い扉に辿り着く。タールのような匂いがした。

カールがヨーナに電話をかけるまで、あと七分。

壁の向こうから、足を引きずるような音が聞こえてきた。

サーガは湿った右手をズボンに擦りつけてから、指のこわばりを緩めるために拳を何回か握ったり開いたりする。拳銃を上げ、深く息を吸い込んでからドアハンドルを回して扉をわずかに開くと、暗い廊下に足を踏み入れる。たわんだ床面には、ぼろぼろのラグマットが敷かれていた。

個人的な感情は脇に置いて、すぐヨーナに連絡すべきだった、とサーガは考える。どうしてわたしは、いつもこんなに怒っているのだろう？ ひとりでこんなことをするのは良くない。危険すぎる。

さっきのマトリョーシカは、まっすぐにこちらを見つめているようだった。中の人形もすべて、こちらを見つめているように思えてきた。

サーガはカールの懐中電灯を点けて、廊下を移動する。その先には、臙脂色の木材をチェーンソーで切り抜いたような開口部があった。切断面はギザギザで粗い。穴の向こうには狭いキッチンがある。天井が低く、明かり取り窓からは中庭が見える。そこにはくたびれた夏至柱が立っていた。

サーガは少しのあいだ視線をドアに向け、それから拳銃を下げる。

悪臭が鼻をつく。ゴミと腐敗した食べ物のようだ。床には空の缶が散乱している。ラヴィオリ、ソーセージ、グーラッシュ、ツナ、スイートコーン、アプリコット、ムール貝、魚団子、そしてザワークラウト。

天井にはオレンジ色のランプシェードが吊されていて、灰色の合板テーブルの中央には開いたままの豆の缶詰があった。そしてその傍らには、アルゴリズムに関する本が置かれている。

　サーガの視線は、暖房用放熱器のそばに落ちている二枚の写真に吸い寄せられた。一枚にはヨーナが、そして二つに引き裂かれたもう一枚にはマルゴットが写っている。

　シンクには血塗れの斧（おの）が放置されていた。

　茶色い電気コンロの上の壁には、茶色い釉薬（ゆうやく）タイルが貼られている。プレートの上に手をかざすと、サーガの心臓が早鐘を打ちはじめた。熱が感じられたのだ。

　床に散乱している缶をカタカタと鳴らしながらキッチンをあとにして、狭い廊下に出る。

　扉の一つは浴室につながっていた。サーガはその内側に懐中電灯を向ける。

　床、壁、洗面台、そして便器は、みな汚れて灰色だ。

　冷たいすきま風を足許（あしもと）に感じたサーガは、身をひるがえして廊下から玄関、そしてキッチンの入り口へと拳銃を向けていく。だが家の中は静まりかえり、動くものの気配はなにもない。

　指を引き金にかけたまま向きなおり、寝室に入る。ローラーブラインドが開いていて、サイドテーブルには厚い埃の層ができていた。

　サーガは自分の姿を目にする。額に入った壁掛け（タペストリー）のガラス面に映っていたのだ。

　ベッドは整えられている。しっかりと折り込まれたベッドカバーの上には、無数の蠅の死骸が転がっていた。ここで寝ていた者はいない。それだけはあきらかだった。クローゼットの扉は半開きで、窓枠に載っている乾いた蜂の死骸が、風に吹かれて震えている。

再び壁掛けに視線を向けると、全身をアドレナリンが駆け巡り、両腕の毛が逆立った。

マーラが戸口に立っている。サーガの真後ろにいたのだ。華奢で生気がなく、髪は灰色で顔面が汚れている。

サーガは横様に飛びのき、身体を回転させながら発砲する。だが、すでにマーラの姿はない。すばやく走り去る足音が廊下から聞こえてきた。

サーガはそのあとを追い、再び撃つが間に合わない。弾丸はドア枠に当たってキッチンに飛び込み、木片と埃を舞い上げた。

廊下を走ると、キッチンの床に散乱していた缶同士のぶつかり合う音が聞こえてくる。

戸口に拳銃を向けたところで、壁の穴の向こうにマーラが消える。赤い拳銃が、マーラの手の中できらりと光った。

サーガは急ぎ足でキッチンを横切り、タール塗りの扉が開く音を耳にする。

壁の穴をすばやくくぐり抜けて廊下に出た瞬間、黒い扉が閉まってバタンと音をたてる。

扉越しに三発撃ち込むサーガの足許で、床板が振動する。

工房の金属板を踏むマーラの足音が響きわたり、サーガは扉まで突進して引き開ける。

マーラは荷物搬入口に到達しかけている。

自分は警察官だと名乗らなければ、とサーガは考える。マーラを制止し、武器を捨てさせるのだ、と。だが、どうしてもそうする気になれない。

マーラは巨大なエンジンブロックの下をくぐり、振り返り様に拳銃を上げる。

サーガは横方向に身を投げ出し、道具箱にこめかみを打ち付ける。それから、水酸化ナトリウムの入ったプラスティックのドラム缶の背後に隠れようとしてバケツをなぎ倒し、腐敗した血液をぶちまける。

飛び散り溢れ出た血液が、金属板の隙間へと流れ込んでいく。

信じがたいほどの臭気だ。

サーガは慌ててそれをよけながら立ち上がる。そして拳銃で狙いをつけると、マーラはコンクリートの斜面を這い上がるところだった。

サーガは左手でグロックを支える。照準器と銃身が揺れていた。射線を確保しようとするが、吊されている滑車が邪魔だ。サーガはべとつく床を斜めに移動し、マーラの右足が視界に入った瞬間に引き金を引く。

弾丸は金属の手摺りに当たって跳ね返り、工房の中に戻って来る。

マーラが身をかがめて駆け出す。サーガは肩甲骨のあいだに狙いを定めて、再び撃つ。

反動が肩を打つ。

マーラは拳銃を取り落とすが、すでにカーテンの向こう側にいる。

サーガはその背後から撃ち続ける。弾丸が分厚いビニールシートを貫通するたびに、シュッシュッとなにかを吸うような音がした。

工房をまっすぐに走り抜けて、揺れるカーテンへと傾斜路を上がっていく。

サーガは再び照準を合わせ、カーテンの向こう側にいるマーラの動きを読もうとする。

すさまじい勢いで移動する影が目に入る。それは開いたままの金属の扉を抜けて、貯蔵庫に飛び込んでいった。サーガはカーテンを押して通り抜ける。すばやく移動するマーラの足音が、前方の広い部屋から聞こえてきた。

サーガは一瞬のためらいもなく、あとを追ってそこに飛び込む。金属の扉をくぐるや空間をすばやく見わたし、左右の角の安全を確保する。

マトリョーシカが床に落ちていて、サーガを見上げていた。

サーガは、中央に積み上がっているパレットにグロックを向ける。ほかに身を隠す場所はなかった。別の扉もない。マーラが逃げのびる先はない。

サーガは、ゆっくりと弧を描きながらパレットに接近していった。いつでも撃てる態勢にある。その瞬間、背後で金属の扉が音をたてて閉まり、閂の通される音が響く。

何者かに閉じ込められたのだ。

心臓が激しく脈を打ち、血の流れる音が耳の中で轟く。それでもサーガはパレットを回り込んでいく。

だれもいない。

あたりを見まわすが、なにが起こったのか理解できない。マーラの足音を聞き、扉をくぐり抜けるところを見た。そのすぐ背後にいたのだ。部屋に入ってからも、左右の死角を確認した。

マーラが隠れる場所はなかった。

貯蔵庫は剝き出しの床となめらかな壁に囲まれた空間でしかない。

サーガはパレットの周囲を大股で歩きながら、再び確認する。

わけがわからない。

ドア枠の上のわずかに突出している横木によじ登り、そこでバランスを保ったとしか考えられなかった。

サーガは呼吸の速度を緩めようとしながら、袖で口元を拭う。

カールがヨーナに連絡するまであと一分。

床には扉もハッチもない。

サーガは天井を見上げる。十二メートルほどの高さに窓が並んでいて、幾重にも重なった蜘蛛の巣によって半ば覆い隠されている。それは、ほとんどチュール生地のようにも見えるほどの厚さだった。

サーガは拳銃をホルスターに戻し、パレットの山に向きなおる。

傍らの床には、不潔なタオルが広げられていた。

丸めた上着の横に、水のペットボトルがある。

ここがマーラの寝床に違いない。

マーラは床の上で寝ることを好む、というクランツの記述を、サーガは思い出した。

プラスティック製のバケツの中には、脚のねじれた無数の蜘蛛の死骸が入っている。

蜘蛛の巣が複雑な網の目となって、パレットのあいだできらりと光る。

中には小麦粉で白くなっているパレットもあった。

サーガは両膝をつき、パレットの隙間に手を差し込む。そして、その先に赤いジンジャーブレッドの缶詰があるのを見つけて引っ張り出すと、繊細な蜘蛛の巣が崩れた。

壁を撃ち抜く銃声が響きわたり、サーガの身体に震えが走る。

六九

サーガは押し寄せるパニックの波に抗おうとする。あの銃声は、カールの死を意味しているのかもしれない。だが生きているなら、今頃ヨーナに連絡しているはずだ。そうすれば警察はこの場所を見つけ出し、マーラを逮捕勾留し、検察当局が取り調べを開始することになる。

サーガは床に腰を下ろす。傍らには、ビスケットの缶があった。蓋を外してみると、中にはノートから切り取った紙片が一枚入っている。サーガはそれを持ち上げ、裏返す。

マーラは震える線で、頭蓋骨と骨の山を描いていた。その下には〈うちの家族〉と記されている。

紙切れを缶に戻したところで、煙の匂いに気づく。あたりを見まわすと、青灰色の靄(もや)が扉の下から侵入し、天井へと渦を描きながら上っている。

サーガは立ち上がり、数歩下がりながら見上げる。炎が広がれば、できることは少ない。

パレットを積み上げていき、煙が溜まりきらないうちに梁を伝って窓に取りつくのだ。

それから窓を割って屋根に出て、そこから穀物乾燥機伝いに下まで降りる。

サーガはパレットを引っ張り、床に広げはじめた。

一枚あたり二十五キロの重量がある。それを上まで積むには、階段のようなものを組み上げる必要がある。

煙は今や、大きくうねりながら部屋の中に入ってきている。その勢いを目にしたサーガは、間に合うのだろうか、と考えながら速度を上げ、パレットをさらに床に配置していく。元の山をどの程度残せば、天井まで到達できるのかと懸命に計算する。一枚につき二十センチもない。一メートルに五枚必要ということだ。足りるのだろうか。

パレットの塔は、トランプピラミッドさながらに脆(もろ)いはずだ。

サーガはパレットを引きずり、持ち上げ、重ね、階段の一段目を構築していく。すばやく整然と作業をこなすうちに汗が胸元を伝いはじめ、酷使された筋肉はすでに震えている。

最初の四段を上り、投げるようにして一枚のパレットをその上に載せる。それから駆け下りて次の一枚を持ち上げる。

サーガは苦痛にうめく。裂けた木材が、手に深々と食い込んだのだ。パレットを取り落とすと、小麦粉が舞い上がる。

棘（とげ）は右手の人差し指の中にあった。長さ五センチほどで、皮膚のすぐ下に刺さっている。サーガはそれを引き抜き、手を振って血を飛ばしてから傷に圧を加える。

煙が天井付近に溜まりはじめていた。

サーガはパレットを動かし続ける。次の段を載せるにはまだ足りない。

金属の扉が軋み、サーガは静止する。外から熱せられたせいだろう、ととっさに考える。だが次の瞬間、閂を抜く音がする。

拳銃をつかみ、パレットの山の裏に隠れると同時に、扉が開く。銃口を向けた先にカールの胸があることに、サーガは気づく。カールはシャツを脱ぎ、それを顔に巻き付けていた。

「急げ！」と彼が叫ぶ。

サーガは駆け寄り、拳銃をホルスターに戻す。外では、穀物乾燥機が松明のように燃え上がっていた。そして木製の骨組みが、輝く燃え殻の中へと崩壊していく。

「探してたんだぞ」とカールは言い、咳き込む。

頬は煤（すす）だらけで、血走り狂気じみた目でサーガを見つめている。高熱の壁が二人を打ち、真っ黒な煙がチューブコンベアから噴き出る。

「出なきゃ」とサーガが言う。

ビニールカーテンが揺れ、炎に空気を送り込む。

「こっちだ」とカールが荒い息をつく。

黄ばんだカーテンをくぐり抜けた二人は、搬入口の側で立ち止まる。

「ひどい」

炎はほとんど農場全体を呑み込み、遠雷のように低いうなりをあげていた。火は工房の木の壁に燃え広がり、高いところにある窓がいっせいに熱で割れる。ガラスの破片が床に降りそそいだ。

「あっちから来たんだ」カールがそう叫びながら、古い母屋を指差す。

二人は這うようにして荷物搬入口から下り、タール塗りの扉に向かって走る。頭上では金属製の屋根がミシミシと音をたてていた。ロープに火が点き、重い滑車が回転しはじめる。

前方で炸裂音がたて続けに響く。ガラスが砕け、木材が落下しているのだ。

大きな金属板を踏む二人の靴底が溶けはじめる。

その瞬間、タール塗りの扉がバタンと開き、炎の塊があらわになる。それと同時に突風が吹き、二人の方に火が押し寄せる。

「出口は一つしかない」とサーガは言いながら、カールを引き戻す。

工房の屋根を支える構造体は、今や炎の海に浮かんでいるように見えた。

二人の目の前に梁が落下する。それは作業台を真っ二つにし、滝のような火花を撒き散らす。

屋根の金属板が次から次へと落ちてきて、燃えている梁がそのあとに続く。

二人は足を止めない。

サーガは咳き込む。喉がひりひりと痛んだ。

カールがバランスを崩し、立ち止まる。そして両膝に手をついて身体を支えながら、黒い唾を吐き出す。

「口と喉をもう一度覆って」とサーガが叫ぶ。

新たな酸素を吸い込んだ炎は、安堵のため息をついたようだった。そして二人の呼吸は一秒ごとにより困難になっていく。工房の片側が炎でゆがみはじめ、内側に向かって軋みをあげる。

熱い空気の中で、煤がちらちらと光りながら渦巻く。

サーガは、肺の内側にまで熱を吸い込んでいることに気づき、Tシャツを引き上げて口元を覆う。

ユティリティルームの扉に付いている窓は濁っていた。扉を開いてみると、中には煙が充満している。サーガはカールを引き寄せ、扉を閉めた。

いつ爆発が起こってもおかしくない。

二人は息を止める。目がひりつき、ほとんどなにも見えなかった。

サーガは作業台に突きあたり、右方向へとそれを避ける。

強烈な炎の熱が、頬に感じられた。蠅取り紙が縮みはじめ、小さな玉と化していく。

そして金属の棚が軋んだ。

工房の中では、化学薬品の入ったドラム缶が爆発しはじめる。一つ炸裂するたびに、すさまじい衝撃波が扉を打ちすえた。

サーガの鼓動は経験したことがないほどの速度になっている。呼吸しなければ。ガレージに出るのだ。

砂まみれの通路への扉は閉まっている。

カールは、サーガの背後で両手両足をつく。

サーガが手を伸ばすと、ドアハンドルが掌を焼く。

肺は限界を迎えつつある。

サーガは一歩下がり、扉を蹴る。それがどれほどの危険を孕む行為であるかは承知している。

砂まみれの通路の先は、すでに炎に包まれていた。数秒もかからずガスに引火するはずだ。そうなれば、ユティリティルームは遺体焼却炉と化す。

ガレージに辿り着かねば。手遅れになる前に、炎のトンネルをくぐり抜けるのだ。

カールがよろめきながらあとに続く。

サーガは息を吸いたいという衝動と戦う。喉が絞まり、脳内の圧が高まっていく。

突如として轟音が響き、前方の扉が弾けるように開く。炎の塊に押され、蝶番(ちょうつがい)から戸が外れる。

二人はよろよろと後ずさりする。燃えさかる木片が二人の周囲に降りそそぐ。

工作機械が烈火の中で軋み、たわむ。

シュッと吸い込むような音が聞こえたかと思うと、ユティリティルームが火に呑まれる。

サーガは残る力を振り絞り、燃えさかる通路の壁に肩から体当たりをする。

燃える木材や輝く煤にまみれながら、サーガは中庭に飛び出る。地面に身体を打ち付け、そのまま転がっていく。

カールもかろうじてその後に続く。髪に火が点いていた。

顔面は煤だらけで鼻孔のまわりが黒い。

サーガは両脚の炎を叩き消してから立ち上がる。咳き込みながら空気を求めてあえぐ。

ガレージに残っていた最後の窓がすべて割れ、粉々になる。

カールは黒ずんだ手で頭を擦り、膝をついて嘔吐する。

緑色のプラスティック製のゴミ箱は、熱で溶けていた。

納屋の扉が一枚外れ、地面に落ちる。背の高い草むらに火が燃え移り、通路全体が崩壊する。

煤が赤く光りながら夜空に舞い上がる。

サーガはカールの手を引いて立ち上がらせる。

煙の強烈な臭いに、ディーゼル燃料の臭いが混ざる。

炎が森の際を照らし、樺の木の影を踊らせる。

その時サーガは、赤錆色のタンクに銃弾の穴が開いていることに気づく。地面に流れ出た燃料が大きなたまりになっていた。

「カール！　ここから離れなきゃ」サーガはそう叫ぶと、カールを引きずりながら移動をはじめる。

二人は振り返ることもなく走り、農場の建物から離れていく。そして砂利道に辿り着いたのと同時に、ディーゼル燃料に火が点く。一秒もかからずに、たまっていた燃料に炎が吸い込まれ、それがタンクの中へと吸い上げられていく。

耳をつんざくような爆発音が響きわたり、裂けた板金が空高く舞い上がる。

衝撃波が背後から襲いかかり、肺から空気を押し出された二人は、地面になぎ倒される。炎まじりのキノコ雲が空に立ちのぼる。

折れた木は炎に呑まれ、燃え上がりながら倒れていく。

サーガは耳鳴りを抱えたまま道を這い、カールを側溝の中へと引きずり下ろす。

ガレージと工房が同時に崩れ、あたりは煙と炎でいっぱいになった。梁が次々と折れ、トタン板が二つに裂ける。今や残っているのは、貯蔵庫の金属の骨組みだけだった。暗い空に黒い煙が噴き上がる。そして、中庭で燃えていた夏至柱（ミッドサマー・ポール）が地面に倒れる。

七〇

ヨーナはパソコンからハードディスクを取り外し、ケーブルを抜く。そして立ち上がると机を離れ、オフィスのブラインドを開けて外に広がる公園の景色を眺める。鬱蒼と茂る木々の葉が、眼下の小道や建物に影を落としていた。

先ほどマンヴィルは、サーガのアパートの家宅捜索について概要を報告した。ヨーナはその時、彼が嘘をついているか、なにかを隠しているという印象を受けた。

サーガが非合法的にイッターエーの精神科病棟から持ち去ったハードディスク三つのうち、二つが発見されていた。だが、三つめのハードディスクとクランツによる手書きの診療日誌がともに見つからなかった。

押収した映像を見終えたヨーナは、口元を擦る。

病院に連れてこられたばかりの頃のマーラ・マカロフは、極度の混乱状態で興奮し、支離滅裂だった。だがカウンセリングを重ねるごとに、話の筋が通るようになっていった。

家族の誘拐と監禁の黒幕はKGBだ、というのが当初の主張だった。ところが、ユレック・ヴァルテルの唯一公になった写真を目にした時、マーラはそれが一家の乗った船の船長と同一人物であることに気づいた。

二つ目のハードディスクの最後のカウンセリングは、前のめりになりながら、まっすぐにスヴェン＝オーヴェ・クランツの目を見つめるマーラの映像で終わっている。

落ち着いた声で静かにこう話していた。

「わたしを退院させてくれる気がないのなら、サーガ・バウエルに間違いなく伝えてください。これは深刻な状況なのであって、わたしの家族は全員死ぬだろうということを……」

ヨーナは背筋を伸ばし、ビオンド・ヨガでの事件のあと、サーガがスサンネ・イェルムを取り調べた時の内容を蘇らせる。ユレックは恐怖を利用してスサンネの心をこじ開けながら、裏切り者に加えた罰のことを細部にいたるまで語って聞かせたのだった。その人間を探し出し、一家を皆殺しにしたという話を。

　直接脅されたことはあったのか、とサーガは尋ねた。それに対してスサンネはただ、ロシア人外交官についてユレックの語ったことを話した。引退とともにスウェーデンに戻り、家族全員を集めて七十五歳の誕生日を祝おうと考えていた人物だ。ユレックはその時を待ち構え、全員を地下に閉じ込め、生き埋めにした。一人、また一人と。あるロシア人外交官。スサンネはそう話していた。

　ヨーナは水を一口飲み、机の端に腰かける。そして携帯電話を取り出すと、友人のニキータ・カルピンにかける。

　静まりかえった部屋の中で、ヨーナは呼び出し音に耳を傾ける。

　カルピンはKGBに三十年勤め、ロシア屈指のシリアル・キラーの専門家として知られるようになった。書類上では組織を去っていたものの、ひそかな調査の対象となり、極度に用心深い人物となった。

　ロシアという国には、一見すると上意下達式に統治されていて、その体制は反時代的なまでに不動のものだ、という印象があるが、実際のところは、水面下で一触即発の権力闘争が繰り広げられている。不倶戴天（ふぐたいてん）の敵と不実な味方が常に入れ替わり、邪悪な同盟関係が反故（ほご）にされる。勢力均衡は前触れもなく変化し、それが繰り返されているのだ。

ニキータは現在七十五歳で、ようやく失地を回復したばかりだった。連邦保安部(FSB)の長官に任命されたのだ。

「またきみか」カルピンは低くうなる。上品な挨拶(あいさつ)は抜きだった。

「あれから十年です」

「で、今回はなんの用だ」

「ご昇進、おめでとうございます」

「ピンクのネイル、おめでとう」

「おたくの諜報員に抜かりはありませんね」とヨーナはほほえむ。

「痛み入るよ」

「あなたももう電話で話せるようになったと思いましてね。FSBの長官になられたわけですから」

「スウェーデン人は電話で話さないのか?」

「すでにご存じかと思いますが、私は今、シリアル・キラーを追っています。マーラ・マカロフです」

「ああ、私も注視している。アレクセイ・フョードロヴィッチ・グルキンの孫娘だ。在ストックホルム大使館に長年勤務していた男で、家族とともに誕生日を祝うためスウェーデンに戻った」

「そこで船の事故があった」

「ちょっとした外交的圧力により、捜査はロシア側がおこなった。犠牲者の氏名は極秘扱いだ」

「しかし九人の乗客が亡くなった」とヨーナは話し、そこで気づいたことに身震いする。

「見事な推理だ」

「どうぞ先を続けてください」

「これはスウェーデンの国家警察も公安警察も関知しない情報だが、アレクセイ・グルキンは、レーヴェンストレムスカ病院にいたユレック・ヴァルテルと面会したことがある」

「そういうことがあったのではないかと考えていました」とヨーナが言う。

「二人は長々と友好的なおしゃべりを続け、最後にユレックは、ロシア政府がスウェーデン政府に圧力をかけることを望んだ。自分を隔離病棟から解放するように、とな。人権を蹂躙(じゅうりん)されているとかなんとか主張したわけだ。だが、ユレックに助けの手を差しのべる代わりに、アレクセイ・グルキンはこの一件を葬り去るよう大使に進言した——当然の対応だ」

数分後、二人は会話をはじめた時とおなじく感情を交えることなく電話を切る。カルピンは、「よけいなことばかりに煩わされてかなわん」と不平を漏らしながら通話を終えた。

ヨーナは椅子に座り、マーラのことを考える。彼女は精神を病んでいたわけではなかった。はじめから真実を話していたにもかかわらず、ユレックに関わるすべての情報が機密扱いとされたために、マーラは偏執性妄想を患っていると見なされたのだ。

マスコミは、ストックホルム群島で発生した悲劇的な事件を報じた。記事では、マカロフ一家四人全員の死が危ぶまれているとされた。だが、ロシア人乗客に言及したものはなかった。事件にまつわる機密情報の一部だったからだ。

実際には、九人が死んだ。連続殺人に着手したマーラの拳銃に、九発の弾丸が入っていたのはそれが理由だ。

七十五歳の誕生日を祝おうと、その家族旅行を手配した本人である母方の祖父は、その日、船に乗らないことになった。パーキンソン病と診断されたばかりで、船の揺れは病状を悪化させるからだ。そこでその夜、晩餐のために一家が集まるという予定が組まれた。その場所が、ストックホルムにあるグランド・ホテルだった。

船の事故からさほど経たないうちに、アレクセイ・フョードロヴィッチ・グルキンはロシアに帰国した。そして一年近くにわたって孤独な生活を送ったのち、白樺の森の中に出かけて自らに銃口を向けた。

あまりにも見慣れたパターンだ。

ヨーナはグルキンの名を検索にかける。すると、予想外の結果が表示された。ヨーナは立ち上がり、オフィスをあとにする。廊下を大股に歩き、新たに設けられた休憩室を通り過ぎ、大会議室に入る。事件に関するすべての資料はそこに集められている。壁に貼られたマーラの写真の脇には、今やサーガの写真がいくつもピン留めされていた。

「映像からなにかわかった？」とグレタが尋ねる。

「マーラが警察を憎む理由がわかった」

「中でもきみを憎んでいる理由がわかった」とペッテルが言う。

「サーガがきみと警察を憎む理由がか？」とマンヴィルが口を開く。視線は手もとのパソコンの画面に向けられたままだ。

「サーガが憎んでいるとは考えていないがな」とヨーナが応える。

「ユレック・ヴァルテルと関わったせいで、サーガがトラウマを抱えたままでいることはわかっている。でも、マーラ・マカロフとのつながりは何なのかしら？」とグレタが疑問を口にする。「マーラはユレックに関する記事を《エクスプレッセン》で読んだ。それで急に、家族を誘拐したのはやはりKGBではなかったと主張を変えた。そうではなく、ユレックのしわざだったのだと。なにもかもイカレた妄想に聞こえるわ」

「まさにその点を考えていたんだ。情報源の一人と話したんだが――」

「なんだって？　あんたも秘密の情報源を持ってるのか？」ペッテルがにやりとして言う。

「その人間によれば、ユレックはマーラの家族全員を拉致する強力な動機を持っていた」

「ほう……」マンヴィルがため息をつく。

「ユレックは、マーラの祖父に復讐しようとした。アレクセイ・フョードロヴィッチ・グルキンという名で、ストックホルムにあるロシア大使館に勤務する外交官だった。そしてその当時、ユレックはレーヴェンストレムスカの隔離病棟にいた」

「なぜ、グルキンはなにをしたの？」とグレタが尋ねる。

「そのことは、今は重要ではない。息子のヴァジムが所有していた農場を見つけたんだ。マーラの家族と一緒に、船の事故で亡くなった人物だ」

「農場はどこにある？」とマンヴィルが訊く。

「ヴェステルハニゲンの郊外だ」

「昨晩、そのあたりで大火事があった」とペッテルが言う。

「ならば、マーラの隠れ家が見つかったということだな」ヨーナはそう言いながら踵を返し、会議室をあとにする。

＊　＊　＊

サーガは、デュラン・デュランの写真がプリントされたTシャツを借りて、ワンピース代わりに身に着けていた。汚れた服は、カールの洗濯機の中で回転している。肩と手には滅菌包帯を当て、膝と右太腿の切り傷には絆創膏を貼った。両腕と膝から下は、かすり傷や痣だらけだ。

サーガは今、コーヒーを飲みながら、ヴェステルハニゲン郊外で発生した火事の記事をカールの携帯電話で読んでいる。

爆発の直後、サーガは耳鳴りのするままカールとともに車へと駆け出した。ボンネットに岩が直撃し、深いへこみができていた。

発車してわずか数分で、サイレンが聞こえはじめた。そしてサーガはわれ知らず、あの時、大量のパレットがあったあの部屋を逃げ出していなかったらどうなっていたのだろうか、と考えていた。

カールを救急救命センターに担ぎ込もうとしたが、本人はそれを拒絶した。農場の火事と結び付けられることは避けられない、と考えたのだ。

車内には、煙と燃えた髪の臭いが充満していた。

森の際で、テールランプが光を反射していたんだ、とカールは説明した。それで近寄って確認すると、カモフラージュネットの下にマーラのピックアップトラックが隠されていたのだ、と。

「幻覚を見たのかもしれないけど」とカールが咳き込みながら言う。「荷台にでかい袋があったのはたしかだと思う。しかも動いてるような気がしたんだ。中にだれかいるのかも、って思って……あんたが話してたとおりに……で、俺はパニックを起こした。ヨーナに電話しなきゃ、って自分に言い聞かせたんだが、電話は車の中だって気づいた。だから駆け戻ろうとしたところで銃声が聞こえた。しかもお決まりどおり鍵が見つからなくて――八十年代のホラー映画みたいにさ、わかるだろ？　鍵を探してポケットをぜんぶあたってたらマーラのピックアップトラックが道に出てきて、それで駆け戻ったんだ。そしたら農場の上の空が明るく見えた。その瞬間に、火事が起こってて、あんたを探し出さなきゃいけないことを悟ったたってわけさ……」

二人は二十四時間営業の薬局に立ち寄り、滅菌包帯と火傷用の軟膏を買ってから、カールの家に戻った。そして傷んだポルシェをガレージに返却してから地下室に下りると慎重に身体を洗い、傷と火傷の手当てをし合った。サーガは、右肩と左手にもっとも重い火傷を負っていた。

午前三時に、二人はウィスキーを一杯ずつ注ぎ、痛み止めを飲んだ。そしておやすみを言い合ってから床についた。

サーガはコーヒーカップを置き、テイクアウト店の紙ナプキンで口元を押さえる。カールは、シルクの裏地が付いたワインレッドの部屋着を着ていた。鼻歌を歌いながら、卵を炒り、トーストを焼いている。焼け焦げた頭皮には数えるほどの髪の毛しか残っていない。そしてロレックスのガラスは割れていた。

サーガはインターネットの検索を続け、《アフトンブラーデット》紙のウェブサイトに掲載されたばかりの記事を見つける。そこには、警察は極秘裏にシリアル・キラーを追っていて、信頼すべき筋によると、名の明かされていない公安警察の元捜査官が第一容疑者とされている、と書かれていた。だれかがほんものの情報をリークしたのはあきらかだが、記者はそれ以上のものを掘り出せずに終わったということだ。国家警察の捜査官が取材に応じたことを暗に匂わせようとしているものの、その相手がだれであったにせよ、コメントを拒否されたのだ。それ以上の情報が手に入らず、スウェーデンにおける短いシリアル・キラー史と、過去の類似した記事へのリンクによって、記事は埋められていた。

〝こんなのなんでもない〟とサーガは自分に言い聞かせる。だが、間もなく公開捜査となり、氏名と写真がいたるところで見られるようになることは承知している。

朝食を終えると、サーガは服を洗濯機から乾燥機に移す。そしてカールに手を貸し、頭に残っていた髪を剃る。

「ロレックス、残念ね」とサーガが言う。

「いいんだ。好きでもなかったしな。しかし俺の髪は……俺は良い髪してたからな」

「新しい髪型もいいかんじ」とサーガは嘘をつく。

カールは床の髪を掃き集めると、塵取りの中身をトイレに流す。それが頭に残った最後の毛だったのだ。それから二人はバーカウンターに戻り、再びコーヒーを注ぐ。

「で、これからどうするんだい？」とカールが尋ねる。

「わからない。マーラを止めるチャンスがあったのに、わたしはしくじった」サーガはそう応える。「マーラは信じられないくらい機敏だった。わけがわからない」

「もうおしまいにしてもいいんじゃないか？」

「なにを？」

「ヨーナに電話して、出頭する頃合いじゃないかな」カールは真剣な口調でそう話す。

「どうかな……」

「そうすべきだって、俺はほんとに思うよ」

サーガはカールの携帯電話を手に取り、資料館に移動すると、展示ケースの前で立ち止まる。中には、サーガ自身がレーヴェンストレムスカ病院に入院した時の、手続き用紙が陳列されていた。サーガは深々と息を吸い、発信する。

電話を耳に当て、待つ。天井近くの窓から差し込む光が、サーガの上に降りそそい

でいる。

「ヨーナ・リンナだ」

「わたし、サーガ」

「電話をくれてうれしいよ」

電話の向こうからは、風のうなりとともにバリバリとなにかを踏み潰すような音が
聞こえてきた。

「疑われてるようなことはなに一つしていない。殺人には関わっていない」

「きみが関わったとは、一度も考えていない」

涙がこみ上げ、サーガは必死にそれを抑え込む。背景音が変化し、車のドアを閉め
る音が聞こえる。

「ヴェステルハニゲンに来ているんだ」とヨーナが続ける。「農場で火事があった。
鑑識班が回収した薬莢は、きみのグロックとも合致する」

「ヨーナ、わたし……マーラを止めようとしただけなの。力を尽くしたけど、失敗し
た」

「サーガ、出頭するんだ。モルガンとも話して、この件の進め方に関して合意に達し

た。きみは俺のもとに出頭する……きみの身柄は俺一人が引き受ける。クロノベリ刑務所までは俺の車で移動して、職員専用の出入り口から入る。そして二人で取調室に入る。きみの名前は記録に残らない」

「わかった」

「手の内はすべて明かしてくれ」とヨーナは言う。「質問はいくらでもある。だが、だれもが耳を傾ける態勢でいる。おかしなことにはならない」

「あなたがそう言うなら」

「なにもかも片づいたら、俺たちは一緒に捜査を続ける」

「ありがとう」とサーガは囁く。

「今この時点で、これがきみの取るべき最善の選択だと、嘘偽りなくそう考えているよ」

「場所と時間はあとで知らせる」とサーガは告げ、電話を切る。

七一

スウェーデン王立工科大学の裏の丘に、アルバノヴァ大学センターはある。物理学、天文学、バイオテクノロジーに特化した研究施設だ。そのキャンパスは、ロースラグストゥルの隔離病院があった場所に建てられていて、かつて病院だった建物は施設に組み込まれるかたちで現在も活用されている。

細い道が格子状に張りめぐらされ、背が低くて細長いかつての病棟が、左右対称のブロックに立ち並んでいる。黄土色のファサード、サフラン色の庇（ひさし）、高く伸び上がったレンガ造りの煙突、そして建物の両端には盲窓（ブラインドウィンドウ）がある。

鉛色の空から小雨が降っていた。上空には黒い雲が出現しつつある。

マンヴィルは車から降りると後部座席のドアを開け、娘のシートベルトを外す。今日は妻のオンコール勤務日に当たる。彼女は先ほど、サンクト・ヨーラン病院の心臓病センターで発生した急患に対応するために出ていったところだった。

厳密に言えば、マンヴィルが駐車した場所は、大学職員専用のスペースだった。だが彼は、車からは目を離さないでおくつもりだ。

「傘はいるかな?」とマンヴィルは尋ねる。

「いらない」とミランダが答える。

そしてトレンチコートのボタンを留めると、歩きながらお下げを引っ張り出し、両肩にかける。

この時間のキャンパスにひと気はない。

きらめくアスファルトが、建物と草むらと木立のあいだを伸びている。

科学教育センターの夏期講座では、若者たちが実験をし、講義を聴き、科学技術や自然科学について議論を交わす。わずか六歳のミランダは、最年少参加者だ。

「今日は、3Dプリンター用に変なものをデザインするんだよ」とミランダが話す。「それから実験室に行って、エステルを作るの」

「エステルとはどういうものか知っているかい？」

「アルコールと酸が反応してできるものだよ」とミランダが応える。

「そんなところだ。ならばエステルはどこで見つかるものかな？」

「パイナップル味とかバナナ味のお菓子の中」

「それから、DNAを結合させるものでもある」とマンヴィルが言う。

「あ、そうだ、わたしそれ知ってたよ」

二人はベンチがいくつか並んでいる小さな公園を通り過ぎ、建物の外で立ち止まる。

「先生の話をよく聞くんだぞ。実験室では気をつけて、お父さんの姿が見えなくても建物から出たらだめだぞ」マンヴィルは娘にそう話し、身をかがめて額にキスをする。

「わたしを待ってる時に煙草(たばこ)を吸っちゃだめだよ」とミランダは言いながら、雨滴の付いた眼鏡越しに、まっすぐ父親を見上げる。

「吸わないさ。吸ったのは一度だけだからね。お父さんは家に戻ることにするよ」

講座の責任者が扉を解錠し、挨拶をしながらミランダを中に招き入れる。マンヴィルは廊下の先へと消えていく娘を、扉の窓越しに見守る。

そして、かすかな足音を建物に反響させながら、車を駐めた場所に戻る。雨脚は弱まっていた。

サーガ・バウエルは、殺人に直接関与している。ヨーナを除けば、国家警察の捜査官全員がそう確信していた。サーガが、マーラ・マカロフと行動をともにしていることに疑いを差し挟む者は一人もいなかった。だがどういうわけか、モルガン・マルムストレームは公開捜査に踏み切ろうとしない。

警察の印象が悪くなることを懸念しているだけなのかもしれない。だが、ヨーナはいったいなにを隠しているのだろうか、とマンヴィルは自問する。

自分だけがヨーナを救える、とサーガは主張している。だが実際には、ヨーナを殺そうとしているのだ。自分の家族の身に起こったことに、ほんのわずかでも関与した者全員に責めを負わせながら。

サーガに不利な証拠は、圧倒的なまでに積み上がっている。シュムリンゲ駅では指紋が、教会では髪が、そしてバイクからは苛性ソーダが採取された。また、サーガのリュックサックからはマルゴットの馬の毛が出てきた。

さらにはステファン・ブローマンに関して匿名の通報もしていたし、鑑識班によれば、サーガは犯行現場となったマッサージ・パーラーに残された自分の痕跡をすべて拭い去ろうとしていた。ただ一カ所、壁面に付いた血塗れの靴痕だけを見落としていたのだ。店内にいた別の顧客に対してブローマン殺害を告白し、燃え尽きた農場からはサーガの制式拳銃と合致する弾丸と薬莢が回収された。しかもその場所は、マーラ・マカロフの家族とのつながりがあった。

なぜヨーナには、ほかの全員に見えているものが見えないのだろう？　なぜヨーナはサーガを手助けしたのだろう？　なぜあからさまに命令に背いてまでフィギュアの写真を送ったのだろう？

ヨーナはサーガを愛しているのか？　脅迫されているのか？　ヨーナもまた共犯ということはあり得るのだろうか？　マンヴィルはそう考えながら自分の車の横で立ち止まり、ぞっとする。

七二

ヨーナは、〈コーナー・ハウス〉最上階の自宅にいた。街の屋根は、雨で光沢を帯びている。そしてその上に広がる空は灰色だった。

少し前に、ランディが個人番号から電話をかけてきて、旧国家警察保安部の覚え書きを発見したとヨーナに知らせた。マーラ・マカロフがイッターエーから退院して二カ月後に作成されたものだ。

　保安部からの発注により、清掃会社が一人の臨時社員を資料庫に送り込んだ。その女性は、そこまでの作業を求められてはいなかったにもかかわらず、ユレック・ヴァルテルに関するすべての書類が入っていたその記録保管室を床から棚にいたるまで磨き上げた。この一件は、公安警察の手に引き渡された。だが、女性の行方を突き止めることはできなかった。清掃会社の人間は、なぜいつまでも彼女を正規雇用にしなかったのか、もしくはなぜその女性の人相をまったく思い出せないのか、なにもわからなかったのだ。

　マーラは蜘蛛のように灰色だ、とヨーナは考える。

　不意に燃え上がった偏頭痛に数秒のあいだ視界を奪われる。ヨーナは息を止め、腰を下ろしたまま完全に静止する。

　視界が戻り、痛みがピンで刺された程度にまで退くと、ヨーナの額は汗でべとついている。

　壁に手をつき、よろめきながら浴室に向かう。引き出しの上段を開け、震える手でトピラマートのパックを取り出した。

　今回はほんの短い時間の再燃でしかなかったし、今は一瞬たりとも思考を鈍らせるわけにはいかない。

ヨーナはそのまま薬を戻し、キッチンで夕食の準備をはじめた。サラミとサヤエンドウ、プチトマトにニンニク、そしてチリペッパーを炒めようと考えている。それをルッコラ、フレッシュ・バジルとともにスパゲッティに混ぜるつもりだ。

ヴァレリアがここにいてくれたら、彼女を失望させてさえいなければ、とヨーナは考える。かすかな笑みを浮かべたヴァレリアが食卓にいて、料理をする自分に向かって話しかけてくれていたら、と。

ヨーナは電話を取り出し、ヴァレリアの番号にかける。発信音が鳴るたびに不安が募り、ようやく彼女が出る。

「俺だよ」とヨーナが言う。

「あなた？」とヴァレリアが応える。囁きに近い声だ。

ヨーナの目に涙がこみ上げる。彼女をレストランに残して出て以来、そう呼ばれるのははじめてだった。

「寝てた？」ヨーナはそう訊きながら、ぐっと涙を抑え込む。

「いいえ、オーディオブックを聴いてたの」

「調子は？」

「いいわ。背中がちょっと痛いだけ。今日はモーラベリまで行って、ヒバを二十五本植えてきた……車での移動時間がちょっと長いのよ。セデテリエまで行って――」

「モーラベリの場所は知ってるよ」

　ヴァレリアが立ち上がり、キッチンに移動する音が聞こえてきた。ここでの夕食に誘わなければと考えながら、ヨーナは言い出せないでいる。

「ドイツではうまくいったの？」とヴァレリアが訊く。

「ああ、それがうまくいったんだ」

「調子はどうなの？」

「元気だよ」とヨーナは応える。

「なにか食べた？」

「ちょうど食事を作ろうとしてたところさ」

　ポンと鳴る。半分まで飲んだワインのボトルを、ヴァレリアが開けたのだ。そして、グラスを満たす音がかすかに聞こえてくる。

「もう一度謝りたかったんだ」とヨーナが言う。

「そんな必要ない」

「最後に話してからドラッグには触れてない。触れたいと感じもしなかった……」

「よかった」

「それから約束したいんだ、俺は――」

「ヨーナ」ヴァレリアはやさしい声でそれを遮る。

「きみは正しかった」

「自分の抱えている闇は、ユレックとつながっている。そう考えたい気持ちはわかるの」とヴァレリアが言う。「屋上で言われたこと、ユレックの最期の言葉と……」

「説明が難しいんだ」

「解放されたいってほんとうに思うなら、もしかしたらその言葉を明るみに出すべきなのかもしれない」

「どうしても口にする気になれなかったんだ」ヨーナはそう言いながら深く息を吸う。「それでも、俺の耳元で囁く奴の声は消えない」

「あなたの人間性を決めるのはユレックではない。それはわかってるんでしょう？」

ヨーナはあてもなく寝室まで歩いて窓際に立つと、眼下の暗いルントマカル通りを眺める。

「最近では、もう少しのあいだその言葉を自分だけの中に留めておきたいと感じはじめている」とヨーナは認める。

「健全とは言えないわね」

「もしかしたら、近い将来必要になる強さを、俺に与えるものだからなのかもしれない」

一口飲んだヴァレリアが、グラスを食卓に置く音が聞こえた。

「きみにはワインがあるし、俺にはパスタがある……」

「会いましょう」とヴァレリアが言う。

「こっちに来ないかい？」

壁の向こうで、エレベーターがかすかにうなりをあげる。

「今度の事件がすごくたいへんなことはわかる。だからわたしのことは心配しないで。大丈夫だから」とヴァレリアが言う。「あなたはすべきことに集中して。でもね、あなたに必要なのは心だってことは忘れないで。強さではなくて」

「ちょっと待って」とヨーナは言う。自宅のある階に、エレベーターの止まる音が聞こえたのだ。

「気をつけて。あなたを失うなんて耐えられないから」とヴァレリアが続ける。

「ぜったいにそんなことにはならないよ」

「わたしの言ったこと、わかった？」

「またかけなおす」玄関の前にだれかがやって来た物音を耳にして、ヨーナはそう言う。

電話を置き、食卓の上の拳銃をつかみ、足早にリビングを抜ける。玄関ホールに着くのと同時に呼び鈴が鳴る。ヨーナは安全装置を外し、身体の脇に拳銃を下ろしながら扉を開ける。

エレベーターの扉が閉まる瞬間、ちらりと宅配業者の姿が目に入る。

小包が玄関先の床に残されていた。

それをキッチンのテーブルまで運び、指令センターに電話をかける。厚紙からテープを引き剝がしていると、スピーカーから雑音が聞こえてくる。

「ロサンナ・ビョルンです」指令係が応答する。

「ヨーナ・リンナだ。新しい小包が届いた。うちに宅配された。約二十秒前のことだ」

「爆発物処理班を派遣しますか?」

「いや、自分で開けている」

「待機します」

指令係が、別回線経由で地区指令センターと連絡を取る声が聞こえてきた。

ヨーナは箱の蓋を開け、まずは皺の寄った新聞紙を開いた。中には、厚めの紙を丸めた玉が入っている。

ヨーナは小さなフィギュアを人差し指と親指でつまみ、顔面を観察する。

「マンヴィル・ライだ。フィギュアはマンヴィル・ライだ」ヨーナは指令係に伝える。「本人にすぐ電話をする。彼の自宅にパトカーをすべて急行させてくれ。緊急事態だ」

ヨーナは通話を切り、マンヴィルの番号を鳴らす。呼び出し音に耳を傾けながら、内側の紙片を平らに伸ばす。

書籍の一ページ、司教オラウス・マグヌスの著した北欧神話に関する古い文献の一部だ。中央部には、オーディンとその妻であるフリッグの木版画がある。最高位の女神でもある彼女は、丈の長いドレスを身に着け、頭巾を被り、剣と弓を手にしていた。

留守番電話に切り替わる直前に、カチリと音がする。

「ヨーナか?」マンヴィルが応答する。

「どこにいる? 今いる場所を教えてくれ」

「自宅さ……」

「次の犠牲者はきみだ。扉に鍵をかけろ。パトカーが向かってる」

「ちょっと待ってくれ、今なんて言った?」

「制式拳銃は手もとにあるか?」

「あるとも」とマンヴィルが言う。「グレタとペッテルも一緒か?」

「いいや、自宅にいるんだ。小包がここに届いた」ヨーナはそう説明しながら、マンヴィルの声におかしな響きがあることに気づく。

「それが私だということはたしかなんだな?」とマンヴィルが訊く。

「たしかだ。扉に鍵をかけたか?」

「ああ、だが待ってくれ。包みはどんなかんじだ。謎かけについて教えてくれ」

回線に干渉のような現象が起こる。ポンプを動かすような、なにかが押し寄せるような音が聞こえ、それからカチカチとすばやく数回鳴る。

「今、目の前にある」とヨーナは言い、皺の寄った新聞紙を伸ばす。「一枚は新聞紙だ。グローブ・アリーナに関する短い記事で、〈アヴィーチー・アリーナ〉に名称が変更されるという内容だ」

「一度行ったことがある。聖ルシア祭のコンサートだった。しかし——」

「次に進もう」とヨーナがそれを遮る。「アヴィーチー（音楽プロデューサー／DJ。二〇一八年に急逝。）はエステルマルムで育ち、ヘッディグ・エレオノーラ教会の墓地に葬られている。彼は——」

「それじゃない、それは関係ない」

「よし。裏面には、コロニアル・パイプライン社の記事がある。ハッカー集団の〈ダークサイド〉に五百万ドル払ったという内容だ」ヨーナはそう続けながら、玄関ホールに出る。

「私にはなんの関係もないな」

「二階に浴室があるな？」ヨーナはそう尋ねながら、ホルスターとジャケットを身に着けようと苦心する。「二階に上がってバスタブに入るんだ。できるかぎり姿勢を低くしながら拳銃をドアに向けて、パトカーが——」

「わかった、了解した」とマンヴィルが言う。

ヨーナはキーをつかみ、部屋を飛び出る。施錠して階段を駆け下りながらも、携帯電話をまだしっかりと耳に当てている。

七三

マンヴィルは煙草を唇まで持ち上げて深々と吸い込みながら、先端部のたてるチリチリという音を聞く。研究所の突き出た屋根の下に立つ彼の心臓は、早鐘を打っていた。電話からは、ヨーナが階段を駆け下りる足音が聞こえている。まばらな街灯の下で、こぬか雨がぼんやりとした球形をかたちづくっていた。そして屋根から滴る雨は、地面に落ちている古いビニール袋に当たって音をたてた。

「なにが起こってるんだ?」とマンヴィルが尋ねる。

「そちらに向かってる」

「だれが?」

「動ける者全員だ。先に言っておくが、駐車場を出る時に通話が切れるかもしれない」

ヨーナはサーガの手助けをしている。そう確信しているマンヴィルは、居場所を尋ねられてとっさに嘘をついた。そこから先は、その線で話を続けるほかなかった。ミランダが講座に出席しているあいだ、マンヴィルが家に戻ることはない。ひとりで家にいる時の己を、嫌悪していたからだ。どうしても、妻のパソコンやバッグ、服を漁り、浮気の徴候を探さないではいられなかった。自分の中にある非合理的で嫉妬深い部分が、結婚生活を破壊するのではないかとマンヴィルはおそれていたのだが、それでもその傾向は悪化する一方だった。

「箱にはほかになにが入っていたんだ？」とマンヴィルは尋ねながら、唾をごくりと呑む。

「オラウス・マグヌスの書いた『北方民族文化誌』の一ページだ」とヨーナは応える。「北欧神話についての文章と、オーディンとフリッグの絵が載っている」

「どこか具体的な地名は？」と尋ねるマンヴィルの中では、不安が募りつつある。

「ない」

「なにかあるはずだ……」

「ちょっと待った、マーラの思考法が見えてきたぞ」とヨーナが応じる。「マーラ・マカロフは、科学教育センターの外で殺そうとしているんだ」

「どうしてそう思う？」マンヴィルは静かに尋ねる。

「辻褄が合う……北欧神話では、金星がフリッグの星だ。で、科学教育センターには金星の模型がある。スウェーデン各地に天体模型を配置して作られた太陽系モデル、〈スウェーデン・ソーラー・システム〉の一部だ」

マンヴィルの視線は濡れたアスファルトを移動していき、コンクリート色の球体で止まる。それは、小さな公園の中心に設置された台の上に載っていた。

＊　＊　＊

重い金属の扉が大きな音をたてて閉まり、駐車場へと階段を駆け下りるヨーナの背後で反響する。

「ミランダが夏期講座に参加していて、科学教育センターにいるんだ」とマンヴィルが言う。

「わかった。パトカーを手配し――」

「もしもし？　ヨーナ？　実は――」

「かけなおす」電波が途切れかけていることに気づき、ヨーナはそう告げる。

ヨーナは車に駆け寄り、運転席に飛び乗ると後退する。タイヤを軋らせながら斜面を上り、そこで停車して扉が開くのを待つ。間もなく、ヨーナは赤信号を無視して歩道を横切り、右折してスヴェア通りに乗ると加速する。

マンヴィルに発信するが、呼び出し音が八回鳴ってから留守番電話につながる。

マンヴィルは自宅にいて安全だ、とヨーナは考える。最初のパトカーは数分以内に到着する。

ヨーナは急激に加速していく。

追跡は間もなく終わるかもしれない。

謎かけを解いたという、確信に近い感触があった。

パズルの最初のピースは、グローブ——もしくはアヴィーチー——アリーナだ。世界最大の太陽系モデルである〈スウェーデン・ソーラー・システム〉においては、太陽にあたる。地球はスウェーデン自然史博物館にあり、木星はストックホルム・アーランダ空港に、そして準惑星のセドナは、八百十キロ離れたルレオ市の公園にある。

二つ目のピースは北欧神話の女神、フリッグの木版画だ。金星(ヴィーナス)はフリッグの星と考えられている。そしてその模型は、科学教育センターの外に設置されていた。

ヨーナは右折し、バスレーンに入るとアクセルを踏み込む。無数の小さな雨滴がフロントガラスに当たり、画鋲(がびょう)を思わせるかたちになる。

ほかの全員がマンヴィルの自宅に向かっている。だがヨーナは、マーラが殺しを計画している現場に向かうことに決める。

＊　＊　＊

マンヴィルは、ヨーナの話す論理の道筋を完璧には追えなかった。だが自分が今いる場所を、マーラ・マカロフが殺しの現場として選んだことだけは理解できた。

煙草を壁際に捨て、急ぎ足で草むらを横切り、科学教育センターを目指す。ミランダを連れ出し、車に乗せて自宅に戻るのだ。

扉は施錠されていた。マンヴィルは、窓ガラスを叩きながら中を覗き込む。叩く手にさらに力を込めながら、大きな窓の列に沿って移動していく。

そして振り返ってみて、全身に動揺が走る。錆びついたピックアップトラックが目に入ったのだ。電動式ウィンチを備えていて、右手側の古い病院の建物の背後に停まっている。

「なんてことだ」とマンヴィルは呟き、身をひるがえす。

マンヴィルはそのまま科学教育センターの角を回り、建物の端にある草地に辿り着くと駆け出す。細い道路を横切り、北欧理論物理学研究所のほうへと進む。

マンヴィルは息を切らせながら立ち止まり、壁を背にする。

両脚は震え、鼻息は荒い。

通りの先では、校舎の外に放置された段ボール箱が雨に濡れている。

マンヴィルは、懸命に明晰（めいせき）な思考力を取り戻そうと努め、身を隠すか脱出するか、選択肢は二つに一つだと思い至る。

交差し合う道路の濡れたアスファルトが、背の高いオークの隙間できらめいている。

マンヴィルはまっすぐ前に視線を向け、手前の低い建物の向こうを見つめる。急な坂道の手前に、砂の貯蔵桶（サンドビン）があった。緑色で、プラスティック製だ。

雨水が排水溝に流れ込んでいる。

マンヴィルは制式拳銃を抜くと、建物に身を寄せながら角の周辺を見やってから、環状交差点からアルバノヴァ大学センターへといたる通りに視線を戻す。

あたり一帯が濃厚な霧雨に覆われ、静まりかえっている。

マンヴィルは踵を返し、建物の端に沿って次の角まで歩く。振り返ると、右方向で急な動きがあることに気づいた。

影の中にだれかが立っている。立ち並ぶ黄色い建物の背後だ。

少女が一人、くすんだ色の服と灰色の肌。

そしてその少女は、すばやくこちらに迫りつつある。

マンヴィルは動揺し、拳銃を向ける。だが両手が激しく震え、この距離では命中させられないだろうと悟る。

それで建物の角を走り抜け、狭い道を渡り、反対側に生えている濡れた草を踏んだところで滑る。片腕を前に突き出してバランスを保つと、結婚指輪が建物のファサードに当たって音をたてる。それから北欧理論物理学研究所の角を曲がり、立ち止まる。

心臓が激しく脈打っている。

　マンヴィルの呼吸は不規則で、左の拳からは出血していた。

　建物の角に向かって戻りはじめると、両脚がゼリーと化したように感じられる。マンヴィルは覚悟を決めて、角の向こうを覗き見る。拳銃は木々のあいだに向けているが、マーラの姿はない。

「マーラ、聞こえるか？　すぐに応援が到着する」とマンヴィルは声を張りあげる。「諦めるんだ。これでおしまいだ。ここから逃げることはできないぞ」

　マンヴィルは踵を返すと、暗くきらめく窓の列に沿って走る。アルバノヴァ大学センターの建物は右手にある。天文台とそのドーム形の屋根だ。学生が二人、正面入り口から出てきて歩道橋を渡りつつあった。だが、マンヴィルの姿を目にした途端に、屋内へと駆け戻る。

　ガラスの扉がきらりと輝く。

　マンヴィルは走り続ける。マーラが自分のすぐ後ろにいるという感覚が消えない。電動式スクーターを飛び越え、大きなブロンズ像のある車回しに出ると、周囲を見まわす。雨で光沢を帯びた無人の通りと、その両側に並ぶ低い黄色の建物が、視界を高速でよぎる。マンヴィルは数歩踏み出すが、どこに向かえばいいのか確信はない。その視線は、急な斜面の下にある建築現場へと向けられる。そしてマンヴィルは次の建物を目指して走りはじめる。

＊　＊　＊

ヨーナは猛スピードで並木道を走り抜け、交差点を塞ぐ二台の大型トラックの手前でブレーキを踏みしめる。信号は青だが、車の流れは止まっている。自転車と歩行者が、自動車の隙間を縫うようにして進み、苛立った運転手たちがけたたましくクラクションを鳴らす。

リッダル通りにあるマンヴィルの自宅に到着した部隊の責任者が、報告を寄こす。そして、ヨーナが現場入りする必要はないと伝える。

「家は空です。繰り返します、家は空です」と指揮官が言う。

「待ってくれ、最上階の浴室に隠れるように伝えたんだ」とヨーナが応える。

「ここにはだれもいません」

「そんなはずはない……ガレージを確認してくれ」

「ここにはいません。車もありません」

「ならば、動員可能な全車両を科学教育センターに送ってくれ」

大型トラックが動きはじめたところで、信号は赤に変わる。そして、停まっていた車がいっせいに交差点へと押し寄せる。クラクションを鳴らし続けながら、ヨーナは反対側の車線に出て通りを横切ると、アクセルを踏み込む。

七四

マンヴィルは立ち止まって振り返ることもせず、天体物理学研究所に沿って足早に進む。それは、かつて病棟として使われていた建物だった。

角を曲がり、壁にもたれかかりながら息をつく。そして口に手を当てると、できるかぎり音をたてないように咳をした。

建物の短辺には盲窓が三つ並んでいて、その向かい側には森がある。

マンヴィルは狭い草むらに視線を走らせ、それから鬱蒼と生えている草木を見わたしていく。キラキラと輝く葉からは、滴が垂れていた。

マンヴィルの両脚は震え、心臓は胸の中で激しく脈打っている。

呼吸が整うや森に駆け込み、丘の頂上を目指す。そこまで行けば、急な斜面をロスラグ通りまで下りて車を止められる。

雨が黒々とした葉を打つ。

ヨーナの推理は正しかった、とマンヴィルは考える。科学教育センターの外にある天体模型を思い浮かべてから、建物の中にいる、小さな実験用白衣を着て防護眼鏡をかけたミランダのことを考える。

鳥が一羽、こんもりとした茂みの中で音をたてる。

マンヴィルは突如として疲労をおぼえた。身体は重いと同時に奇妙に軽く、麻痺したように感じられる。

指先がちりちりと疼きはじめる。

シグザウエルの安全装置を外し、ゆっくりと角に向かって進みながら、アルバノヴァ大学センターのほうを振り返る。

だれもいない。

ドームを戴く円形建物側に渡るための歩道橋は、闇の中で輝いている。

道路も草むらも、背の高い煙突のある古い建物も、すべて静まりかえっていた。

雨は激しさを増し、塞がった排水溝のまわりに水たまりができている。

マンヴィルの手の中で拳銃が震え、背中は汗に濡れて冷たい。

こんなことが起こるなどあり得ない。

背後の葉が再びカサカサと音をたて、マンヴィルは身震いをする。

恐怖は非現実感の奥底に呑み込まれ、すべての動きが奇妙に鈍く感じられる。

森の外れで枝が折れ、濡れた草を踏む軽い足音が聞こえる。まるで野うさぎが逃げているようだ。

動かねば、とマンヴィルは考え、躊躇いがちに数歩足を踏み出す。

だれかが近づいてくる。しかも高速で。

マンヴィルには振り返る間もない。自分のあげる悲鳴も聞こえず、轟く銃声にも気づかない。だがそれが建物に反響していく中、自分が転倒していることを悟る。アスファルトの上で、うつ伏せになっていたのだ。傍らには、花崗岩でできた建物の土台があった。

背中を撃たれた、ほかの犠牲者たちとおなじだ、とマンヴィルは考える。下半身の感覚がなく、脚が動かない。

倒れた時に鼻と歯を地面に打ち付けていた。重い頭を巡らせてみると、自分の拳銃が側溝に転がっている。手の先から十センチと離れていない。

耳の中では轟音が鳴っている。激しい嵐のようだ。

最初に分泌されたエンドルフィンの波を切り裂いて、苦痛が姿を現す。槍で突き刺され、地面から持ち上げられているような感覚だった。

マンヴィルは目をしばたたかせ、接近してくる影を見る。マーラが、濡れそぼる草むらを横切ってくる。罠にかかった蠅に突進する蜘蛛のようだ。

「マーラ」とマンヴィルはあえぐ。「聞いてくれ、こんなことする必要はない。警察に腹を立ててることは知ってる。理解できることだ。当然だと思う。だが私はユレック・ヴァルテルとはなんの関係もないんだ」

押し寄せる苦痛の波に挟まれ、マンヴィルの呼吸は速い。そして、自分の両手が痙攣しはじめていることに彼は気づく。

「家族がいるんだ」とマンヴィルは叫ぶ。「小さな娘がいる。聞いてるか？　まだ子どもなんだ。ちょうど船に乗った時のきみとおなじくらいの年頃だ……」

マンヴィルは目を閉じる。出血が多すぎるのだ。心を鎮め、むりやりに目を開く。

マーラの汚れたスニーカーが目の前にあった。湿った靴紐(くつひも)が地面に垂れている。巻き上げたズボンの裾は泥だらけだ。

マーラは身をかがめてマンヴィルの拳銃を拾うと、彼の周囲を回りながらその服を引っ張る。マンヴィルの携帯電話を見つけると、マーラは視界から消える。

マンヴィルの血は側溝へと流れていく。そしてその周辺にできた血だまりに大粒の雨があたると、ピンク色に泡立つ。

七五

雨が古いファーストフードの屋台に降りそそぎ、それを青いネオンが照らしている。ヨーナがアクセルを踏み込みながら急な斜面を上っていくと、その光が一筆の描線のように閃いて飛び去った。

コルト・コンバットは助手席の上にあり、安全装置は外してある。車が加速しながら丘の頂上を越えると、拳銃が空中に浮く。

環状交差点をまっすぐに突っ切り、科学教育センターの前で停車する。ヨーナは拳銃をつかみ、ドアを開き、車から飛び出る。

格子状に広がる通りが、街灯を反射して光っている。だが古い病棟そのものは闇に沈み、あたりは静まりかえっていた。

金星の天体模型を取り囲む木立から、雨水が滴る。

ヨーナは、実験室棟の裏手の軒下で、火が点いたままの煙草を見つける。次の瞬間、片目の奥に強烈な痛みが走る。

遠くからエンジン音が聞こえてくる。

ヨーナは大通りをアルバノヴァ大学センターへと走りはじめる。

その自動車は接近しつつあった。ギアが甲高い音をたてる。

ヨーナが立ち止まり拳銃を持ち上げるのと同時に、マーラのピックアップトラックが視界に現れ、交差する道を高速で横切る。

建物のあいだにトラックがちらりと見えるが、すぐに消える。

でマーラを追う。

ヨーナは踵を返して車に駆け戻ると、飛び乗って急発進する。左折し、猛スピード

校舎の脇で、大型のバンが後退しながらぬっと現れて進路を塞ぐ。ヨーナは片側に車を寄せ、芝地を対角線上に横切る。二本のオークの木のあいだを抜け、花盛りのイヌバラを突き抜けて別の道に出る。

ワイパーが湿った葉を払いのける。

ヨーナはロースラグストゥルの丘の急斜面を下りていく。前方には小さな歩道橋が架かっていて、下には線路が走っている。

マーラは右折したはずだ。左折すれば砂利敷きの仮設道路がはじまり、その先には工事現場のクレーンやブルドーザーがあるばかりだ。

急カーブがヨーナの目の前に現れ、歩道では壊れた傘が風に吹かれている。

道には工事現場から出た砂利が散乱していて、右折するヨーナの車のタイヤが横滑りする。

後輪が縁石に当たり、拳銃が助手席の足下に落ちて音をたてる。

アクセルを踏み込むと、遠くにあるリサイクル・センターと赤い工業ビルの隙間に、マーラのピックアップトラックがちらりと見える。

路面の凹凸でハンドルが轟音をたてる。

見通しのきかない曲がり角が近づいてくる。ヨーナの左側をガードレールが明滅しながら流れていく。その向こうには鉄道の始発駅があり、無数の引き込み線が並んでいる。

サイレンの音が彼方に聞こえる。

カーブに入ったヨーナは、高齢の女性が道路の真ん中にいて、歩行器を使いながら歩いていることに気づく。ハンドルを切り、逆車線に入ることで女性を避ける。ブレーキを踏み、横滑りしながらどうにか態勢を立て直して再び加速する。

岩壁が右手に迫る短い区間でさらに速度をあげ、ショーシュバール通りに飛び出る。歩道に乗り上げ、パーキング・メーターに車体を擦りつけてから、車線に戻る。

片方のブレーキランプが割れ、破片が地面に散乱する。

身体にぴたりとフィットした服を着ている痩せた男が、自転車を押しながら横断歩道を渡っている。マーラのトラックがその後輪に当たり、自転車が建物の壁へとはじき飛ばされる。

男はよろめきながら驚愕（きょうがく）の表情を浮かべる。その横をヨーナの車が走り抜ける。

サイレンの音が大きくなっている。そしてヨーナの偏頭痛は、脳の中で黒い蘭のように花開きはじめていた。

ヴァルハラ通りに接近しつつあるヨーナは、マーラから百メートル足らずのところにつけている。だが、ピックアップトラックは木立の背後に姿を消す。

回転灯の青い光が建物のファサードを嘗めていく。

ヨーナは急ハンドルを切り、車道の安全地帯に突っ込む。そして前方に優先道路があることを示す看板にぶつかったところで、三台のパトカーが現れてヨーナの進路を塞ぐ。

その中央を走り抜けようとするが、一台が後退して隙間を埋め、ヨーナはブレーキを踏みながらハンドルを切らざるを得なくなる。

タイヤが甲高い悲鳴をあげる。

警察官たちが拳銃を抜き、ボンネットの背後に身を隠すのがヨーナにも見えた。

ヨーナの車は、回転しながら一台のパトカーに衝突して停まる。

ガラスの破片が地面に降りそそぐ。

ほかのパトカーが何台も突っ込んで来る。

回転灯の明滅する光で、雨が青に染まる。

制服警官たちが拳銃を抜いて前方に突進すると同時に、すさまじい偏頭痛がヨーナを襲う。だがどうにか身分証を内ポケットから引っ張り出し、ドアを開けてそれを掲げる。

よろめきながら車から降り、車体で身体を支える。

「警官だ！」だれかが叫ぶ。

「きみたちは犯人を取り逃がした。フォードのピックアップだ」ヨーナはあえぎながらそう言うと、視界全体に広がるまばゆい光の輪の向こうにあるものを見分けようとする。

「どっちの方向ですか？」警察官が尋ねる。

ヨーナは目を細めて見る。明るい光の輪と明滅する青い光、そして濡れたアスファルトに反射する街灯の光があたりを呑み込んでいる。

「右だと思う。トンネル内で私を撒こうとしていたはずだ」ヨーナはそう言い、車体にもたれたまますずるずると地面に崩れ落ちる。

「その人は負傷しているのか？」と別の警察官が声を張りあげる。

「道路封鎖、ヘリコプター」ヨーナはそう囁き、目を閉じる。

そして身体を静止させたまま、耳を傾ける。無線で交わされる混乱したやり取り、サイレンを轟かせながらマーラを追って急発進するパトカー。だがヨーナは、手遅れであることを悟っていた。

耐えがたい苦痛がピークに達する。

ヨーナは息を止め、時が静止する。

秒針が震えはじめ、不意に一刻み進む。

ヨーナは肺に空気を吸い込む。

秒針が動き、テンプが回転をはじめる。歯車が回り、時計は再び速度を上げていく。増す一方だった痛みの強度が横這いになる。

目を閉じたままのヨーナだが、ほかの警察官たちの声や、ヘリコプターのエンジン音は耳に届いている。

濡れたシャツが脇腹にへばりつく。

ヨーナはファウステル親方の使っていた鉄道路線のシステムについて考えはじめる。すると、突如としてマーラの行動パターンがはっきりと浮かび上がってくる。

ファウステルとユレック、この両者から着想したのだ。

蜘蛛のように、マーラはある模様(パターン)を描き出している。犠牲者の遺体はさまざまな墓地に放置されているが、その位置をつなぎ合わせていくと、最終的には巨大なMの字、もしくはWの字が浮かび上がる。

マカロフのM、もしくはヴァルテルのWだ、とヨーナは考える。

七六

森や湖、そして畑が、ヘリコプターの下に広がる闇の中を過ぎ去っていく。機体が旋回し、明るく照らされた原子力発電所ときらめくボスニア湾がちらりとヨーナの目に映る。巨大な原子炉は、採石場の中に聳える埃に塗れた三つの大理石のようだ。

偏頭痛は、頂点に達してから約四十分かけて退いていった。

マーラ・マカロフは逃げおおせた。街の下を走るトンネルの網の目を辿って、姿を消したのだ。

遅い時刻だったが、ヨーナはペッテル、グレタ、そして犯罪捜査部の仮設指令センターから数名を呼び集め、打ち合わせの場を設けた。

会議室の雰囲気はひどかった。だれもが動揺し、不安と恐怖に取り憑かれていた。

遺体の発見されたカッペルファール、ハルスタヴィーク、フンボ、リルシルカ、そしてサンドトルペットの各地点を結び、ヨーナは九つの点——一本の線につき三つの点——で構成された巨大なMの字を、地図の上に描き出した。

Mの字の基部は、百キロの距離を挟んでいる。捜査班は、既存の五地点を基に、マーラがMの字を完成させるために選ぶ可能性のある地点を複数割り出した。フィービー・ウルスコグ自然保護区、フォーシュマルクの教会、ラムヘルの鉱山、そしてセデテリエにあるモーラベリ出口付近の高速道路だ。

これら四地点のすべてに、パトカーと救急車が急派された。

泥まみれのフォード・ピックアップが、ウプサラのすぐ南で交通監視カメラに捉えられたと聞いたヨーナは、ヘリコプターの出動を要請した。フォーシュマルク教会はウプサラの北一時間ほどのところに位置していて、ヨーナの推理が正しければ、マーラはそこに向かっている。

ほかの各地点からの報告が、機内にいるヨーナに届きはじめた。

フィービー・ウルスコグ自然保護区内にある石器時代の墓の周辺では、なにも発見されなかった。だが現場の警察官たちは探知犬の到着を待ち、二度目の探索をおこなう予定だ。

犯罪捜査部から派遣された一隊が、ラムヘルの鉱山に向かう途上にある。

セデテリエの高速道路の真ん中には、注目すべきものはなにもなかった。探知犬もまた、路肩や側溝になにかを嗅ぎつけるということがなかった。

すでに遺体が発見されている各地点は、墓地と見なされ得る場所ばかりだ。ヨーナにも、マーラの思考法について確信があるわけではなかったが、高速道路だけがその条件に合致していなかった。

厳密に言えば、ラムヘルの鉱山もまた墓地ではなかったが、抗夫が一人死んではいる。一八四六年の事故でのことだ。そしてその遺体は、崩落した縦坑に埋もれたまま今なお見つかっていないのだという。

ヘリコプターは、小さな農村、フォーシュマルクを飛び越えていく。

直線道路が村を貫き、教会と領主の館をつないでいる。この地方における二つの権力の中心をあきらかにする、気の滅入るような実例だ。

ヘリコプターは、教会の上空で静止する。ローター音が耳を聾さんばかりだ。

一台のパトカーが教会堂の入り口を塞ぎ、その前の道路では、救急車が待ち構えている。

着陸態勢に入ったヘリコプターがゆらゆらと揺れる。木々の葉をもぎ取りながら、砂利の上にやわらかく着地する。砂と埃が高く舞い上がり、吹き下ろす風に枝が曲がる。

制服警官二人が教会の外の階段で待ち受けていた。帽子をつかみ、吹き飛ばされないようにしている。

回転数が落ち、空気を切り裂くローターがわずかに軽くなる。教会のファサードをライトアップしている光の中を、埃がもうもうと巻き上がった。

ヨーナは身をかがめ、警察官二人のもとに駆け寄る。ともに背が高く、肩幅の広い男たちだった。一人はきれいに整った黒い顎髭を生やし、首筋にタトゥーが入っている。もう一人のほうは赤みがかった金髪で、そばかすがあった。そして、唇の内側に嚙み煙草を挟んでいる。

「われわれも着いたばかりです。しかし、だれかが死体を遺棄したようには見えませんね」と顎髭の警官が言う。

「森を調べるんだ」とヨーナは二人に告げ、教会の右手側に向かう。

赤毛の警官がそれに続き、建物の壁に沿って進む。きれいに均された砂利が二人の足下で鳴る。

ヨーナが振り返ると、顎髭の警官が救急車の方へとまっすぐに歩きながら、立ち止まっては木を一本ずつ見上げていた。

あたりは静まりかえっている。まるで催眠状態にあるかのようだ。

だが遺体遺棄場所のパターンは、偶然の産物であるはずがない。

ヨーナには、背後にいる同僚の激しい息づかいが聞こえた。

教会のファサードに反射した青白い光に照らされて、何本もの砂利敷きの小道が浮かび上がっている。短く刈られた草地を横切りながら、刈り込まれたツゲの木や墓石の列のあいだを伸びていた。

二人は歩き続ける。

教会の裏手には、トネリコの大木が五本立っていた。ヨーナは懐中電灯を点し、それぞれの枝のあいだから梢までを照らしていく。

葉がガサガサと音をたて、赤毛の警官がぎくりとする。鳩が一羽飛び立ったのだ。

赤毛の警官は嚙み煙草を口の中から掻きだし、それを花壇の中にはじき飛ばしてからヨーナのあとを追う。

墓石の列の向こうには瓦屋根の小屋があった。その裏手の暗い森の背後には高速道路が走っているが、ここからでは見えない。

ヨーナが草むらを横切ると、懐中電灯の光が小窓に反射する。

墓地管理人の小屋の外にある蛇口からは、バケツの中へと水が滴っている。手押し車とホースリール、そして漆喰の壁に立てかけられているシャベル。裏手にある堆肥の山には、墓に供えられたものとおぼしき古い花輪が大量に投げ込まれている。

二人は建物をあとにし、木立の中へと歩を進める。

懐中電灯の光が青白い幹を嘗め、木々のあいだで長い影を踊らせる。

苔に覆われた小さな丸岩を回り込むと、下生えの中に墓地の壁がわずかに見える。

ヨーナの背後で、なにかの折れる大きな音がする。赤毛の警官が枝を踏んだのだ。

二人は、伸びた草に埋もれつつある古い建物の基礎のそばで立ち止まり、敷地全体を見わたす。墓地の塀の近くにはオークの大木がある。その枝はほかの木々に隠れて見えないが、ヨーナが懐中電灯を向けると、斜めに走る線のようなものがきらりと光った。

ガタガタという音が、遠くからかすかに聞こえてくる。まるで、だれかが金属バケツにドライバーやノミを放り込んでいるようだ。

「あれ、なんですか?」と赤毛の警官が囁く。

ヨーナはイバラの茂みを突き抜け、樺の倒木をまたぎ、低い位置に突き出ている枝を押しのけ、懐中電灯を前方に向ける。

左手の拳銃を、さらにきつく握り締める。

ロープが一本、地面の倒木に結び付けられ、それがオークの巨木の頑丈な枝にかけられている。

「救急車を呼んでくれ」ヨーナは前進しながら、赤毛の警察官に向かって叫ぶ。

頭上には、ビニールに包まれた大きな袋が太い枝から吊されていた。白い布とテープを巻き付けられている。

「いったいなんなんだ、これ?」赤毛が囁く。

マーラは表通りからバックで進入し、教会の壁のすぐ脇にトラックを停めたに違いない。サイドブレーキを使っていたにもかかわらず、ウィンチで袋を引き、壁を越えて木の上へと持ち上げた際に、トラックが後方へとスリップしたような痕跡がある。

ケーブルは枝を深くえぐっていた。交差するロープを何本も用いて、マーラは重い袋をそこに固定したのだ。

「急げ!」とヨーナが言う。

樹皮の欠片が枝から何枚か落下し、袋の片側がゆっくりと膨らむ。生地とビニールシートが引っ張られたようで、ロープが何本か張りつめて震える。

「生きてるぞ！」とヨーナは叫び、踵を返して走り出す。

「ひどい……」

赤毛の警官は無線機をまさぐり、「救急車を寄こせ」とほかの警察官たちに叫ぶ。そして下生えの中を移動しようとして樺の倒木につまずいて倒れるが、すぐに立ち上がる。

ヨーナは古い建物の基礎と木立のあいだを、管理人小屋に向かって突進する。ホースをつかみ、その先を蛇口に差し込む。

赤毛の警官が木立から姿を現し、ほかの警察官たちに震える声で呼びかけるのと同時に、救急車のヘッドライトが教会の壁と墓石を嘗めていく。

顎髭の警官が拳銃を抜いたまま駆け付ける。救急車は草地に進入し、ヨーナの前で停まる。

運転席の救急医療隊員は痩せた三十代の男だった。金髪のポニーテール姿で、唇がしっとりと濡れている。

「こんばんは」彼がほほえみながらそう言う。

背後から看護師が姿を現し、車体を回り込んでヨーナたちに合流する。四十代の女性で短髪だ。目つきが鋭く、唇は薄い。

ヨーナは、高濃度の溶剤によって身体の溶解が進行しつつあることを、看護師に向かって手短に説明する。

「一刻を争う状況だ」ヨーナがそう言い、全員が防護服を取り出しはじめる。

「それはわれわれも理解しています」と看護師が応える。

「まずは彼を下ろそう」ヨーナはそう言い、水圧を最大にする。

二人の警官がヨーナのあとに続き、森の中へとホースを伸ばしていく。なにかに引っかかることがないよう、可能なかぎりの注意を払う。

管理人小屋は二十メートルも離れていない。だが、気が遠くなるほどの距離に感じられた。

やがてオークの巨木に辿り着くと、ヨーナはホースを地面に落とし、切るべきロープと、別の木に回すべきロープについて指示を出していく。袋の位置を下げるためだ。

「よし、慎重に頼むぞ」ヨーナはそう声をかけ、全員でゆっくりとロープを繰り出していく。

左右に揺れながら、少しずつ袋の位置が下がっていく。

ヨーナは前に足を踏み出し、地面へと導く。分厚いビニールシート越しに、内側で起こっている化学反応の熱が感じられた。

救急医療隊員たちも、すぐ近くまでやって来ていた。シダが脚を擦り、枯れ枝が足下で折れる。医療機器をストレッチャーに載せ、二人とも防護マスクと厚いゴム手袋をはめている。

　ヨーナは生地とビニールシートを引き裂き、封印されたゴムの袋を切り開く。信じがたいまでの悪臭が鼻をつく。強烈なガスが、全員を涙ぐませる。

　看護師が袋の上半分を折りながら開き、赤毛の警官は懐中電灯を中に向ける。彼はなにごとか呟きはじめ、光がその手の中で震える。

　顔があるべき場所には濡れた血塗れの塊があるに過ぎなかった。それでも、ヨーナにはマンヴィルだとわかった。

　化学薬品が組織をほとんど溶かしていた。両目も唇も失われ、鼻の位置には穴が二つ開いているだけだった。

　胸も潰れているが、それでもマンヴィルは途切れ途切れに息をしていた。その両手と両脚は、ゼリーの塊のように見える。

「大量の水が必要」と看護師が言う。

　ヨーナはホースを手に取り、腐食性物質を洗い流しはじめる。マンヴィルは咆吼（ほうこう）をあげ、両腕を震わせる。

　看護師はモルヒネを打ち、救急医療隊員はマンヴィルの身体に残っていた服の切れ端を剝ぎ取りながら泣きはじめる。

移動シートに移す時、マンヴィルはぜいぜいとあえぐ。それを全員でストレッチャーに乗せ、木立の中から救急車へと運び出す。

「ヘリコプターを使うぞ」とヨーナが叫ぶ。

ストレッチャーを押しながら墓地を走り抜け、砂利を越えて草むらを目指す。

＊　＊　＊

夜明けの淡い光が空に縞状に差す頃、ウプサラ大学病院の待合室にいるヨーナのもとに医師がやって来て、マンヴィルは手術台の上で亡くなったと告げる。

ヨーナは崩れ落ちるようにして椅子に座り、目を閉じた。その時、ポケットの中の携帯電話が振動する。

「ヨーナだ」と応答する。

「ごめんなさい、起こした？」

「サーガか？」

「出頭したい。もし、申し出がまだ有効なら」とサーガは告げる。その声はしわがれていた。

「もちろんだ」

「これが正しいことだって思う？」少しの間を開けて、サーガが尋ねる。

「思うとも」

「わかった。なら一人で迎えに来て、通用口から拘置所に入れて……取り調べに弁護士の同席は要求しない。あなたの質問にはすべて答える。再逮捕が必要かどうかはそれをもとに判断したらいい」

「俺はきみの味方だよ」

「ほんとに？」

「ああ」

「ローストランス通りの突き当たりに円筒形の立体駐車場がある」とサーガは言う。

「駐車場に沿って奥まで進んで、壁沿いに停めて。十二時ぴったりに」そして通話を切る。

七七

サーガは携帯電話をカールに返し、ピンク色の駐車場を見下ろす。まるで、大きすぎる帽子箱がカールベリス駅の錆びた線路脇に捨てられた、というような光景だ。

この駐車場に車で接近するためには、昼食時の人ごみの中をゆっくりと進み、それから急な坂を下りていくほかない。

曲線を描く駐車場の壁の脇には小さな建物があり、そこにいれば全方向に目を配ることができる。カールはその中で待機する。黒いウィンドブレイカーを身に着け、フードを被った姿だ。

サーガは昨夜そこに赴き、フェンスに穴を開けた。

もしヨーナが約束どおり一人で現れたら、カールがその穴から外に這い出て車に乗り込み、その先の指示を伝える。

先に到着した者が優位に立つ。武経七書に数えられる『孫子』にも、『尉繚子』にも記されている事実だ。

異常があれば、カールは道路と線路の下を走るトンネルの中に駆け込んで黒い上着を脱ぎ捨て、反対側にいる人ごみに紛れる。そして、対岸のクングスホルム通りに渡るべく橋を目指す。

サーガ自身はその場に留まる。その位置からは、建設廃棄物を収めた巨大な袋の背後に潜んだまま、駐車場とそこにいたる道路をすべて見わたせるのだ。

十二時直前に、サーガは四十番地の建物の扉を開いて中に入る。

なにが起ころうと、サーガの行動は決まっている。階段を上って裏に出て、九つの中庭を横切ってトムテボー通り二十九番地に出る。そのブロックの角に立つ建物だ。

そこからはノールバッカ通りを数百メートル進み、〈ギュンターのホットドッグ・スタンド〉の背後の緑地帯に身を隠す。

カールは、そこまでヨーナを導いてくる。

「調子はどうだい？」とカールが訊く。

「考えてるだけ。弱点がないか」サーガはそう話しながら、ポケットの中のホイッスルを握り締める。

「唯一はっきりしてるのは、あんたの計画がうまくいかないわけがないってことさ」とカールは言い、にやりとする。

「マーラ・マカロフについてもおなじことが言えたらいいんだけど」とサーガはひとり言のように呟く。

「どっちにしろ、出頭するのは良いことだと思うよ。とはいえ、最高の数日間だったことは認めざるを得ないな。大いに楽しんださ」

「あなたなしでは切り抜けられなかった」

「音楽と食事が最高だったって話だろ？」とカールは言う。うれしさを隠しきれない様子だ。

「うん、それもある」とサーガがほほえむ。

「やっぱりな」

「でもまじめな話、あなたには命を救われたし、そのことは一生忘れない」

カールはうつむいて顔を赤らめ、目をそむける。

サーガは、計画の流れを辿り直してみる。駐車場の裏にヨーナが現れた瞬間から、勾留されるところまでを再検討するが、どこにも深刻な瑕疵(かし)は見あたらなかった。最悪の展開としては、わが身の潔白を同僚たちに納得させられず、送検されるという事態が考えられる。

いまだに、どうしてこんな惨憺(さんたん)たる状況に陥ったのか、自分でも理解できていなかった。

今まさに出頭しようとしているという事実について思いを巡らせるたびに、自分自身の人生から引き離されたという、目眩(めまい)のするような気持ちが湧き上がる。家族が引っ越しを余儀なくされたせいで転校させられた子どものように、途方に暮れるのだ。前触れもなく、子ども時代の記憶が頭をもたげた。両親は離婚していたが、母は父を夕食に招いた。おめかしをして食卓を整え、元夫の到着を待ちながら部屋の中を落ち着きなく歩きまわった。やがて食事は冷め、元夫が現れないことを悟った母は奇妙な行動に出た。

今考えると、夢の中のように感じられる。

母はひと言も発することなくキッチンで自分の服を脱ぎ、幼い娘の服も脱がせた。

当時わずか六歳だったサーガは、これはなにかのゲームに違いないと考えた。母は、自分の着ていた服を娘に着せはじめたのだ。下着、パンティーストッキング、ドレス、そしてハイヒール。

なにもかも、サーガにはグロテスクなまでに大きかった。

無言のまま、母はなおも真珠のネックレスをサーガの首に掛け、エメラルドが三つあしらわれたブレスレットを手首に着け、細い指に結婚指輪をはめた。

そして母は、自身の一張羅を身に着けた娘を部屋の真ん中に残したまま家を出て、全裸で森の中へと入っていった。

* * *

十二時三分前、カールは隣接する建物の背後で位置についている。その足許にはテープ留めされた箱があった。サーガが託したものだ。

通りは賑(にぎ)わっているが、過去数時間、私服警官の姿はなかった。

サーガの鼓動が速まる。ヨーナの黒いBMWが急な斜面を滑り下りてきたのだ。車は駐車場の左へと回り、一瞬姿を消してから再び裏手に姿を現す。

そして壁際に停まる。十二時ちょうどだ。

運転席のドアが開き、ヨーナが降り立つ。

サーガが見守る中、カールが箱を持ち上げ、フェンスの穴から這い出る。ヨーナは物音に気づいたのだろう、上着のボタンを外して踵を返した。

その時、サーガの目になにかが飛び込む。

ティーンエイジャーの一団がレインボーフラッグを掲げながら歩道をやって来て、サーガの視界を遮ったのだ。

サーガは、線路、窓、そしてバルコニーへとせわしなく視線を動かす。

ドラムや手を打ち鳴らす音が近づいてくる。サーガはポケットからホイッスルを引っ張り出す。

ヨーナが後部座席のドアを開ける。

カールが足を踏み出す。

一台の車が斜面を下りてくる。

さらにおおぜいのティーンエイジャーたちが駐車場の脇を通り過ぎていく。その手には、ドラムや大きな風船があった。

サーガは、向かいにある住居ビルをすばやく見やる。最上階のバルコニーへの扉が開いていた。

愛のメッセージとともに花が一面に描かれた大きな横断幕が広がり、微風にはためく。

カールはヨーナの車の向こう側にいる。

バルコニーのガラス戸が光を反射する。

サーガはホイッスルを口に当てる。

風船とプラカードの隙間から、車のルーフに手を置くカールの姿が見えた。すると、その頭が不自然な速度でサーガのほうを向く。

サーガがホイッスルを吹くと同時に、ウィンドウとドアに大量の血が飛び散る。

カールが地面に倒れる。

ライフルの銃声が建物のあいだを反響していく。そしてサーガは、向かい側のバルコニーの手摺りから一筋の煙がたなびくのを目にする。

ヘリコプターのローター音が近づいてくる。

サーガの心臓は早鐘を打つ。踵を返し、道路を渡ると、先ほど開けておいた扉を足早にくぐる。

七八

サーガは全身を震わせながら階段室を駆け上り、裏庭に出る。庭の中央には緑色の低い建物があり、その前には皺だらけの上着を身に着けた男が立っていて、煙草を吸っている。

「わたしが探してるのは……」

「チェシャ猫」と男が言う。

「そのとおり」サーガはそう応えてフェンスをよじ登り、隣に移る。

その庭を斜めに横切り、壁に立てかけられている自転車に足をかけて跳び上がると、塀の向こう側の芝生に着地する。白い屋外用家具の一式を通り過ぎ、低い塀を目指す。それを乗り越え、ラズベリーの茂みをかき分けながら次の庭に出る。そこでは、三人の少女が縄跳びで遊んでいた。

サーガは立ち止まり、雨樋の下の側溝に嘔吐する。唾を吐き、手の甲で口元の汚物を拭う。

少女たちは縄跳びをやめて、赤い門に向かって駆けて行くサーガを見つめる。

サーガは門をよじ登ると腹を擦りながら向こう側に下り、身をかがめる。

火器による制圧の危険性は、サーガも承知していた。カールを送り込み、ヨーナに会わせたのもそのためだ。しかし、まさか実際に発砲されるとは想像もしていなかった。通常、狙撃手たちは支援のために派遣される。人質を取られるなどの事態に備えて配置されるのだ。

さっきのは処刑だ。

サーガは急ぎ足でコインランドリーのある中庭を通り抜け、ほかより一メートルほど高い位置に設けられている隣の庭への塀を上る。

そこには小さなウッドデッキがあり、バーベキューコンロと色褪(いろあ)せたプラスティック製の家具が置かれていた。

サーガはテーブルを引きずりながら中庭を横切り、それを使って最後の仕切り壁を飛び越え、木陰の多い隣家の庭に降り立つ。

湿った草むらの上に着地し、前方の茂みの中へとよろめくが、どうにかバランスを取り戻す。

ヘリコプターの轟音はだいぶ離れた。

右足首が痛み、腹は不安げに痙攣する。

サーガは足を引きずりながら進み、鉄扉を開けると、十九世紀に作られた美しい階段室に足を踏み入れる。大理石の壁は緑色で、床には赤いカーペットが敷かれていた。

木製の重厚な扉にすばやく歩み寄り、ドアハンドルに手を伸ばしながら目を細め、彫刻ガラスの窓越しに通りを見る。

サーガはすぐに一歩後退する。警察のバンが外を猛スピードで通り過ぎたのだ。

数秒置いてから、ゆっくりと扉を開けて外を覗く。

警察の規制線は回避できた、とサーガは悟る。右手方向の通りはパトカーで塞がれていて、警察官たちの背中が見えた。防弾ベストを身に着け、武装している。

サーガは左に向き、静かに歩道を歩く。六ブロック先には、ノーラ・トーネンの高層マンション群が見えた。

パトカーが一台、まっすぐこちらに向かってくる。サイレンも鳴らしていなければ、回転灯も点けていない。運転席のウィンドウが開いていて、電子煙草を持った手が外に出ているのが、サーガにも見えた。

サーガは建物の玄関前で立ち止まり、通りに背を向けて鍵を探すふりを装う。

扉の窓越しに、高齢の女性が歩いてくるのが見えた。

パトカーはサーガの真後ろで停まる。無線通信が耳に届く。射殺せよという命令だった。

扉のブザーが鳴り、開く。サーガは一歩退いた。

パトカーは発進し、タイヤをギシギシと鳴らしながら走り去った。高齢の女性は、訝(いぶか)しげな視線をサーガに向ける。

サーガは身をひるがえし、交差点へと急ぐ。

遠くに聞こえるサイレンの数が増えていた。

あらゆるレストランやカフェの外に、昼食を取る人々の姿があった。そしてサーガの右手のほうにあるギュンターの売店には列ができていて、その背後に停まっている五台のパトカーが見えた。

回転する青い光の下で、警察官たちはせわしなくスパイクストリップを展開している。

通行人が立ち止まり、彼らの姿を携帯電話で録画する。すると警察官の一人が「下がってください」と声を張りあげながら、規制線を張る。

ヘリコプターの轟音が建物に反響している。

サーガは再び左に曲がり、検問所から足早に離れていく。

背後で響くサイレンの数は、さらに増している。サーガは、走り出さないようにと懸命にこらえた。

足場に囲まれた建物が、サーガの前方に近づいていた。パワーゲート付きの大型トラックが大量の石膏ボードを歩道に下ろし、それから補助脚を上げるのが目に入る。

サーガは周囲を見わたす。

屋根の上にヘリコプターが浮かんでいた。狙撃手が身体を乗り出している。一瞬後、ヘリコプターは身をひるがえして飛び去る。

トラックが縁石から離れていく。サーガは駆け寄って荷台に飛び乗ると、灰色のビニールシートで身体を覆う。

トラックは検問所から離れていき、突き当たりでUターンをするために減速する。サーガは荷台の端へとにじり寄り、飛び降りる。

あらぬ角度で着地し、足首に鋭い痛みが走る。

トラックは来た道を加速しながら去って行く。

サーガは歩道に歩み寄ると大きな木の下に身を隠し、服から石膏を払い落とす。

交差し合う高速道路と、ソルナへの高架橋は混雑していた。

突然バンという大きな音が聞こえ、ガラスの割れる音が響きわたる。サーガは身をすくめ、首に奇妙なこわばりを感じながら振り返る。

一人の老人が、リサイクル用のゴミ箱に空のワインボトルを放り込んでいた。

建物にぴたりと身を寄せながら、サーガは北駅通りを歩きはじめる。十メートルほど先の商店から制服警官が出てきて立ち止まると、サーガのほうを見る。

店のドアベルが、警察官の背後でチリンと鳴る。

サーガは警察官を無視し、静かに向きを変えると、自動車修理工場の入り口へと向かう。だが目の端で、彼が銃をまさぐるのが見えた。

一連の流れるような動作で、サーガは上着の内側に手を伸ばし、ホルスターからグロックを抜く。そして踵を返し、狙いをつけて発砲する。

肘と肩に反動を感じ、硝煙（しょうえん）が手を焼く。

弾丸は警察官の大腿筋を貫通し、背後の歩道に血と骨が飛び散る。

銃声が建物に木霊（こだま）する中、サーガは警察官に向かって突進する。

警察官は肩から地面に倒れ、苦痛に泣き声をあげる。開いた口の中で、金歯がきらりと光った。

「殺さないで、頼む」とあえぎ、傷口に手を押し当てる。

その指のあいだからは鼓動とともに血が噴き出ていて、身体の下に血だまりが広がっていく。サーガは警察官のホルスターから拳銃を奪い取ると、駐まっているバンの下に放り投げる。

そして無線機に手を伸ばした瞬間、店のドアベルが再び鳴る。

サーガは反射的に身をひるがえし、道路に飛び出て横切る。

一台の車が急ハンドルを切り、クラクションを長々と鳴らす。

サーガの背後で、だれかが威嚇（いかく）射撃をする。

サーガは身をかがめ、塀に沿って走った。バスが轟音とともに通りかかり、地面が揺れる。

重い衝突音が聞こえ、ブレーキが悲鳴をあげる。男が一人、前方に弾き飛ばされ、地面に打ち付けられて転がる。

対向車線をやって来た車が男を轢く。

アスファルトに血が飛び散る。

被弾したほうの警察官だ。

タイヤがロックし、ブレーキが悲鳴を上げる。そして車がスピンしはじめる。

走り続けるサーガの耳に、再び衝突音が届く。金属が潰れ、フロントガラスが割れ、道路にガラスの破片が飛び散る。

サーガは無線機から手を放し、グロックをホルスターに収めながら、全速力でトムテボダ通りを駆け抜ける。

分泌された大量のアドレナリンが血管を駆け巡り、走り続けるサーガの耳の中で轟いた。クラーラストランド通りに架かる高架橋に辿り着き、カロリンスカ研究所のキャンパスのほうへと突き進む。カーブを描く高速道路が、二つの巨大な天蓋のように頭上の太陽を遮る。

サイレンが近づいてくる。

薄汚れたガードレールは、サーガの目の端に映るぼやけた影でしかない。その支柱が、道路や岩壁や錆びた線路の前で明滅し続ける。

高架橋を渡りきる頃には、サーガの息は切れている。そして、前方に並ぶ茶色いレンガ壁を嘗める青い光に気づく。

サーガは身をひるがえし、十メートルほど駆け戻る。ガードレールを跳び越え、砂まじりの急な斜面を猛スピードで駆け下りる。足下の腐った木材が折れ、その破片もろとも砂埃を舞い上げながら落下する。背中で着地し、頭を地面に打ち付ける。そしてそのまま草むらとゴミ屑のあいだを転がり、線路脇の錆びついた柵で止まる。

サーガはどうにか立ち上がり、高架橋の下まで走る。後頭部の傷から出た血が首筋を伝う。

空気を求めてあえぎながら、橋台に身を寄せる。

パトカーが三台、頭上を疾走していく。すさまじいサイレン音だ。

生ゴミの臭いが漂っていた。地面は吸い殻と空のビール瓶、そしてスプレー缶だらけだ。

どちらを見ても巨大なコンクリート柱が聳えている。まるで大木が空を目指して伸び上がっているようだ。高架橋の隙間から陽光が差し込み、その中で砂埃が舞っている。

前方のトンネルからは、絶え間なく車が流れ出てくる。

接近するヘリコプターの音を耳にしながら、サーガは黄色いケーブル管に沿って斜面を下りていく。橋脚の根元には砂利地があり、そこに壊れた食卓が転がっていた。

それ以外に選択肢がないことはわかっている。それでもサーガは一瞬躊躇い、それから自動車専用トンネルの入り口に向かって駆け出した。

そして、車線の左端にある狭い路側帯を足早に進んでいく。走り過ぎる車の巻き起こす風で髪の毛が翻弄(ほんろう)される。

大型トラックがクラクションを鳴らし、サーガは壁にぴたりと身体を寄せる。その背後を、トラックは轟音とともに走り去った。

舞い上がった砂が顔に吹き付けられる。

サーガは唾を吐き、一度も立ち止まることなく反対側に出る。

これで最初の区間は終了だ。

五十メートルほど先のトンネル内で、十本以上の車線が合流している。その上には、ギラギラと輝く高層ビルが聳え立っていた。

ヘリコプターの影が、高速で流れる車の列を嘗めていく。

吠えるようなローター音がサーガの胸を打ち、それから消え去る。

サーガは数秒待ってから全速力で路肩に飛び出し、次のトンネルの中に消える。

七九

サーガは交通の流れに逆らい、左肩を壁に擦りつけながら進む。

天井には百メートルほどの間隔を置いて、巨大な管状のジェットファンが設置されている。その騒音はすさまじく、次から次へと出現する滝を思わせた。

トンネルの両側の壁に連なるストリングライトが、襞のある内臓の中を歩いているような気分にさせる。

計算が正しければ、ノルトゥルから五百メートルを越えたあたりにいる。

排気ガスのせいで、息苦しかった。

壁際の泥の中には、水色のマスクが打ち捨てられている。

猛スピードで迫る大型トレーラーが、車体の黄色いマーカーランプで天井を照らしながら車を何台も追い抜く。

曳いている荷台には、風力タービンの部品のように見える巨大な金属の塊が山積みになっていた。

サーガは身体を壁につけ、頬を粗いコンクリート面に押しつけながら、できるかぎり身体を平らにする。

点滅する光が押し寄せてくる。

サーガは息を止める。

トレーラーは轟音とともに通り過ぎる。その重量で地面が揺れ、すさまじい風が巻き起こる。それが服を捉えて揺さぶり、サーガは思わず横に一歩踏み出す。

砂埃の中にマクドナルドの空コップが舞い上がる。

サーガは進み続ける。擦り切れて破裂したタイヤの破片をまたぎ、咳き込んだり唾を吐いたりしながら、二十四番の非常口に辿り着く。

金属の扉を開け、糞と腐敗した食糧の臭いがする階段室に入る。床には、汚れたビニール袋やマットレス、缶、煤けたアルミホイル片、そしてキャンディの包み紙が散乱していた。

顎髭を生やした男が一人、肘掛け椅子で寝ている。だぶついた服を何枚も重ね着し、ズボンは尿で湿っている。

階段の上のほうで、しわがれ声の女性がだれかに向かって叫んでいた。手摺りを叩く音が壁に反響する。

サーガは、丸々と膨らんでいるビニール袋を床から持ち上げ、結び目をほどく。中には小さなワンピースやニットのよだれかけがぎっしりと詰まっている。

「金を払えってんだよ、クソったれが」と女性が喚く。

「やかましいぞ」顎髭の男が、目を閉じたまま呟く。

サーガは別の袋を手に取り、床に空ける。脱色したジーンズを脇に置き、青地に赤の水玉模様がプリントされたレインコートを見つける。

「あいつら殺してやる」女性は震える声でそう言い放つと、階段を下りはじめる。

サーガはレインコートをつかみ、忍び足でトンネルに戻る。そして、再び車の流れに逆らって進みはじめる。

黒いネズミがサーガの前を横切り、床の近くにある換気口の中に姿を消す。

サーガは歩きながらレインコートを着る。

二十三番非常口のすぐ先で、トンネルは二手に分かれる。サーガは左手を選んだ。

ビニール袋がジェットファンに引っかかり、風にはためく旗のように揺れている。

トレーラーがすれ違い様にクラクションを鳴らす。荷台から舞い上がった砂埃が、しばらく空中に留まる。そしてその向こうに、日の光が見えることにサーガは気づく。

サーガは歩く速度を下げながら、トンネルの入り口に近づいていく。コートの皺を伸ばし、フードの中に髪を収める。

ノルトゥルは、ストックホルム市内で最も交通量の多いインターチェンジの一つで、あらゆる方向から車が押し寄せてくる。だがパトカーは見あたらなかった。

サーガは、E20号線の高架に隠れて、十二車線を横切る。

草の生えた土手の脇には歩道があった。そこまで辿り着くと、サーガは速度を落とす。ジョギングしている者もいれば、犬を散歩させたり、ベビーカーを押したりしている人々もいる。オレンジ色のベストを着た保育園の園児たちが、手をつなぎながらハーガ公園へと歩いて行く。

前方の木々のあいだに、ブルンスヴィーケン湖の輝く湖面が見えた。

サーガは影の多い歩道を進む。そして〈スタールメスタレゴーデン・レストラン〉の前を通り過ぎたところで、高速道路を疾走していく複数のサイレンを耳にする。崩れかけているように見える塀の背後にはアスファルト敷きの傾斜路があり、それがレストランの通用口へと伸びている。

サーガはネズミになったような気分で斜面を駆け下り、搬入口の脇に並ぶゴミ箱の列の背後に身を隠して呼吸を整える。

地面には古いペンキ缶があり、煙草の吸い殻がうずたかく積み上がっていた。

小さな車輪のついた網台車が五台、黄色い壁に沿って並んでいる。

サーガは必死に思考を巡らせる。ヨーナに裏切られるとは考えてもみなかったが、当然のことながら可能性の一つではあった。いずれにせよこれで、名を雪ぎ、自分の視点からすべてを弁明する機会は失われた。

犯罪捜査部の全員が、自分のことを共犯者だと確信している。その認識は、氷水のようにサーガを打った。もしそうでなければ、出頭しようとしている人間を無力化する決断など下されるはずがない。

八〇

ヨーナは、警察庁舎の廊下を猛烈な勢いで歩いている。ガラス張りのオフィスや会議室を通り抜けていくその背後で、警察合唱隊のポスターや求人情報、そして職能開発セミナーのポスターがはためく。

国際捜査課の同僚がパントリーにいて、電子レンジで温めたダンプリングをプラスティック容器から食べていた。

「調子はどうだい?」ヨーナの顔を目に留めた彼が、そう話しかける。

ヨーナはそれを無視して歩き続ける。郵便物のカートを押しのけ、そのままモルガン・マルムストレームのオフィスへと突き進む。

扉を押し開き、大股で中に入る。グレタ、ペッテル、そしてモルガンがローテーブルのまわりに腰を下ろしていた。三人は揃ってヨーナに顔を向け、怯えた表情を浮かべる。

「あなたは約束した」とヨーナはモルガンに言う。

「打ち合わせ中なんだ」と上司であるモルガンが応える。「外で――」

「黙れ(トゥルパ・キーニ)」ヨーナはフィンランド語でそう遮り、グレタとペッテルに顔を向ける。

ペッテルはうつむき、グレタは両手を膝の上に重ねてから答える。ヨーナと視線を合わせた彼女の顔に、グレーの髪の毛が何本か垂れる。

「ええ、知っていたわ。あなたに知らせないことにも同意した」

「状況が変わったのだ」とモルガンが説明する。「サーガ・バウエルは、マンヴィル・ライ殺しの容疑者だ。彼女をまたしても逃亡させるわけにはいかなかった。

……それでも、狙撃手の一人が発砲したのは手違いだった。発砲命令は出ていなかった。この件については特別検察官が調査することになる」

「この件の責任はあなた個人にある」ヨーナはそう言い放ちながら、モルガンに指を突きつける。

「最終的には、もちろんそういうことだ」とモルガンはほほえみながら応える。だがその目には、隠しきれない恐怖の色が浮かんでいる。「しかしながら、関係者全員がきわめて強いプレッシャーのもとに置かれる状況で起こったことだ。私自身のことも狙撃手のことも弁護するつもりはないが、きみのほうに近づいてきたのはサーガだとだれもが確信していた。警官殺しの容疑者だ。約束どおりの時間に現れ、新しい包みを抱えていた。われわれがまたしても逃走させると本気で考えたのか？　一刻の猶予もなかったのだ」

「知っていたのか？」

「ちょっと待って。今なんて？　新しい包み？」とグレタが訊く。

「特殊部隊が処理した。私が関知しているのはそれだけだ」モルガンはそう答えながら、心許ない視線をちらりとグレタに向ける。

「どういうことなんだよ」とペッテルが呟き、立ち上がる。

グレタは指令センターを呼び出し、手早く状況を伝える。その声は、苛立ちを隠しきれていない。

「そういうわけで、ご存じのとおり今すぐに小包が必要なの」とグレタが声を張りあげる。

「馬鹿げてる」とペッテルが呟きながら、窓際に移動する。そしてゴツゴツとした自分の頭を擦り、ひとり罵る。

「モルガン、どういう意味なんだ。『またしても逃走させる』？　最初の逃走はいつだったんだ」とヨーナが問う。

「サーガの自宅で作戦を実行に移したのよ」とグレタが言う。

「作戦だと？」

「私の判断により、特殊部隊を突入させた」とモルガンが説明する。

「家宅捜索だと話していたじゃないか」

「ヨーナ、警官がさらに二人も重傷を負ったの。わたしたちの知る人たち――あなたも知る人たちよ。これはもう個人的な問題。二人はわたしたちの友人だったし、同僚だった」とグレタが釈明を試みる。

「知り合いのいない犠牲者はいない」ヨーナはそう漏らすと、警察の身分証明書を取り出してゴミ箱に投げ込む。

「きみの休暇申請を認めよう。通行証は今から一時間後に無効になる」モルガンは静かにそう話す。「拳銃は私のデスクに置いていきたまえ」

「拳銃は必要だ」

「きみに命ずる。出ていきたまえ……」

モルガンの声は途切れ、ヨーナは踵を返して大股で歩き去る。そして廊下を離れていく足音が、三人の耳に届いた。

グレタはローテーブルの上にあるボウルから林檎を一つ手に取る。だが、かじりつくことなくそれを掌に載せて静止する。ペッテルは自分の携帯電話を睨みつけ、モルガンは立ち上がって扉を閉める。

「サーガの身替わりとして現れた男は、カール・スペーレルという」モルガンはそう言いながら席につく。「南アフリカで育ち、スウェーデンでジャーナリストの教育を受けた。《エクスプレッセン》紙で八年働き、解雇されている」

「サーガとのつながりは？」とグレタが問いかける。

扉にノックがあり、鑑識技術者のオーティスが車椅子で入って来る。その膝には小包があった。

「ヘリコプターで届きました」とオーティスは言い、眼鏡を押し上げる。

モルガンは立ち上がり、小箱を受け取るとそれをローテーブルに置く。

ペッテルは席に戻り、肘掛け椅子を脇にのけ、オーティスの車椅子が近づけるようにする。

グレタはテープを引き剝がして蓋を開け、悲鳴をあげる。ピエロが飛び出てきたのだ。赤と黄色のシルク地のコスチュームを身に着け、バネの先でひょこひょこと揺れながら両手を伸ばしているその姿は、懸命にハグを求めているように見える。瞳はまっすぐに前を睨みつけ、赤い口元には笑みが浮かんでいる。胸にテープ留めされた紙片にはだれかがこう記していた。〈ヨーナ、あなたを信じていた。〉

八一

ゴミ箱の列の背後に七時間潜んだあと、サーガは立ち上がって足踏みをし、肩を回す。

額を膝に当てたままの姿勢で、二回うたた寝することができた。だがそのたびにすぐ覚醒し、心臓は早鐘を打った。

警戒態勢を緩める余裕がないのだ。

不潔なエプロンを掛けた男が五回出てきて、荷物搬入口で煙草を吸った。そのたびにゴミ箱の傍らにある空き缶までやって来て、吸い殻を捨てた。

気づかれたかどうか、サーガにはすぐにはわからなかった。だが三回目に出てきた時、男は一杯の水とチーズサンドイッチを残して立ち去った。

サーガはそれをむさぼるように腹に収めた。それからコップと皿を搬入口に返し、再びゴミ箱の裏の隠れ家に戻った。

次に出てきた時、男は吸い殻を缶の中に捨てながら、ひとり言のように告げた。ゴミ箱の中身は一時間ほどのちに回収され、夜になると警備員がやって来てすべての扉を確認していくのだ、と。

サーガは、隙間から草の生えた壁の傍らを通り過ぎ、傾斜路を上った。

歩道に出ると、途切れることのない自動車のうなりが大きくなる。

長時間座り続けたせいで、サーガの脚は痺れていた。

この時間帯になると、人通りがはるかに減っている。

あたりまえの日常生活に戻りたい。サーガはいつのまにか、ゴミ箱の背後でそう切望している自分に何度か気づいた。ニックとアストリッドを再びバレエ教室に連れていくことを考えて、涙がこみ上げた。

サーガはレインコートを脱ぎ、影で覆われたブルンスヴィーケンの湖水を見下ろす。マリーナの周囲にはフェンスが巡らされていた。そしてその上には、有刺鉄線が五重に張りめぐらされている。

ここ数日の睡眠不足によって、サーガは、強烈な底流に吸い込まれそうな感覚をおぼえていた。ジョガーが一人視界から消えるのを待ち、ゴミだらけの岸辺へと下りていく。

三羽の茶色のカモが悠々と泳ぎ去る。

サーガはレインコートを地面に広げ、警備会社の色褪せた看板を見上げる。警報装置と監視カメラの存在を知らせる注意書きもあった。サーガは靴と靴下、そしてズボンを脱いでレインコートで包むと腕に抱えて、あたたかい水の中へと足を踏み出す。

フェンスの途切れる湖面側から回り込み、なめらかで滑りやすい小石を踏みながら進んでいく。

すぐ近くに、マホガニー製の茶色いボートが繋留されていた。サーガは紐を握り、丸めたレインコートを桟橋に載せる。それから片足を繋留ロープにかけ、どうにか身体を持ち上げる。

背の高いフェンスが、マリーナと、冬のあいだ船を引き上げておく広い砂利地の全体を囲んでいた。五十槽ほどのボートが、いくつもある桟橋につながれている。白とオレンジ色のブイが、荒れた湖面に浮いていた。

人影はない。

サーガは濡れた脚を拭い、膝の傷から出血していることに気づく。そして包みをつかむと、桟橋を歩きはじめた。

あたり一帯が静まりかえっている。

黄色に塗られた小屋が並んでいて、その隣には無垢材の家具を配したテラスが設けられている。旗竿(はたざお)の先ではヨットクラブの旗がひるがえり、錆びついた吊り上げ装置と大量の台車もある。

サーガは、白いモーターボートの前で立ち止まる。全長は二十メートルほどもあり、室内コックピットと複数の上甲板が備わっている。

ロープを引くと、モーターボートがゆっくりとこちらに近づいてきた。船首付近のブイは、ロープがピンと張るまで船体とともに漂ってくる。サーガはやわらかな足音とともに甲板に飛び乗る。身をかがめて船尾の手摺りの下に隠れ、一瞬間を置いてから覆いの一角をほどいて中にもぐり込む。

そこはサンルーフの下の食堂で、ガラス戸の向こうには暗いキッチンと椅子八脚に囲まれたテーブルが見えた。

引き戸は施錠されている。

サーガは拳銃を取り出し、銃把で錠前を破壊する。それからドアを開け、中に足を踏み入れる。

壁面とキッチンの食器棚はすべてマホガニーの化粧板で覆われていて、金物類は真鍮製に見える。

テレビのある部屋には豪華なソファが所狭しと並んでいた。サーガはそこを通り抜け、浴室に入る。暗闇の中で放尿し、すばやくシャワーを浴びる。リネンを収めてある棚からタオルを取り、それで身体を拭いてから再びズボンと靴を身に付ける。

サーガはテレビ室に戻る。バーカウンターに並ぶ蒸留酒のボトルに挟まれて、大型のデミジョンボトルがあった。サーガはそれをホルダーから抜き取り、中の水をぐびぐびと飲む。それから、ボトルを手にしたままキッチンに抜ける。

冷蔵庫は空で、電源が切れていた。だがサーガは、パントリーでラヴィオリの缶詰を見つけて冷たいまま食べる。

すべて済むと寝室に移動し、崩れ落ちるようにしてベッドに横たわる。そして天窓越しに暗灰色の空を見つめながら、マーラのことを考え、彼女が次にどんな行動に出るのかと思案する。

サーガは、ヨーナなら信頼できると考えた。

カールには、ホイッスルが聞こえたらその場に箱を残して、全速力でトンネルの中に逃げ込むようにと指示してあった。

もしヨーナが特殊部隊を従えてやって来ていたら、何キロも先からその存在を察知していただろう。だが、相手が身を潜ませた狙撃手の場合、手遅れになる前に気づくのは事実上不可能なことだ。

なぜ、その場で射殺するという決断が下されたのか、サーガはいまだに理解できなかった。

八二

サーガはぎくりとして目覚める。天窓を通して、懐中電灯の光を顔に当てられたのだ。

身体を丸めて音もなく床に下り、クローゼット脇の壁に這い寄る。

上甲板から声と足音が聞こえてくる。船体からは振動も伝わってきた。だれかが、船尾のスライディングドアを開ける。

「出てこないと警察に通報するぞ」と男が叫ぶ。

サーガは立ち上がり、声のほうへと進む。キッチンの戸口で立ち止まると、二人いる警備員の片方が、懐中電灯をこちらに向ける。

「船主からは泊まって良いと言われてる」とサーガは言う。

「いいや、そんなことはない」

「ねえ、なにも盗んでないんだよ」とサーガは続けながら、両手を上げてみせる。「何時間か眠りたかっただけ」

二人はキッチンに足を踏み入れ、壁や食器棚に光を向ける。年上のほうは腹が突き出ていて、頭を剃っている。若いほうは黒髪を縛っていた。

「ロックを破壊したな」と年上のほうが言う。

「たまたま壊れたんだ。もう出ていくから」

「警察に引き渡しちゃいけない理由でもあるのか?」若いほうの警備員が尋ねる。

「だってなにも盗ってないし、それに――」

「これは不法侵入だぞ」と男はサーガの言葉を遮る。

「通報する」もう一人がそう言い、携帯電話を取り出す。

「やめて。お願い」

「どうして俺たちが親切にしてやらなくちゃいけないんだ、ん?」と若いほうの男が言う。

「マルコ、もうやめろ……俺が通報する」

「一つでもいいから理由を言ってみろよ」若い警備員はそう言い、サーガのほうへと一歩近づく。

そして彼女の目を見つめながら警棒を突き出し、先端部でサーガの尻をなぞる。それを下げていき、脚から膝にかけて撫でてから、太腿の内側へと上げる。

サーガは脚を広げ、相手が視線を下ろした瞬間に足を踏み出し、重い右フックを頬に打ち込む。

警棒が音をたててサーガの足許に転がる。警備員はよろめきながら後ずさり、片膝をついて手で頬を押さえる。

「このメス豚が」とうめき声をあげる。

サーガの動きはすばやい。腰をひねりながら首を蹴ると、若いほうの警備員は床に倒れる。そして彼が床に腹を打ち付けるのと同時に、年上のほうが警棒をサーガの脊柱に振り下ろす。

サーガは前方にたたらを踏み、食卓でバランスを保つ。それと同時に踵を返すと身体を沈め、第二打をかわす。警棒はサーガの髪をかすめていく。

サーガは左のジャブを叩き込む。

若い警備員は四つん這いになり、まだぶつぶつとひとり言を漏らしている。

懐中電灯がテーブルの下へと転がり、床の上に三日月形の光を広げる。

年上の警備員はサーガににじり寄りながら、警棒を握り締めた片手を激しく前に突き出す。

彼の携帯電話はキッチンカウンターの上にあり、画面から青いドーム形の光を放っている。

サーガは静止して相手に接近させてから、警備員の手にジャブを浴びせる。何年もかけて鍛練したボクシングのコンビネーションは、すべて身体がおぼえている。筋肉（マッスル）記憶（メモリー）のおかげだ。思考するよりも先に、相手より優位に立っていた。サーガは左ストレートを繰り出すが、同時に左足を踏み出すだろうという相手の予想を裏切り、右足で大きく前に出て、警備員のすぐ脇に立つ。

そして強烈な右フックを相手の頬に叩き込む。警備員の頭は弾け飛び、唇は震え、唾液が空中に飛び散る。

警備員は木のようにばたりと倒れ、肩を強打してからこめかみを床に打ち付け、大きな鈍い音をたてる。彼はそのまま起きあがらなかった。

サーガは若いほうの男の肋骨を蹴り上げてから、光を放っている携帯電話をカウンターから持ち上げ、耳に当てながら外に出る。

「もしもし？　こちら地区指令センターです」女性の声が聞こえてくる。

サーガは通話を切り、後部甲板に上る。警備員たちは、桟橋とのあいだに渡り板を架けていた。サーガはそれを桟橋側に引き上げる。そして、砂利地を急ぎ足で進みながらランディに電話をかける。ゲートは解錠されていた。マリーナをあとにしたサーガは、トンネルへと斜面を駆け上がり、線路の下をくぐる。そこでランディが応答する。

「ランディだ」と彼が囁く。

「十分後にこの番号にかけなおして」

通話を切り、歩道から離れて草地を横切りながら、ヴェンネル＝グレン・センターを通り過ぎ、道路を渡り、ヴァーナディスルンデン公園に入る。

両の拳から出血していた。それを吸い、街灯の下に差しかかると傷の具合をたしかめる。縫合の必要はない。テープで留めれば問題ないだろう。

サーガは暗がりを進み、再び芝生を横切る。遊び場に辿り着いたところで、ランディから着信がある。

「はい」そう応えながら小道を進む。

「なにがあったか聞いたよ」ランディは低い声でそう話す。「めちゃくちゃだ。理解不能だよ」

「違うの、それは――」

「停職処分になったんだ。カール・スペーレルの携帯に僕の番号が残ってて」

「ランディ、ほんとうにごめんなさい」とサーガは言う。

「大丈夫、心配するなって。あの時のきみの言葉がうれしくて――」

「リンダはいるの?」とサーガはそれを遮る。

「寝てるよ」

「あなたを巻き込みたくはない。でも、ほかに頼れる人がまったくいなくて。身を隠す場所が必要なの」

「なんとかしてみる。ただ、知らせたかったんだけど、もう一枚絵葉書が届いたんだ」

＊　＊　＊

ランディは、自宅の一階にある暗いキッチンに立っていた。窓際へと移動し、立ち止まる。すると、リノリウムの床をひたひたと近づいてきた裸足の足音が、真後ろで止まったような気がする。

ランディは携帯電話を手で覆い、カーテンを引いて闇に沈む庭を見やる。ガラスに映った背後の廊下は無人だ。

「え?　マーラから?」とサーガが尋ねる。

ランディはパソコンとミシンのある狭い書斎へと移動し、腰を下ろす。

目の前のデスクには、ヴァッテンファル社から届いた電気料金の請求書と、ボルボの自動車保険の書類がある。

窓の外には、中庭のパラソルとプラスティック製の日光浴用の椅子（サンラウンジャー）が見えた。

「ああ、昨日届いたんだ」

「昨日？ どういう意味？ だれが見つけたの？」とサーガが訊く。

「ここに届いたのさ。うちのポストに……リンダが郵便物を回収したんだけど、きみ宛だと気づいて破り捨ててたんだ」

「今すぐ逃げて」とサーガが言う。

「落ち着けって」ランディはそう応えながら、冷たいすきま風が足首に触れていくのを感じる。

「でもマーラはあなたの住所を知ってる。どこに行けば——」

「大丈夫だって、心配するなよ。マーラは、ただきみとコミュニケーションを取りたいだけさ」ランディはそう言いながら、窓の外で風に揺れる柳の枝を眺める。

「なんて書いてあったの？」

「ちょっと待って」

ランディは扉を可能なかぎり静かに閉じるが、ドアハンドルから手を放す時にどうしてもカチリと音がする。

リンダとは昨夜、停職処分について言い合いになった。その時に彼女が、「サーガ・バウエルの郵便配達人になるなんてまっぴら」と言い放ったのだった。

「なんだって？　なんのこと？」とランディは問い返した。

最終的にリンダは、サーガ宛に届いた絵葉書を屑籠に捨てたことを認めた。ランディはすぐにベッドから出て、ゴミを漁った。寝室に戻ると、リンダは彼の携帯電話を隠していた。サーガに電話をかけさせないためだ。リンダは引き下がらず、ありとあらゆることについてランディを責め立てた。やがて彼は、頭を枕で覆ったまま眠りに落ちた。

その後リンダは、いつのまにかランディの携帯電話をサイドテーブルに戻していた。

「なんて書いてあるの？」とサーガが再び尋ねる。

ランディはいちばん上の引き出しを開ける。そして領収書の詰まった箱を持ち上げ、絵葉書を取り出した。

表のモノクロ写真は、空襲で破壊された都市の景色を捉えている。手前には灰と煤だらけの瓦礫（がれき）があった。いたるところから炎があがり、空は煙で覆いつくされている。後景には破壊された古い街が横たわり、大聖堂やバロック様式の宮殿の残骸が写っていた。下部のキャプションには、〈ケーニヒスベルク（一九四五年）〉とある。

「きみ宛のメッセージもある」ランディはそう言いながら、絵葉書を裏返す。

＊　＊　＊

サーガはランディの話に耳を傾けながら公園の中を移動し、大木の下にあるベンチに腰を下ろす。

「白い弾丸はあと二発だけ残されている」とランディが読み上げる。

「それはわかってる」

「ヨーナは間もなく私の家族に会うだろう」とランディは続ける。「その後ロシア語の単語が三つ書かれていて、〈マルク・アヴ・オマール〉という署名がある。オマールはAが二つだ」

「わかった」とサーガは言い、すばやくアナグラムを解く。「表には？」

「第二次世界大戦末期の写真だ。ケーニヒスベルクという街が写っていて、ほとんど完全に破壊されている」

「両面の写真を送ってくれる？」

「いいよ」

「ロシア語の単語の意味を調べてくれると最高なんだけど」

「わかったらすぐに……」

ランディはそこで口をつぐむ。書斎の扉が開いたのだ。リンダの喚き声が聞こえ、通話が途切れる。

サーガの手の中で、携帯電話の画面が暗くなる。

サーガは歩道に沿って視線を動かし、いちばん手前の街灯を見つめる。その下には光がたまっていて、アスファルトと草むら、そして低い茂みを浮かび上がらせている。だがその明るい円の外には、漆黒の闇が広がっていた。

サーガは、マーラを担当していた心理学者が連絡を寄こした日のことを思い起こす。自分の患者が話している内容を知らせておきたいということだった。すなわち、ユレック・ヴァルテルが彼女の家族を拉致し、〈モヤヴェヤブ〉と呼ばれているかもしれない場所に監禁しているのだ、と。

だがその場所は存在しない。少なくとも、スウェーデンとロシアには。

警察は、高速道路の真ん中にいたマーラを発見した。フェールホルメン近郊のことだ。そして、フディンゲにあるカロリンスカ病院に入院させた。その後、彼女はイッターエーの施設に収容されることになった。

スヴェン＝オーヴェ・クランツの電話を受けた時、サーガは混乱の淵にいた。ユレックがまだ生きていることを示す連続殺人の捜査に、深くはまり込んでいたのだ。その嵐はやがてハリケーンへと成長し、サーガの人生をばらばらに引き裂くことになった。

かった。

サーガは精神的に崩壊し、クランツに伝えられたことを調べる機会は決して訪れな

その後ユレックは死に、サーガは仕事から外され、ヨーナは停職処分となり、内部調査が進められるあいだその状態が続いた。

警察官、探知犬、そして鑑識技術者たちが、ユレックの複雑な管理体系下にあった複数の地点をくまなく探索した。数多くの墓が見つかったが、生存者はいなかった。サーガもヨーナも現場から外れているあいだに、予備捜査の優先順位を下げる決定が下された。

サーガは、頭蓋骨と骨の絵を思い浮かべる。農場にあったビスケットの缶に隠されていたものだ。マーラはその缶に、〈うちの家族〉というラベルを貼っていた。

サーガは身震いする。体温を奪われないように、両脚を持ち上げて身体に密着させ、膝に顎を乗せる。

ヨーナは死後に、彼女の家族に会うという意味なのだろうか？　それとも、ユレックが監禁していた現場で、家族の亡骸と会うことになるという意味なのか？

なぜなら彼らは、どこかしらにはいるはずだからだ。

サーガは突如として、すっかり目がさえてしまったことに気づく。ストックホルム中心街の地下鉄を避けるために、オーシュタバーリまで歩くことに

決める。そこからフェールホルメンまで列車に乗り、警察がマーラを発見した高速道路の周辺を調べるのだ。

八三

ランディは目覚める。キッチンの食器棚が大きな音をたてたのだ。そして、テレビの前のソファで寝ていたことに気づく。パジャマのズボンと色褪せたTシャツという姿だった。ちくちくするピンク色の毛布は床に落ちている。

閉じたブラインドの隙間から、朝の光が細い筋となって差し込んでいる。

昨夜、リンダは書斎に濫入(らんにゅう)してくると、サーガと話していたランディに向かって声が嗄れるまで喚き散らした。今となっては、約束したとおりに絵葉書の写真を送ることなど不可能だ。

ランディは立ち上がり、気持ちを引き締めてからキッチンに向かう。

リンダは食卓にいて、iＰａｄでニュース記事を読んでいた。目の前にはコーヒーカップと乳糖の入っていないヨーグルトのボウルがあった。すでにメイクを済ませ、髪も乾かしてある。そして、隣の椅子の上には黒い革製のブリーフケースが置かれていた。

「おはよう」とランディは静かに言い、コーヒーをマグカップに注ぐ。

リンダは無視しているが、それでもランディはいつもの場所に腰を下ろし、《ニューヨーク・タイムズ》のニュース概要に目を通す。

「またラブレター？」リンダは目も上げずに、棘のある口調でそう言う。

「違うよ……きみからラブレターをもらったのは、もうずいぶん前のことだからね」とランディは応える。

「へえ、どうしてなのかしらね」とリンダはため息をつく。

ランディは自分のｉＰａｄを食卓に置き、深呼吸をする。「リンダ、話し合ったじゃないか。僕は浮気したことなんかないし――」

「嘘ばっかり」とリンダが言い放つ。「真夜中にベッドを抜け出して一階に下りて、あの売女に囁きかけるなんて。ほんと、そんな話聞いたことない。はっきり言ってあなたは病気よ」

「仕事のことだったんだ」

「真夜中に？」

「そうさ、彼女は――」

「そもそも仕事なんかしてないでしょ、忘れたの？　あんたは解雇されて、その理由が――」

「解雇されてはいないよ。僕が休職してるあいだに――」

「休職？」とリンダが言い返しながら立ち上がる。「休職してるのは、その頭の中に残ってたまともな理性のかけらでしょ。だって、あなたの頭の中でぐるぐる回ってるものは一つしかないんだから」

「落ち着いてくれよ」

「あなたはずっと嘘をついてた。どうしてそんなに残酷で底意地悪くなれるのか、わたしにはほんとにわけがわからない」リンダはそう叫び、涙が頰を流れはじめる。

「わたしたち、一緒に暮らしてるのよ。こっちは全身全霊で飛び込んで来たのに……わたしがどんな気持ちになるかわかる？　わかってるの？　完全に価値のない存在になった気持ちよ。自尊心をずたずたにされて、苦しんできたの……どうしてこんな目に遭わせるの？」

「僕は、きみの嫉妬心との向き合い方が下手だったかもしれない。でも――」

「馬鹿にしないで」リンダはそう叫びながら、椅子の上のブリーフケースを持ち上げる。「いい加減にして。もう二度と顔を見たくない！」

「ちょっとやりすぎだよ……」

「うるさい！」

「わかったわかった……二人とも頭を冷やしてから話し合お——」

「あなたのことなんかどうでもいい。あなたがなにしようが知ったことじゃない。あのチビの売女と駆け落ちでもなんでもしたらいい」そう言い放つと、リンダは玄関ホールへと飛び出していく。

ランディは食卓に留まる。コーヒーをすすりながら、玄関の扉がバタンと大きな音をたてるのを聞く。その振動で、壁に掛けてある額入りの写真が揺れる。

ランディは、この先のリンダの行動を把握していた。自分の車に乗り、唇を固く結び合わせて運転席に座ったまま、気持ちを落ち着かせるのだ。涙を拭い、メイクを直し、それからエンジンをかけて駐車スペースからバックで出ていく。

ランディはサーガとの関係を清算していない。リンダはそう信じて疑わなかった。だが、関係を清算するとは具体的にどんなことを指すのか、ランディにはわからない。リンダを愛している。だからといって、サーガを心の中から完全に葬り去りたいとも思わなかったし、そんなことは不可能だった。

自分で撮ったサーガの写真はすべて捨てた。しかしネガは保管してある。もしそうしたくなれば、新たにプリントできるということだ。

カール・スペーレルの電話からかけてきて以来、サーガの言ったことが頭を離れなかった。「わたしにはあなただけだった」という言葉だ。

サーガはたしかにそう言った。だが、ランディはそのことが信じられない気持ちだった。

今晩、リンダはなにも起こらなかったような顔で帰宅するだろう。ランディにはその光景が目に見えた。これまでもおなじことの繰り返しだったのだ。

ランディは立ち上がり、書斎に入ると絵葉書を持ち上げて、裏表を写真におさめる。そして、それをサーガに送る。

一瞬だけ躊躇してから、おなじ写真をグレタに転送する。そしてキッチンに戻ると、リンダの使ったボウルをゆすぐ。卵二個を炒り、トーストしたサワードウの上に載せてから、少量のケチャップとウスターソースをかける。

食事をしながら、ランディはサーガが身を隠せる場所について考えを巡らせた。所属している写真家のグループはエッズバーリ工業団地の地下に暗室を持っていて、会員はそこを自由に使える。まだ時刻がやや早すぎるが、一、二時間したら代表に電話をかけて、暗室を数日間押さえよう。

ランディは二階に上がり、歯を磨き、顔を洗う。そして、洗面台の上に取り付けられている鏡で、自分の顔をじっくりと眺めた。

目には疲労が浮かび、口元は乾燥している。

飛び散った水滴がガラス面を滑り下り、ランディの鏡像を溶かしながら引き伸ばす。

不意に音が聞こえて、ランディは数秒間、神経を研ぎ澄ます。

だれかが階段に画鋲を放り投げているような音だった。

ランディは頭を擦り、寝室に移る。そして腕時計をつけ、クローゼットの中から清潔なボクサーパンツと黒いTシャツ、そしてジーンズを取り出す。

サーガはありとあらゆる手を尽くして犯人を追いつめ、犠牲を厭わずヨーナを救おうとするだろう。ランディにはそのことがわかっていた。

サーガが共犯者だと真剣に考える人間がいるなど、ランディには考えられないことだった。

ランディはスツールをクローゼットまで引き寄せ、その上に乗る。白いステットソンの帽子を脇に動かし、最上段からシガーボックスを下ろす。

それからベッドの端に腰を下ろすと、蓋を開く。

犬が吠えはじめる。通りの何軒か先の家だ。間もなくそれに、隣人のロットワイラーが加わる。

一陣の風が吹き、寝室の窓の掛け金を揺らす。

ランディは立ち上がり、林檎の木の向こうにある通りを見下ろす。ルーフボックスを載せた車がゆっくりと通りかかり、そのまま消えていく。

枝が微風に揺れ、葉の隙間から隣人の家の連なりが見える。

風の行方を目で追い、隣家の狭い庭に吹き込む様子を眺める。その時、不意にリンダが出ていってから施錠していなかったことを思い出す。とはいえ、そもそも鍵をかけるはずもない。二人には、日中は扉に施錠する習慣がなかったのだ。

ランディはシガーボックスに向きなおり、現像済みのフィルムを一本取り上げる。ハーフサイズのネガ四枚分にあたる。すべて被写体はおなじで、それぞれ一分の間隔を開けてシャッターを切ったものだ。

サーガが裸で横たわり、その周囲にはチェリーで七芒星（しちぼうせい）が描かれている。スタジオの天井にカメラを取り付け、真俯瞰（ふかん）から撮ったものだ。そこに捉えられているのは、ランディの人生で最もしあわせな瞬間だと言ってもよかった。

二人は、箱から直接ピザを食べた。それからランディはカメラのセッティングに着手し、照明と反射板を設置し、光量を計り、チェリーを並べたのだった。

ネガに写っているサーガの唇と乳首は白く見える。ほっそりとした身体は濃灰色で、輪郭が淡く輝いている。サーガの指のあいだは光っているように見えるが、身体の下に敷いたシートは黒い。

ランディは、サーガの脚のあいだにあるつややかな暗闇に目を向ける。端の凹んだ白い三角形、バンコフの円が、彼の視線を引き寄せる。

いつものように、ランディは十二回シャッターを切った。それから二人はスタジオのベッドでセックスをした。サーガの乳房と腹にキスしたことをおぼえている。脚のあいだをやさしく舐めたことをおぼえている。何度も繰り返し。

信じられないくらいあたたかくてなめらかだった。

サーガはランディの頭を片手で押さえ、両脚をさらに開きながら自分を彼の唇に押しつけた。

八四

窓が大きな音を立てて閉まり、ランディは追憶から引き戻された。浴室の通気口が風でうなりをあげる。

階下で物音がした。

玄関ホールに掛かっているハンガーを、だれかが押したように聞こえた。

リンダが帰ってきたんだ、とランディは考え、心臓の鼓動が速まる。注意深くネガを箱に戻し、蓋を被せてからスツールに乗り、箱を帽子の奥に隠す。

もしかしたら、車の中で座っているあいだに気持ちが変わったのかもしれない。サーガと話すことなど、ランディにとってはなんでもないことだと理解したのかもしれない。寝室を抜け出してひそひそ声で話していたのは、朝早く起きなければならないリンダを起こしたくなかったからなのだ、と。

スツールに立ったまま、ランディは窓に向きなおり、通りを眺める。

太陽が雲に隠れ、すべての色が深くなったように見える。

一分ごとに風が強くなっているようだ。梢が揺れたりしなったりしている。

ものを叩くかすかな音が、一階から聞こえてくる。

突風で柳の枝が窓や壁に当たっているだけだ、とランディは自分に言い聞かせる。

ランディはスツールから下り、それをいつもの場所に戻すと、充電器から電動シェーバーを抜く。

窓を叩く音が再びはじまる。

ランディは髭を剃りながら寝室を出て、浴室の明かりを消すと階段を下りはじめる。

電動シェーバーの音にかき消され、足下で階段が軋むのも聞こえない。

一階に着き、廊下を通ってキッチンに向かう。

シェーバーがガリガリと音をたてて鼻の下を剃る。

ランディは立ち止まり、スイッチを切る。そして家の周囲でひゅうひゅうと鳴っている風に耳を澄ます。木の枝が窓を打ったり擦ったりする音も聞こえた。

シェーバーのスイッチを入れ、キッチンに移動する。

あと四十分経ったら、写真家グループの代表に電話できる。

外の庭では、茂みがあらゆる方向に揺さぶられていた。柳の枝は空中で大きくひるがえっている。

強風が換気扇にうなりをあげさせる。

ランディは身震いし、踵を返す。

掃除道具入れの戸が開いている。

ランディは廊下を戻る。掃除機のホースが飛び出ていた。それを押し戻し、戸を閉める。

息を止め、数秒間立ち止まってから、切っていたシェーバーのスイッチをもう一度入れる。

耳に近づくほどに、シェーバーの音はやかましくなる。

ランディは肩越しに背後を見やる。キッチンは暗さを増しているようだ。間もなく雨が降りはじめるのだろう。

掃除用具入れからキイと軋む音が聞こえて、冷たいすきま風が足首を撫でる。

ランディはシェーバーのスイッチを切り、玄関ホールのほうに向きなおる。

寝室で、窓が再びガタガタと鳴る。

廊下に出ようとした瞬間、玄関の扉が開き、バタンと音をたてて壁に当たる。

リンダの額入り写真が床に落ち、ガラスの破片が玄関中に飛び散る。

ドアマットの上に小さな厚紙製の箱があった。

ランディはただちに、その正体に気づく。

マーラ・マカロフは、サーガの居場所を見失った。だが、彼女がランディと連絡を取っていることは知っている。

扉が勢いよく閉まり、ドアベルがかすかに鳴る。

ランディは慌てて歩み寄ると、箱を持ち上げて施錠する。

そして書斎に駆け込み、小包をデスクに載せる。

書類と請求書が床に落ちる。

震える手で、明るい茶色のテープの端をどうにかつまむ。それを剝がし、蓋を開け、中から紙の玉を取り出すと、ゆっくりと包みを開いていく。

ランディは、小さなフィギュアを人差し指と親指でつまみ上げる。一瞬のあいだ、なにもかもが黒一色に塗り上げられたように感じる。

まばたきをしながら、光に向けて角度を変える。

それは自分のフィギュアだった。

次の犠牲者は僕だ、とランディは考える。血液が耳の中で轟々と鳴る。

あたふたと携帯電話を手探りするが、手の震えがひどく、暗証コードを打ち込めない。再び試みるが、それでもうまくいかなかった。

ランディは必死に呼吸を整え、携帯電話をデスクに置く。そして左手で右手の震えを押さえ、どうにか自分を落ち着かせる。

携帯電話のロックが解除される。

通話履歴を呼び出し、サーガが最後に使っていた番号に発信する。

「もしもし」とサーガが応える。感情の表れない声だった。

「僕だ、ランディだ。新しい包みが今届いた、自宅に……次の犠牲者は僕だ。フィギュアを手に持ってて――」

「ランディ」とサーガがそれを遮る。「これから言うとおりにして。今すぐ家を出るの。財布以外なにも持たないで。あと電話と車のキーも。服を着替えたり家に鍵をかけたりしないで、とにかく出て！」

「わかった」とランディは言いながら立ち上がる。「でも――」

「出た？」

「出るところ」

圧倒的な非現実感に呑み込まれながら、ランディは廊下を歩く。掃除用具入れの戸がまたしても開いていた。

「指令センターに連絡しなくてもいいのかな」

「しても間に合わない」

ランディは急ぎ足で掃除用具入れの前を通り過ぎ、フックに掛かっていたバッグをつかむと、足を靴に押し込む。それから扉を解錠し、外に走り出る。

風が音をたてながら木々のあいだを吹き渡り、葉を翻弄している。バイクは倒れ、ガーデンバスケットは隣家の芝生に転がっている。

「もう出たの？」サーガが叫ぶ。

「ああ、歩いてるとこ――」

「急いで」とサーガが口を挟む。「車で出て、どこまでも走るの。行き先はだれにも言わないで。どこでもいいからまったくつながりのない場所を選んで。今まで行ったことないところ、口にもしたことない土地。あとで電話かメールをちょうだい。無事を知らせて」

サーガは通話を切り、ランディは杏色の家が立ち並ぶ通りを目指して走りはじめる。

砂埃と木の葉とゴミがアスファルトの上を吹かれていく。

灰色の建物のあいだにある駐車場は、ほとんど空だ。

ランディはボルボに駆け寄り、息を切らせながら立ち止まると、バッグの中からキーを取り出す。だが手の震えのせいですぐに取り落とす。それを拾い上げるためにかがみ込みながら、車体の下を確認する。

金髪の人形の小さな頭が、タイヤのそばの地面に転がっていた。

ランディはキーをつかみ、身体を伸ばす。そしてドアを解錠し、運転席に飛び乗ってエンジンをかける。駐車場からバックで急発進すると、右に折れてヴィービー通りに乗る。そして急激に加速していく。

八五

ランディと話してから、サーガの心臓は早鐘を打っている。今は、全長六百メートルあるヴェステル橋のほぼ中間地点にいて、右側の歩道を進んでいる。車に背後から接近されないためだ。

眼下の水面には、白い波頭が見えていた。

強い風がフードをグイと引っ張る。

先ほどアウトドア用品店の〈ナトゥールコンパニエット〉に立ち寄ったサーガは、服を一抱え更衣室に持ち込んだのだった。モスグリーンのウィンドブレイカーを選ぶと防犯タグを引きちぎり、セーターの下に押し込んだまま店を出た。

サーガは、警備員の携帯電話を開いたままにしている。どうにかして数時間以内に充電しなければならない。

背後にパトカーが一台、青い光を明滅させながら現れる。サーガは携帯電話を見ているふりを装い、それが走り去るのを待ちながら、視線を動かすことなくうつむいたまま歩き続けた。

　一分か二分ほどしてから立ち止まり、車道に背中を向ける。ワイヤー製の柵越しに、水面の彼方へと視線を向けると、島々の上では高層ビルがひしめいていた。

　サーガは冷えた指先でヨーナの番号を押し、携帯電話を耳に当てる。

「わたし。ランディの家に小包が届いたことを知らせたかっただけ。次の犠牲者はランディ。車に乗って、行ったこともなければ口にしたこともない場所に向かうように言っておいた」

「わかった。正しい判断だ」とヨーナが言う。

「フィギュアと包みはまだランディの家にあるはず。でもわたしには行けない」

「サーガ、謝らせてくれ、あの――」

　サーガは電話を切る。ヨーナが折り返してくるが、応答しない。ただ橋の上を進み続け、ロングホルメン島とその先のホーンストゥール地区を目指す。

　吹き付ける風に上着が引っ張られる。サーガは歩きながら自分に言い聞かせる。指示したとおりに行動しているかぎりランディは大丈夫だ、と。ストックホルムからできるかぎり離れて、すべてが終わるまで身をひそめていさえすれば。

　これは、マーラの計画にとっては深刻な打撃となるはずだ。そしてほんの少しでも幸運が味方すれば、その打撃によってマーラを屈服させることができるだろう。

マーラを止める方法はぜったいにある。

サーガはまず、フェールホルメンの高速道路から手をつけることに決めている。〈モヤヴェヤブ〉を、すべての起点を見つけ出す。ヨーナを誘い込み、最後に残った白い弾丸をその背中に撃ち込む。マーラがその計画を実行に移そうとしている場所だ。

八六

ヨーナは角を曲がり、ランディの家の前に車を停める。車から降り、玄関に歩み寄る。風が激しく吹きつけ、柳の枝を前後左右に翻弄する。ヨーナは呼び鈴を鳴らし、扉を開け、足を踏み入れる。

額入りの写真が壁から落ちていて、床がガラスの破片だらけだ。

ヨーナはあたりを見まわし、足早に廊下を移動してキッチンに入る。

食卓とカウンターにはなにもない。換気扇に吹き込む風がうなりをあげていた。

脇にある小部屋の戸を開けると、請求書や領収書が床に散乱している。こじ開けられた小箱はデスクの上に載っていて、金属製のフィギュアが皺だらけの包み紙の脇に横たわっていた。これはまさにランディだ。ヨーナは大きいほうの紙切れを開きながら、そう気づく。

外で枝が折れ、窓枠に当たって音をたてる。

紙片は、道路地図から破り取った一ページだった。カーナビが発明される前に、人々が使っていたものだ。

裏面は白紙だが、表にはストックホルム広域圏、そしてウプサラ周辺の地図がある。一九五〇年代の時点で存在していた、すべての幹線道路とジャンクションが掲載されている。

ヨーナは地図を仔細に眺め、印の付いている場所があるかどうかを確認する。デスクのスタンドを点けて明かりに近づけ、ピンの刺し痕を探すが、なにもない。

もう一枚は、薄い紙切れだった。その上に、短いメモが古風な手書き文字で記されている。

> 以下の疑問に対して、私が立派に回答してみせよう：自然が硫黄と鉄♂を金に変える時、われわれもまた自然からその注意深く保持されていた秘密を奪い去り、おなじことができるのではないのだろうか？

ヨーナはこの短い文章を二度読む。そして、作家のアウグスト・ストリンドベリの、錬金術に没頭していたパリ時代に言及しているものだと気づく。

硫黄と鉄が金になる。

校正記号は古いが、〈鉄〉という言葉に引かれた二重線はのちの時代のものだろう。おそらくはマーラの手によるものだ、とヨーナは考える。

鉄を意味する錬金術記号は、オスのシンボルであり、ローマ神話のマルスのシンボルでもある。

ヨーナは地図をもう一度注意深く見る。〈スウェーデン・ソーラー・システム〉における火星(マーズ)の天体模型は、ショッピングモールのメルビー・セントルムにある。だが一九五〇年代にメルビー・セントルムは存在していなかった。ゆえに、地図には載っていない。

これには意味がない。

マーラとおなじ思考法をとらなければ。

錬金術、鉄、火星。

ヨーナは腰を下ろし、ボルボ車にかけられている車両保険に関する手紙に気づく。ボルボ社のロゴもまた、鉄を示す記号をアレンジしたものだ。

ヨーナの全身に身震いが走る。

ボルボに乗っているランディを、ストックホルムの路上で殺す。それがマーラの計画だ。

隣家の庭にあったサンラウンジャーが風に飛ばされ、書斎の窓から見えている芝生に転がる。

ヨーナは立ち上がり、ランディに電話をかける。しばらく呼び出し音が鳴り続け、留守番電話につながる。

もう一度かける。ランディに警告しなければならない。路上でだれかに呼び止められたり、路肩へと招き寄せられたりしても車を停めるなと伝えなければ。

八七

高速道路の舗装面が、流れるように車体の下へと滑り込んでいく。右手側では、防音壁と高圧鉄塔が高速で飛び去っていった。

ランディの心臓はまだ早鐘を打っている。だが分泌されたアドレナリンは、高速道路を走りはじめてから退きつつあった。

サーガに言われたとおり、ランディは立ち止まって考えることなく行動に移った。家を飛び出して車で急発進し、古い発酵食品工場とスーパーマーケットの〈コープ〉を通り過ぎた。ランディの父親は、いまだに〈オブス!〉と呼んでいる。もう何年も前から使われなくなった名前なのに。

ランディはミキサー車を追い抜く。その時、オレンジ色の高視認性安全服を着た男が工業ビルの屋上に立っていて、携帯電話で話しているのが見えた。

マーラ・マカロフが、自分を次の標的に選んだ。ランディは、その事実について考えてみる。

理解不能だった。現実離れしている。

理由がまったくわからない。

ほんとうを言えば、まっすぐ警察庁舎に向かい、外に車を停めて中に駆け込みたかった。だが、それこそマーラの思うつぼなのだろう。

サーガは、ストックホルムから出ろと言っていた。

シスタに近づいたところで出口の車線に移り、E18号線を進み続ける。

運転をしながら、ランディはいつのまにかぼんやりとしている。リンダとの口論と、あの小さなフィギュアが頭の中でぐるぐると回っていた。

包み紙の詳細については、なにも思い出せなかった。

まったくつながりのない場所、どこか行ったことのない土地、その名を口にしたこともないところへ行け。サーガにはそう言われた。その意味では、この道路は目立ち過ぎだろうか。マーラの期待通りの幹線道路に過ぎるのだろうか?

まったくわからなかった。しかしランディは、もう少しでためらめに進路を決めようと考える。

そしてボールスタに着いたところで高速道路を降り、エンシェーピン通りから263号線へと進む。

ここまで来れば安全だ。あとは、車で移動を続ければいい。

ようやく、ランディに落ち着きの感覚が戻る。

細い田舎道は、広大な自然保護区の中を蛇行しながら延びている。牧草地が樺の木立になり、それが徐々に深い森へと変化する。そこにトウヒや松が加わり、下生えとともにさらに鬱蒼としていった。

ランディはカーブに差しかかって減速し、それを抜けながら加速した。

前方に車が見えた。左の路肩に停まっている。ボンネットが開き、黄色いハザードランプがアスファルトと木の幹を照らしている。

年配の男性が、皺の寄ったスーツ姿で側溝を歩いていた。手には三角表示板がある。

ランディは減速し、窓を開け、そのすぐ手前で停車する。

「お手伝いしましょうか?」とランディが話しかける。「警察官なんです」

老人は立ち止まり、薄くなった白髪に手を走らせる。

「バッテリーがあがってしまって」

「ブースターケーブルはありますか？」

「ああ」

ランディはセンターラインを越えて進み、相手の車のすぐ前に停める。そして、ボンネットオープナーを引く。

老人は三角表示板を設置してから戻って来る。

ランディは車を降り、ボンネットを持ち上げる。

風がうなりをあげて木々のあいだを吹き抜け、乾いた地面に無数の松かさを落としていく。老人はトランクを開け、ブースターケーブルを取り出す。

ランディはフロントガラス越しに相手の車内に視線を向けるが、淡い色の空がガラスに映り込み、ほとんどなにも見えない。

あれは、助手席に座っている人影だろうか？

老人はトランクの中を漁る。

ランディは側溝へと移動し、目を細めてドアガラスの中を見る。映っている自分の姿の奥に、小さな灰色の顔が見えたような気がする。

老人は、ビニール製の小物入れに収まっているケーブルを手に戻って来る。

「ご親切にどうも」と彼は言う。

老人が赤いケーブルを取り出し、ランディの車のエンジンの上に身を乗り出したところで、カーブの向こうに車が一台現れる。

「プラス端子とプラス端子」と呟きながら、彼はクリップをつなぐ。

近づいてくる車は白いバンで、ヘッドライトが破損している。

ランディは、突如として不安の波に襲われる。携帯電話は、バッグに入ったまま助手席にあるのだ。

老人は、ケーブルのもう一端のクリップを自分の車のバッテリーにつないでから、黒いケーブルを取り出す。

「マイナス端子をエンジンブロックに」そう呟きながら、ランディの車に背を向ける。

バンは接近しながら減速する。ランディは、自分の車の傍らの、草の生えている路肩へと移動する。

風が吹き、老人の髪が逆立つ。

森の際では枝が風に揺れて擦れ合い、軋みをあげる。

バンがその脇を通り過ぎていく。後部座席には子どもがいて、ウィンドウ越しに携帯電話で録画している。

「エンジンをかけてくれないか」と老人が言う。

ランディは運転席に戻り、バンが彼方へと消え去るのを見つめる。それからキーを回し、エンジンをアイドリングさせる。

老人は側溝に立ち、高く伸びた草で両手を拭っている。

助手席の人間はドアを半ば開けるが、出てはこない。

五分後、ランディはエンジンを切り、老人はつないだ時とは逆の順序でケーブルを外していく。

そして自分の車に戻ると、エンジンは問題なくかかる。老人は、開いた窓から親指を立ててみせた。

ランディは後退して車を離し、右車線に戻る。加速していくと、感謝の気持ちを伝える老人のクラクションが耳に届いた。

どこに向かえばいいのか、ランディにはまだまったくわからない。だが、このまま田舎道伝いにウプサラを抜け、どこかで小さなホテルにチェックインしようと決める。

再び田園風景が目の前に開け、ランディは環状交差点で右折する。そして、55号線に乗る。

ガソリンがほとんどないことに気づく。

さらに四キロ進んだところで、前方に工業地帯が見えてくる。無人のガソリンスタンドの赤い屋根が、灯台のように輝いていた。

八八

ランディは速度を落とし、ガソリンスタンドへと進路を変える。その時、財布を持って出たかどうか確信を持てなくなる。

給油機の手前十メートルのところに停車する。

荒れたアスファルトの先には、小さな木造の建物があった。窓は暗く、無人のテラス席に面した柵には、〈ピザ、ケバブ、ハンバーガー〉の垂れ幕がある。

ランディは助手席のバッグを漁り、財布を見つけてほっと安堵する。

手が携帯電話に当たり、画面が光る。着信履歴が五つ並んでいる。すべてヨーナ・リンナからだった。

バッグから携帯電話を取り出した瞬間、車体の背後でなにかがすばやく動く。

ランディは目の端でその動きを捉えることしかできない。

灰色の布きれのようなもの。

視線を上げ、サイドミラーを確認する。

車体のすぐ後ろにカラスがいた。アスファルトの上に転がっているビニール袋をつついている。

頭頂部のやわらかい毛が風に震え、さっと飛び立っていく。表通りを大型トラックが走り抜けたのだ。

ランディはフロントガラスの外を見つめる。給油機の脇の柱には禁煙マークが貼られていて、それが風ではためいている。ゴミ屑と砂埃が渦巻きながら移動していく。

その時、車がガクンと揺れる。

ランディはサイドミラーのほうへと首を巡らせる。先ほどのカラスが、またしてもビニール袋をつついているのが見えた。

まるで、降り立ったカラスが地面を揺らしたような感覚だった。

携帯電話のロックを解除し、ヨーナに電話をかけようとした瞬間、再び車体が揺れる。ランディはルームミラーを見上げた。

背後に、カラスがもう一羽降り立っていた。

ランディはシートベルトを外し、リアガラス越しによく見ようと身体をひねる。だが、目の前には別の人間がいた。

ランディは息を呑む。

若い女性が後部座席に座っていた。

マーラ・マカロフだ。

その瞳は黒く、頰は埃にまみれている。

ランディがドアハンドルを手探りした途端に、轟音がすべての音を呑み込む。

シートが背中に叩きつけられたようだった。

小さくて黒い穴が、フロントガラスにできていた。その周囲にはそれよりひと回り大きな円形のひびが走り、白く濁っている。

ランディは、身体の左側から噴き出る熱い血を感じる。

ボンネットの上で小さなガラス片が輝いていた。

耳鳴りがしている。

ドアが開き、ランディは外へと崩れ落ちていく。肩で地面を打ち、片足がシートの下に引っかかる。

自分の携帯電話が音もなくアスファルト面に落ちてくる。

ランディは懸命に身体を引き抜き、その過程で片方の靴が脱げる。全力で這いながら車から離れ、立ち上がる。

二羽のカラスが羽ばたき、飛び立っていく。

弾丸は脇腹を貫通していた。火傷したような感覚があった。ランディは片手を射出口に当てて、走りはじめる。その背後で、後部座席のドアが開く。

苦痛に襲われながら、ランディは無人の売店へと走る。焼かれるような痛みが一歩ごとに上へ上へと広がっていった。それが鼻孔を燃やし、涙を溢れさせる。

視界の隅に、追いすがるマーラの姿が映った。赤い拳銃を持ち上げている。すべての音がわずかに濁ったように感じられた。

ランディは、あえぎよろめきながら建物脇のトイレに入り、扉をロックする。こんなことあり得ない、と繰り返し呟く。

耳鳴りが消え、潮騒のようなうなりがあとに残される。

風ではためく旗のパタパタという音が聞こえ、足音が近づいてきたかと思うと、扉の外で立ち止まった。

「なにが望みだ?」とランディは問いかける。その呼吸は荒い。「僕がなにしたって言うんだ?」

ドアハンドルが回り、錠前が軋む、マーラが扉を引っ張っているのだ。

「マーラ、きみが復讐したがってることは知ってる。よろこんで話を聞かせてもらうよ、もしきみが――」

その時、車のエンジン音が聞こえてくる。ガソリンスタンドに進入し、タイヤの下で砂利が鳴る。

「僕が助けになれるかもしれない。聞いてるかい? 僕には――」

マーラの足音が離れていく。ランディはすすり泣きを漏らしながら便器の蓋に上り、小窓から外を覗く。

黄色い車が一台、給油機の横に停まっていた。

ドアが二つ開いている。

若い女性が一人、ガソリンスタンドの平屋根の下に立っていた。ジーンズと茶色のレザージャケット姿で、照明の淡い光を浴びている。その傍らには、ピンク色のワンピースを着た幼い少女がいる。

マーラは右手で拳銃を握り締めたまま、二人に近づく。

少女は、見るからにトイレを使いたそうだ。片足ずつ交互に飛び跳ねている。

マーラは二人の前で立ち止まり、なにごとか口にする。

女性は怯えた表情を見せ、自分のバッグの中を漁ると、マーラに携帯電話を渡す。

それから娘に話しかけて、車の中へと押し込む。

ランディが苦心しながら床に下りると、血がほとばしり出て左の靴にかかった。扉を開けてトイレから出ると、背後でそれを閉める。

ランディは売店の背後を回り、黄色い車が道路に出ていくのを見つめる。

マーラの姿はどこにもない。

垂れ幕が風に吹かれてピンと張る。そして赤いパラソルがテーブルのあいだに倒れた。

ランディは血の筋を残しながら、車に駆け戻る。運転席に飛び乗ると、苦痛に大きなうめきを漏らす。

マーラが建物の角から姿を現すのが見えた。

ドアを閉める間も惜しみ、ランディは震える手でエンジンをかける。

マーラは落ち着いた様子でこちらに向かって歩きながら、拳銃を持ち上げる。ランディはギアを入れ、サイドブレーキを下ろす。マーラはもう片方の手で拳銃を安定させる。

ランディはアクセルを踏み込む。ドアが街灯に当たり、バタンと閉じる。

マーラが引き金を引く。

シュッと音をたてて、弾丸がフロントガラスに当たる。

そのままランディの胸を貫通し、車は給油機の一つに激突する。

前方にガラスが散乱する。

ハンドルに頭を打ち付けたランディは、目を開いて咳き込む。ダッシュボードに血が飛び散る。

マーラが接近してくる。

ランディは後退しようとするが、エンジンはガリガリというばかりだ。ティースプーンをミキサーの中に落としたような音だ。

地面のガソリンは急速に広がっていく。

マーラは、思考の読み取れない暗い目で、ランディを観察する。

ランディはホーンスイッチに手を叩きつけ、力が続くかぎりクラクションを鳴らし続ける。

マーラは後部座席のドアを開く。そしてルームミラー越しにランディが見つめる中、ポリタンクのようなものを取り出す。

一呼吸ごとに、喉の奥で血が泡立った。

マーラが運転席のすぐそばにやってきて、ドアを開ける。

ランディは窒息しつつあった。咳き込むとさらに血が噴き出す。マーラは重いポリタンクを持ち上げ、濁った液体をランディの胸に注いだ。

鋭い薬品臭が車内を満たす。ランディは、腹と両脚のあいだに焼かれるような感覚をおぼえる。

そして気絶しかけながらも、前に手を伸ばしてエンジンを再びかける。

マーラは空のポリタンクを放り投げ、後退する。

ランディは片手をシフトレバーに下ろし、弱々しくそれを引く。

エンジンが止まる。

マーラはランディを睨みつけ、一歩下がってから拳銃を持ち上げると、三発目を撃ち込む。

身体を貫通した弾丸が、車の金属部品に当たる。

小さな火花が飛び、ガソリンに引火する。

パラシュートが一挙に開いたようなボンという音がして、火の玉が車と給油機を呑み込む。

意識を失うまでの数秒のあいだ、ランディはサーガとともにいた。かつて暮らしていたスタジオはネガのように、光と闇とが反転した世界だった。

「最愛の人」とランディは囁く。

照明器具の黒い明かりの下で、サーガの唇と乳首は白く見える。ランディにまたがったサーガは、入って来る彼を受け入れる。ランディを抱きしめ、身体を前に倒し、彼の胸に手をつきながら、キスをする。

サーガの顔の輪郭は淡く輝いている。光に満ちた口を開きながら、サーガはうめき、目を閉じる。

ランディは、サーガの尻に手を添える。給油機の下に埋設されている巨大なタンクが爆発するが、それにはまったく気づかないままに。

衝撃波がガラス片とねじれた金属をあたり一面に吹き飛ばし、給油機の上にあった平屋根の大部分を引きちぎった。

直径十五メートルの火の玉が黄金色に輝きながら空に上っていき、たちまち萎んだ。

金属の柱が地面になぎ倒され、食べ物の売店の前に赤いアルミ板が叩きつけられる。油まじりの真っ黒な煙が立ちのぼり、空中の炎を追いかけながら爆風の中で身をよじる。

ガソリンスタンドと車の残骸は、完全に燃やし尽くされている。新たなガソリンが炎に加わり、渦巻く黒煙を内側から獰猛(どうもう)なまでの力強さで空高くへと押し上げていく。

八九

サーガはオーシュタ図書館のパソコン席につく。正面エントランスに背を向けるかたちにはなるが、すでに避難経路図は確認してある。そして今も、窓ガラスの反射を利用して複数の扉に目を配り続けていた。

ランディからはまだ連絡が来ない。それが良い徴(しるし)であることを願ってはいるものの、時間が経つにつれて不安はつのるばかりだ。

ヨーナからの着信が三回あった。

サーガは電子メールのアカウントにログインし、今朝ランディから送られたメッセージを見つける。

扉の開く音がして、サーガは顔を上げる。年配の男性が松葉杖をつきながら入って来る。

サーガはすばやくランディのメールを開く。マーラの絵葉書の写真が添付されていた。電話で聞いたとおり、表は破壊されたケーニヒスベルクを捉えたモノクロ写真だ。

二枚目の写真をクリックし、裏面の文章を読む。

サーガ・バウエルへ

残された白い弾丸は二発。ヨーナは間もなく私の家族に会うだろう。

ИДИ В МОЯАВЕЯБ!

マルク・アヴ・オマール

サーガはグーグル翻訳のページを開き、キリル文字を一つずつ入力していく。だが、その意味は想像がついている。

傾斜しているコンクリート天井に、青い光が踊る。パトカーが、外の広場に停まったのだ。

サーガは、翻訳された文章が画面に出てくるのを見つめる。

できるかぎり音量を下げてから、原文の下に表示されている小さなマイクのアイコンをクリックし、スピーカーに耳を近づける。金属めいた女性の声が「イジ・ヴ・モヤヴェヤブ」と発音する。

背後で扉が開く。図書館に入ってきた制服警官の姿が、窓に映る。サーガはすばやく電子メールのアカウントからログアウトし、検索履歴を消去してから、窓に映る警察官の動きを目で追う。相手が階段を上がりはじめたところで、サーガは静かに立ち上がると、正面エントランスに向きなおる。

外には別の警察官が立っていた。

サーガは書棚の背後にするりと身を隠し、図書館の裏手へと移動しはじめる。学童の一団の脇を通り過ぎ、封印シールを破ってから非常口の扉を開く。

火災報知器がすさまじい音を立てはじめた時には、サーガはすでにして〈オーシュタ・センター〉を脱出し、線路と道路を渡っていた。

コミュニティ・ガーデンの木立まで辿り着いたサーガは、足を緩めながら手の甲で口元を拭う。そして走りたくなる気持ちをどうにか抑え込み、平静を保ったまま歩きつつ考えをまとめようとする。

マーラはおそらくユレックから逃れたあと、〈MORABERG〉の看板を目にしたのだ。彼女の記憶に残った唯一の目印だ。混乱状態にあったマーラは、ローマ字をキリル文字と見誤った。そして〈R〉を〈Я〉と、〈G〉を〈Б〉と読んだ。その結果、土地の名は〈MOЯABEЯБ〉だと考えた。

マーラがロシア語で繰り返し訴えたのは、「モーラベリに行け！」ということだったのだ。だが、キリル文字と交ざり、「イジ・ヴ・モラヴェヤブ」と発音したことで、完全に意味不明なメッセージと化した。

モーラベリは巨大なショッピングモールだ。E20号線を降りたところにあり、セデテリエの東に位置している。また、ユレックが墓場の位置を把握するために使っていた体系の中で、遺体が見つからなかった唯一の地点でもある。

サーガは携帯電話を再び確認する。ランディからの連絡はいまだにない。公園のベンチに腰を下ろしながら、彼の番号に発信する。胸の中では、心臓が不安げに脈打っていた。

呼び出し音が五回鳴り、女性が応答する。

「もしもし？」

ガールフレンドのリンダかと反射的に考える。だが、すぐに声の持ち主がわかった。犯罪捜査部のグレタだ。

「もしもし？　どなたですか？」とグレタが尋ねる。

サーガは通話を切り、立ち上がるとヨーナにかける。

「なにがあったの？　ランディはどこ？」サーガはそう尋ねる自分の声が、恐怖をあらわにしていることを意識する。

「残念だよ、サーガ」

「そんな……ちがう、わけがわからない……ランディの電話にグレタが出て――」

「グレタは現場にいるんだ。エンシェーピンのすぐ北にある工業地帯のガソリンスタンドだ」

サーガの喉はこわばり、涙が溢れてものが見えにくくなる。

「死んだの？」

「サーガ、俺は――」

「いいから教えて」とサーガがその言葉を遮る。

「消火作業がまだ終わっていない。だがランディの車は完全に破壊されていて、車内に炭化した遺体が見つかった」

「どうしてなの。エンシェーピンで？」

「ランディが家を出た瞬間から、マーラは車の後部座席に隠れていたに違いない」

「そうか、そうに決まってる」とサーガが囁く。

「サーガ、きみがなにをしたのかは知らないが、きみ自身にも危険が迫っているし
——」

「わかってる、こんなのもう無理……自白する。犯人はわたし。ぜんぶわたしのせい」

「やめるんだ」

「でもほんとのことだから。みんなを殺したのはわたし。わたしには止められなかった。残ってるのはあなただけ」

「サーガ、きみのことはよくわかってる」

「そんなことない」とサーガは言い、通話を切る。

しばらくのあいだ顔を両手に埋めて心を鎮め、目元を拭ってから足早に公園を横切りはじめる。

力を尽くして戦い、敗れた。九人の命を救うのがサーガの任務だった。だが、マーラの謎かけは一つとして時間内に解けなかった。今やランディ、ヴェルネル、マルゴット、全員が死んだ。

オーシュタフェルテット公園の小道を、サーガは茫然と歩いた。

広大な草地が、ふわふわと浮きながら漂うようだった。

足許で鳴る砂利の音が、別世界から聞こえているように感じられる。

サーガは、片側に高層ビル群が聳える道路に出る。そしてそのまま南に進んだ。

自分が手で触れたものはすべて汚染され、やがて死ぬ。

雨水管の格子の中に携帯電話を落とし、道路を横切り、駐車場で立ち止まる。目の前にはヘーガステン警察署があった。

扉は開けっぱなしで、二人の制服警官がサッカーボールを蹴ってはくすんだ色の壁に当てている。

撃たれてもかまわない、とサーガは考える。これから中に入り、カウンターに拳銃を置くのだ、と。

すべて自分の責任だ。

ランディを救えないとは、なぜそんなことになったのか。

マーラの謎かけが、頭の中で渦を巻き続ける。

ヨーナは間もなくマーラの家族に会うことになる。ランディに届いた絵葉書にはそう記されていた。そして締めくくりは、「モーラベリに行け!」という言葉だった。

ユレックの使っていた体系を指していることに、疑いの余地はほとんどない、とサーガは考える。セデテリエの東を走る高速道路の真ん中にある、一地点を指し示しているのだ。

だが、そこにはユレックの痕跡がなかった。遺体は一つも見つからなかったのだ。

これでまた振り出しだ、とサーガは考える。三年前に最初の絵葉書を受け取ってからしてきたことは、なに一つマーラを止める役に立たなかった。すべてが、とてつもない時間の無駄に終わったのだ。

できたことと言えば、自分が殺人の共犯者だと他人に思い込ませたことだけ。いずれは汚名が雪がれることを期待しながら出頭する以外に、自分に残された選択肢はあるのだろうか？

サーガは、このあとわが身に起こることに備えて、気持ちを引き締めた。怒声を浴びせられ、拳銃を突きつけられ、手錠をかけられるだろう。

サーガは視線を下げ、壁に当たるボールの音に耳を澄ます。警察官たちのすばやい足音や、荒い息づかいも聞こえた。

警察署に向かって歩きはじめる。

ボールが転がってきて、サーガはそれを蹴り返した。

警察官たちは手を振り、感謝を伝える。二人ともにこにこと笑っていた。

もしかすると、端からマーラを止められる可能性などなかったのかもしれない。サーガはそう考えながら二人のほうへと歩いて行く。

もしかすると、マーラの謎かけはすべて解けないものだったのかもしれない。まさに、ケーニヒスベルクの七つの橋の問題のように。

解答がないことは、数学のグラフ理論によって証明されている。

サーガは立ち止まる。理論上の解答はない。それでも、現実の世界、三次元の世界においてはまったく問題なく解ける。

現実世界では、川を泳いだり橋の下を歩いたりすることができる。

サーガの鼓動が速まる。

それこそが、マーラの出したほんとうの謎かけだったのだ。そしてその答えとは、ユレックの残した最後の地点に、彼女の家族がずっといたということだ。

高速道路の上ではなく、その下に。

警察が、高速道路の両側を探知犬でくまなく調べあげたことは知っている。扉も、入り口になるような場所も、暗渠（あんきょ）も、なに一つ見つからなかった。

サーガ自身、高速道路が最初に建設された時に作成された設計図や詳細図を確認している。それは、ほかの班が爆破や掘削作業を進めているあいだにおこなった作業だった。

それでも、マーラの家族の遺体はあのどこかにある。

それが、謎かけの答えだ。

マーラが持つマカロフ拳銃の白い残弾は、あと一発。そしてヨーナを救えるのはサーガだけなのだ。

わたしが失敗すればすべてが終わる。だがそれまでは終わらない、とサーガは考える。

サーガは踵を返して警察署に背を向け、歩き去る。

だれの話を聞けばいいのか、サーガにははっきりとわかっていた。ジャッキー・モランデルを探し出さなければ。

九〇

ヨーナは、規制線の張られたランディの家の前の通りをあとにしながら、サーガとの会話を思い起こす。早く出頭してくれることを願うばかりだった。さもなくば、サーガを追跡しなければならなくなるからだ。

マーラの計画を阻止するためには、マーラとサーガのつながりを正確に理解する必要があった。それがカギだ。ヨーナは車に乗り、グレタにもう一度電話をかける。その後の進展を確認するためだ。

「あなたはこの事件から外れたのよ」とグレタがいかめしい口調で言う。「進行中の捜査について情報を漏らすわけにはいかないわ」

「こんなことをしてる時間はないんだ」とヨーナが応える。

「あなたは自分の判断で——」

「グレタ」とヨーナがそれを遮る。「きみの怒りはわかる。だが、九番目の犠牲者に選ばれたのは私なんだ。手遅れになる前にマーラを止めなくては」

「わかったわ。今回だけよ。白い薬莢を一発と通常のものが二発回収された。鑑識が分析をはじめたところ。でも今のところ現場の状況からして、犠牲者がランディであることは間違いないわ。わたしの見たところ、火事は意図的なものではなかった。ランディは逃げようとして給油機に突っ込み、それで引火した……マーラとサーガには遺体を溶かす間もなく、おそらく彼は焼死した」グレタは、重苦しい声でそう話し終えた。

「現場にサーガの痕跡はなにかあったのかい？」とヨーナが尋ねる。

「ええ。だから、以降は厳格に対処する。必要とあれば二人を無力化する。そのことについては、あなたも理解しているんでしょう？　しかも——」

「きみたちの上司は約束したんだ」とヨーナは口を挟む。「サーガの身柄を確保したら、弁明の機会をやる、とね」

「もうかけてこないで」とグレタは言い放ち、通話を切る。

ヨーナは車を発進させる。交差点の手前で減速し、肩に腕を回し合っている二人の少年に道路を横断させる。彼らが進路から外れると、ヨーナは再び発進し、次の角を曲がる。

ランディの車の中に隠れていたのであれば、マーラのピックアップトラックはこの付近にまだ駐まっているはずだ。

ヨーナは、立ち並ぶ杏色の家に沿って流していく。屋外用家具の配置された小さな庭や、無人の来客用駐車場の前を通り過ぎる。

〝エレックの行動には、すべて理由があった〟とヨーナはひとり考える。奴が生み出した体系は、記憶を構造化するための手段、思考の宮殿だった。警察とのやり取りのためのものだったことはない。ゲームをさせたり、謎かけをしたりすることは決してなかった。

あるいは、マーラもそうなのだろうか？　謎かけは蜘蛛の巣の糸に過ぎず、思うがままにこちらを巻き込みがんじがらめにするための手段でしかないのだろうか。

ヨーナはそのままラントゴーデュ通りに乗り、灰色や白の家が立ち並ぶ一角を走り抜ける。

その中の一軒の屋外駐車スペースには、キャンピングトレーラーとカバーのかかった自動車が一台ずつ駐まっている。

顎髭を生やした男が、赤ん坊を抱っこ紐に入れて歩道を歩いている。

ヨーナは、その一帯を系統立てて虱(しらみ)潰しにしていく。そしてメステル・ヘンリクス通りでわずかに速度を上げる。前方の背の高い木々のあいだに低い塀が見えた。白いペンキは剥がれかけていて、きれいに手入れされた広い芝生を囲んでいる。

ヨーナは減速して左に折れると、歩行器を使いながら歩いている女性を追い抜き、駐車スペースへと向かう。

巨大なオークの木陰に、フォードのピックアップトラックが駐まっていた。強力な電動ウィンチを備えている。

ヨーナは通りに対して斜めに車を停めて出入り口を塞ぎ、拳銃を抜いてから外に出る。

風が梢を揺らす。

マーラのピックアップトラックのタイヤとフェンダーには、乾いた泥がこびりついていた。空の薄明かりでは、車内の様子がわからない。

ヨーナは、車体の背後から斜めに接近する。

荷台にはプラスティック製のドラム缶が二本と、無数のテンションストラップ、そしてきつく巻かれた防水シートが載っていた。

ウィンチに巻き取られたケーブルの先にはフックがあり、微風で揺れている。

リアガラスは、銀のテープで補修されていた。

運転席の不潔なガラスに映った自分の姿を見ながら、ヨーナはドアハンドルに手を伸ばす。だがロックされていた。

自分の鏡像の奥に、ハンドルとシートの曲線、そしてサイドブレーキとシフトレバーが見える。

片手で光を遮りながら窓に寄りかかると、銃把がガラスに当たる。

マーラは、最後の箱を運転席の上に残していた。

ヨーナは一歩下がり、拳銃でガラスを割る。細かなガラス片が内側のシートに降りそそぐ。

歩行器の女性が少しのあいだヨーナを見つめるが、やがて背中を向けると大きく弧を描きながら引き返していく。

ヨーナは車内に手を伸ばし、小包を取り出す。

これまでの箱よりも重く感じられた。

ヨーナは自分の車に戻り、トランクを開けて中に箱を置く。テープを引き剝がしはじめてから、今回ばかりはもう少し慎重に扱う必要があるかもしれないことに気づく。

グローブボックスからナイフを取り出し、小包の底に小さな穴を開けて中を覗き込む。

箱にはぎっしりと土が詰まっていた。

ヨーナは箱の底を切り取り、中身をゆっくりとビニール袋に空けていく。

小さな錫のフィギュアが現れる。黒い土に浮かび上がる銀灰色。

ヨーナはそれをつまみ上げ、息で土を吹き飛ばす。それで、不意にすべてを理解する。

九一

ヨーナは、セデテリエへと時速一四〇キロでE20号線を疾走している。ホゲルビー公園に立ち寄るつもりだ。

ボー・F・ヴランゲルと話さなければならない。

今やヨーナは、最後の殺人現場はマーラの巨大なMの字の最後の地点であることを確信している。セデテリエの東を走る高速道路の真ん中だ。

まったくおなじ地点が、ユレックの座標系にも含まれている。遺体もユレック自身の痕跡も見つからなかった、唯一の場所だ。

警察は広い範囲を調べあげた。高速道路を通行止めにし、地中探知レーダーを用いて地下の空間を探したが、すべて無駄に終わった。道路の下に隠れた構造体が存在する可能性を示唆する計画書も地図も、いっさい発見されなかったのだ。だが、九番目の箱に入っていたのが、土とフィギュアだけだったという事実に基づき、それでも地下空間は存在したと仮定した上で、ヨーナは思考を巡らせている。

ボー・F・ヴランゲルは、ヨーナがカールスボリ基地で基礎的な軍事訓練を受けた際の教官だった。基地の外の広大な砂埃まみれの砂利地において訓練を施し、常に信じられないほど高圧的な態度を貫いた。お気に入りを選び出し、同時にしごきあげる対象を選抜したのだ。

ヴランゲルはしばしば好んで、ヨーナのフィンランド語訛りが理解できないふりをした。そしてそのたびに、仲間の目の前で腕立て伏せを百回させた。

ヨーナは、フィンランド系という出自を頻繁に嘲(あざわ)られた。ほかの隊員たちからもウォッカ臭いと言われたり、第二次世界大戦最初期にソ連軍とのあいだで起こったフィンランドの冬戦争や、その時にスウェーデンに難民として送られた子どもたちについてまぜかえされたりしたものだった。

ここ十一年のあいだ、ヴランゲルはスウェーデン軍情報部、MUSTに所属している。そして現在は、軍の抱えるさまざまな秘密施設の管理を担当していた。

ユレックの死後、生存者や犠牲者の遺体、遺品、あるいはそれらの収められている集積所の捜索に、ヨーナ自身は加わらなかった。オランダでの暴力的な展開においてヨーナが果たした役割に関して内部調査が進められるあいだ、停職処分となっていたからだ。そして大規模な捜索と鑑識による綿密な分析結果の報告書に、ヨーナがようやく目を通せたのはだいぶあとになってからのことだった。

当時、今とおなじ考えにいたったことを、ヨーナはおぼえている。その確認をするために、軍情報部に接触したのだ。結局のところ、高速道路の地下に秘密の空間があるとすれば、軍事施設以外にはあり得なかった。

ヨーナの話に耳を傾けたヴァランゲルは、かすかにおもしろがるような口調で、公安警察からもすでにおなじ問い合わせを受けていると応えたのだった。

軍情報部の資料を請求するためには、特別な許可が必要だった。だがヨーナはそれを取っていなかったし、上位レベルの処理事項として働きかけることもできなかった。それでも、当時の上官には疑念を伝えてあった。

スウェーデンにおける最高水準の機密情報は、〈限定機密〉と呼ばれている。そこには、国の安全保障を脅かし得るすべての情報が含まれた。公安警察ですら手出しできない水準の情報がからんでいるのか、単純にヴァランゲルが協力を拒んだのか、そのどちらかだと思われる、とヨーナは上官に説明したのだった。

かつての教官が、自らの立場を利用して権力を振りかざし続けていたのだとしても、ヨーナに驚きはない。

国家警察もしくは公安警察が、この問題を国防長官に諮(はか)ったのかどうか、ヨーナにはまったくわからない。知っているのは、捜査が再開されなかったということだけだ。

だが今、九番目のフィギュアの到着とともに、ヨーナは強い確信を持つようになっていた。モーラベリの高速道路の地下には、やはりなんらかの空間があるに違いない、と。

幹線道路から離れると、路面にひび割れの走る細い道が、菜種畑の脇に延びている。そこに進入した瞬間に、偏頭痛の最初の一刺しがヨーナを襲った。

コップ一杯の水に落ちた一滴のインクが、渦巻きながら広がっていく。

今はやめてくれ、と考えながら、ヨーナは左瞼を二本の指で押す。

ヨーナは車で埋めつくされた駐車場を通り過ぎ、角を曲がって二本の門柱のあいだに入る。そして並木道を進み、巨大な黄色い建物の前の砂利地で停まる。

その日は、大規模な武道コンベンションの二日目にあたっていた。日本のさまざまな武術を愛好する者たちがヨーロッパ全土から集結し、稽古を繰り広げると同時に腕を競い合っているのだ。

ヨーナは、かつての同僚で現在はスウェーデン軍最高司令部に所属しているアーニャ・ラーションと話をした。そして、ヴァンゲルは一週間の休暇をここで過ごすと知ったのだ。

ヴァンゲルは十段の黒帯保持者だ。軍務の傍ら武神館(ぶじんかん)ダンデリード道場を営み、長年にわたって上級者に忍術を教えている。

館の入り口の上では、日本語で書かれた垂れ幕が風にはためいていた。

いたるところに人がいて、その多くが白い道着を身に着けている。小道や芝生を歩き、ストレッチをし、脚さばきの練習をしている者もいれば、ただ小さな集団に分かれておしゃべりに興じる者たちもいる。

ヨーナは幅の広い石段の前に車を停めるとエンジンを切り、目を閉じる。痛みは退きはじめていた。

サングラスをかけてから車を降り、全身黒ずくめの中年男に走り寄る。男は、鎖の付いた年代ものの武器を見せびらかすのに夢中だ。

「ヴァンゲルがどこにいるかわかるかい？」とヨーナは尋ねながら、震える両手で上着のボタンを留める。

「もうはじまってるよ」と男は応え、公園の斜め向こう側を指差す。

ヨーナは、母屋の周囲に延びる砂利道を走る。痛みが再び燃え上がろうとしているのを感じ、速度を落として歩きはじめる。

その一瞬後、頂点に達した偏頭痛がヨーナを襲い、視界が奪われる。

よろめいたヨーナは横に足を踏み出し、もたれかかれるものを手探りする。やわらかい土を踏みつけた足が滑り、薔薇（ばら）の棘で引っ搔き傷を作りながらもどうにか足元を安定させる。

荒涼とした風景に嵐が吹き渡る。

ヨーナはじっと立ち尽くす。唇を擦り、自分自身のぎこちない呼吸音に耳を澄ます。やがて、視界が徐々に戻りはじめる。

スピーカーの声が、次の催しの開始を告げる。

開け放たれた窓の中から、歓声と笑い声が漏れ聞こえてくる。

ヨーナは小道に戻り、足を踏み鳴らして靴に付いた土を落とす。先を急ぎながら、一歩踏み出すごとに目の奥で痛みが脈打つのを感じている。

真剣な面持ちで木刀を手にした女性の一団がいる。ヨーナはその脇を通り過ぎ、木立の中へと進む。

前方の草地では、黒道着の男たちが円陣を組んで座っていた。その上に日の光が差し、彼らの両手は膝の上に置かれている。

ヨーナは大股で近づいていく。偏頭痛が焼き付くような白い光の輪となり、視界を呑み込む。

その輪の中心に、ヴァランゲルの立ち姿があった。黒い道着に黒帯を締めている。下穿き(ズボン)はふくらはぎまでの長さで、その裾を紐で絞り、足首まで隠れる足袋(たび)を履いている。グレーの髪を丸刈りにしていて、頬にはイボがいくつもあった。

その向かいには二十代の男性が立っていて、両の掌を上に向けている。

ヨーナにはヴァランゲルの言葉が聞き取れなかったが、彼は一歩足を前に踏み出すと、不意に相手の喉に打撃を食らわせた。

若者は悲鳴を上げ、目に涙を浮かべてよろめく。そしてほかの者たちによってリングの外に連れ出され、力なく草の中に横たわった。

「ヴランゲル、話があります」ヨーナは声を張りあげながら、円陣の一部をかき分ける。

次の男が立ち上がる。頭を剃りあげ、片耳の後ろにはピンク色の傷痕があった。両肩を回す彼の目には、困惑と恐怖の色がある。

「モーラベリの高速道路についてたずねたことをおぼえていますか?」とヨーナは続けながら、リングに足を踏み入れる。

「ほう、名乗りをあげた者がいるようだな」とヴランゲルが言う。

「あの時、あなたは嘘をついた」ヨーナは話しながら、相手の目の前に立つ。「だが今なら――」

新たな苦痛の波が押し寄せ、ヨーナは言葉を切る。再び二本の指を瞼に押し当て、おだやかな呼吸を保とうとする。本来であれば、暗い部屋の中で横になるべきなのだ。

スキンヘッドの若者は元の位置に戻り、ヴランゲルは咳払いをする。

「回し蹴りのバリエーションを見せよう」と彼は言う。

「少し待ってくれませんか」とヨーナは言い、この不条理な状況に笑みを浮かべる。

ヴァンゲルはまっすぐヨーナに向かって足を踏み出すと、右から回し蹴りを繰り出す。ヨーナは防御のために手を上げるがヴァンゲルの脚は不意に向きを変え、ヨーナの左頬を打ちすえる。弾みでサングラスが地面に飛ぶ。

生徒たちが手を叩く。

ヴァンゲルは後退し、奇妙に低い体勢を取る。片手を自分の喉に当て、もう片方の手は開いたまま、ライフルの照準器のように前に突き出している。

九二

ヨーナの額が汗の粒で光る。苦痛がまたたく間に頂点に達し、顔全体に広がる。

「こんなこと……してる暇はない……」そう口ごもるあいだにも、視野全体が再び消える。

頭部全体にひび割れが走るように感じられ、片手を上に伸ばしながら激しくまばたきをする。梢の上に広がる淡い色の空が、かろうじて見分けられるばかりだった。

ヴァンゲルがなにごとか口にし、草の上を影が突進する。まるで太陽が雲の背後にすっと隠れたかのようだった。

ヴァンゲルは前に飛び出し、ヨーナは肋骨に当たる蹴りを感じる。そして後ろによろめきながらも、かろうじてバランスを保つ。

偏頭痛によってほんの一瞬意識を失い、両膝が草むらを打つと同時にわれに返る。

ヨーナの耳に、円陣の男たちの拍手が響く。

「まったく……」

ヨーナは前かがみになり、両手で身体を支えてから立ち上がる。

両脚が震えていた。拳を閉じたり開いたりする。血流で指先がちりちりとする。

「こんなことする必要はない、これは――」

ヨーナは痛みにうめく。脳に広がっていた黒いインクが退きはじめる。

「飛び前蹴り」ヴァランゲルは静かにそう言う。

そして前方に駆けると、右足の力を抜きながら左膝を持ち上げ、次の瞬間に右足を蹴り出す。

ちぎれた草がはらはらと空中に舞う。

ヨーナはその場に留まったまま大きく体を開き、突き出されたヴァランゲルの足を押し返そうとする。

足袋の踵が頬をかすめ、ヨーナは狙いを定めることなく反射的に右フックを繰り出す。

その強烈な一撃は胸に当たり、肺から空気を押し出されたヴァランゲルは苦しげなあえぎを漏らす。

そして仰向けに倒れ、後頭部を地面に打ち付ける。ヴランゲルは目を見開いたまますばやくにじり下がり、不安定な態勢で立ち上がる。

偏頭痛は、目の奥で黒い真珠ほどの大きさにまで縮んでいた。ヨーナはまばたきをし、視界を遮っていた最後の影を振り払おうとする。そして草むらのサングラスを拾い上げ、かけなおす。

生徒たちは立ち上がり、落ち着かなげに身じろぎする。

「このあたりで遊びはやめませんか」とヨーナが話しかける。

「表手刀(おもてしゅとう)」

ヴランゲルは、片腕を伸ばしながら、掌を完全にヨーナに向けたまま前方に飛び出す。

そして下段回し蹴りを装いながら、片手を突き出す。

だが今回のヨーナは事態の推移を正確に把握している。イスラエルで考案された近接格闘術、クラヴ・マガの鍛練を長年積み重ねてきたおかげで、思考するよりも先に身体が反応する。

しなやかに一歩踏み出すことでヴランゲルの打撃を無力化し、ひらりと身体をひねりながら肘を相手の頬に叩き込む。

ヴァンゲルの頭部は一方向に弾け、そのあとを追うようにして汗の粒が散る。そして口からはコーヒーの飛沫が噴き出た。

ヴァンゲルは崩れ落ち、ヨーナの上着をつかむことで身体のバランスを保とうとする。それから血塗れの歯を覗かせてにやりとすると、弱々しいフックをヨーナの喉に放つ。

ヨーナは収縮するヴァンゲルの瞳孔を見る。視野が狭まり、両脚から力が抜けつつあるようだ。もう一発打ち込もうとする己を抑えながら、ヨーナはただヴァンゲルの手を振り払い、地面に倒す。

ヴァンゲルは、尻餅をつきながら片手をわなわなと頬へと持ち上げる。そして横向きの姿勢を取り、立ち上がりかけたところで黒帯を抜き取られる。ヨーナはそれをヴァンゲルの片足首に巻き、引きずりはじめる。

生徒たちは空間を空け、二人を通す。ヨーナはヴァンゲルを引きずりながら草むらを横切り、木陰へと移動していく。ヴァンゲルの両腕は激しく揺れるばかりで、道着がずり上がっていく。そしてどうにかうつ伏せになる。

「信じられん」ヴァンゲルはあえぎながら、混乱の呟きを漏らす。

ヨーナは立ち止まり、帯を手放す。偏頭痛の余韻が目の裏で膨らんだ。痛みの閃光が視界を走る。

ヴラングゲルはなおも、いくらか茫然とした状態にある。仰向けになると、顎を突き出す。頬と青白い腹には草の汁がこびりついていた。

「答えを」とヨーナが言う。

ヴラングゲルは両肘で身体を持ち上げ、草の中に血を吐き出す。それから道着を整え、視線を上げる。

「貴様、何様のつもりだ」

タンポポの花が風に揺れ、白い綿毛が飛ばされる。

「なんの話かおわかりのはずだ。前回質問した時、あなたは嘘をついた」とヨーナが応える。

「機密情報とはそういうものだ」

「ではお願いします」とヨーナが言う。「とてつもなく重要なことなんだ。人々の命がかかっている。しかし――」

「知ったことか」

「答えに気をつけないと、五分後に両脚が折れますよ」

「脅しか？」

「間違いなく」

生徒たちが何人か、ゆっくりと近寄りはじめている。ヴラングゲルは彼らを見やり、上半身を起こすと唇を舐める。

「あの一帯に防衛施設はない。だがあったとしても、貴様に情報を漏らしはしない」

「今あなたは過ちを犯した。あそこにはなんらかの防衛施設がある。そしてそれについて、あなたは今すぐ私に話す」とヨーナが言う。

「ふざけた真似をしてみろ、上官に――」

「上官？」とヨーナが鋭く切り返す。「私は個人格でここにいる。結果がどうなろうとどうでもいい。さあ、立ち上がって続きをしようではないですか……」

タンポポの綿毛が一つ、ヴランゲルの眉に付く。

「貴様にはなに一つ借りなどない」ヴランゲルは、そう言いながら笑みを浮かべる。

「四分後に稽古再開だ」ヨーナは、間近にいる生徒たちにそう声をかける。

「なにをするつもりだ」

ヨーナはヴランゲルに歩み寄るとその両脚をつかみ、生徒たちのほうへと引きずりはじめる。

「やめろ、クソったれが」

「最後のチャンスです」ヨーナはそう告げ、足を放す。

「わかったわかった、どうでもいい、守るほどの情報でもない」とヴランゲルは呟き、身体を起こす。「すぐに立ち去るなら教えてやる」

「いいから話しなさい」

「その構造体は、南防衛線の一部にあたる」ヴァンゲルはそう話しはじめ、血液まじりの唾液を再び吐き出す。「知ってのとおり、ストックホルムへの南からの攻撃に備えて建設された防衛施設だ」

「それは承知しています」とヨーナが言う。

「よろしい、だが、ジョン・ブラットのことも承知かな？」ヴァンゲルはそう言いながら、静かにおくびを漏らす。

「急いでるんです」

「ブラット大佐の軍歴はカールスボリ基地からはじまる。百年以上前の話だがな。それはともかく、ブラットはストックホルム恒久防衛線委員会の長を務めていた。塹壕、砲台、要塞を作り、第一次世界大戦がはじまる頃までに、ストックホルム南防衛線はトゥリンゲからエアシュタ湾まで伸びていた。くまなく兵員を配置するには、四万人を要するほどの長さだった」

「しかしモーラベリは南防衛線よりも南に位置しています」

「リンナ、そこに機密情報がからんでくるのだ……ブラットはすぐれた戦略家だった。地下防衛施設を、南防衛線よりも南まで伸ばしたんだ。そうしておけば、塹壕戦がはじまった場合に、敵の背後を突くことができるからな」

「正確な位置は？」

「防衛線は、南北ともに軍事的意義を失っている。だが、その増強部分については機密扱いにするという決定がなされた。だから、どの地図にも掲載されていない。言うまでもなく、軍の使うものは例外だがな」

「どうやったら中に入れますか？」

九三

サーガはオーシュタバーリ駅まで走り、トゥリンゲ行きの41号線に乗った。

そして今は、アリス・タグネール通りを歩いている。豪華な邸宅と広大な庭、そして新車の並ぶ私道が続く。塀やきれいに刈り整えられた生け垣の向こうには、トランポリンやサッカーのゴールポスト、そしてブランコがちらちらと見えた。

四年前、十六歳のジャッキー・モランデルは、二人の友人とともに公安警察に逮捕された。ムスケー島にある軍事施設への不法侵入の疑いだった。

サーガは、勾留直後の取り調べを担当したが、その事件はやがて別の同僚に引き継がれることになった。

ジャッキーの母はその五年前に亡くなっていて、父は新たな家族を設けたばかりだった。反抗的な若い娘の中に、サーガはかつての自分自身の姿を見た。また三人の行動も、軽はずみな都市探検以上のものには見えなかった。

そして予備捜査が終わり、送検の手続きに入る段になって、サーガはうっかりムスケー島の監視カメラ映像を削除してしまったのだった。

サーガは今、白い塀に沿って歩いている。配電ケーブルの接続箱を過ぎたところで、広壮な赤い屋敷が見えてきた。建物の角と窓枠だけに白い板が使われている。外には芝生が広がり、林檎の木の下にゴムプールがある。

物干し用ロープから吹き飛んだ服が、近くの茂みに何枚か引っかかっていた。

サーガは門を開き、屋敷まで続く石畳の小道を進みながら三輪車をまたぐ。

呼び鈴を鳴らすと、興奮の叫びとすばやく移動する足音が聞こえてから、中年の女性が扉を開いた。色褪せたセーターとスウェットのズボンを身に着けている。

「ジャッキーはいますか？」

「どなた様とお伝えすればよろしいですか？」女性はそう尋ねながら、怪訝（けげん）そうな視線を向ける。

「サーガ・バウエルです」

家の中は、オーブンでなにかを焼いている匂いがしていた。テレビが点いていて、幼い子どもが二人、クッションを抱えて走り回っている。女性の背後に見える室内は、ラグマットのほかにオークションで購入されたとおぼしき素朴な木製家具、そして陶器と織物の美術品で飾られていた。

中年女性が踵を返し、階段を上りはじめたところでジャッキーが踊り場に姿を現す。白いスウェットのズボンを穿き、着ている黒いタンクトップの前面には〈反ファシスト運動〉の紋章がプリントされている。頭は剃りあげられ、両腕はタトゥーで黒ずんでいる。

「サーガ?」ジャッキーは驚きの声をあげる。

「話せる?」

「もちろん。上がって」

サーガは靴を脱ぎ、階段を上る。

ジャッキーの部屋は壁も床も白く塗られているせいで、コンクリートが剝き出しになっているような印象を与える。整えられていないベッドと、服が溢れかえっている衣装ダンス二つを除けば、部屋の中は空だ。

「これが富裕層の暮らしってわけ」ジャッキーはそう言いながら、身ぶりで部屋の中を指し示す。

「元気にしてる?」

「まあね」ジャッキーは応え、煙草に火を点ける。

「助けが必要なの」とサーガが言う。

「よろこんで」

「セデテリエに地下施設があるんだけど、それを見つけ出したい」

「わかった」ジャッキーはうなずき、長々と煙草を吸い込む。

「あなたの専門領域でしょう?」

「もちろん」

「地図はある?」

ジャッキーはベッドに腰を下ろし、灰皿の端に煙草を置き、汚れたパソコンを床から持ち上げる。グーグルマップを開き、〈セデテリエ〉を検索にかける。サーガは隣の椅子に座り、高速道路を指差す。ジャッキーはそこを拡大し、サーガは正確な位置を示す。

「この道路の真下」とサーガは言う。

ジャッキーは下唇のピアスを引っ張りながら、しばし地図を見つめる。

「いやあ、ここにはなにもないと思うな」

「あるはず。あるってわかってるの」とサーガが言う。

「軍関係?」

「わからないけど、たぶん」

「たぶん、か」ジャッキーはそう繰り返しながら、VPNアプリを起ち上げる。

「どう思う?」

「まずは仮想トンネルで接続しなくちゃ……で、掲示板にログイン。友だちとコンタクトしてみる」そう話しながらも、ジャッキーの指はキーボードを舞う。

「けっこう急ぎなんだけど」とサーガが言う。

「うん、そんなかんじだね……」

ジャッキーは少しのあいだ待ちながら、煙草をつまみ上げて唇に押し込む。それからさらになにかを入力する。

「ほかの方法はないの?」サーガはジリジリとしはじめながら尋ねる。

「うん、たぶんあるよ……」

「ならそっちを――」

「ちょっと待って、入れたから」ジャッキーはサーガの言葉を遮る。

「モーラベリ近くの高速道路について訊いてみて」

ジャッキーはなにかを書き込み、待ち、さらに付け足す。顔を照らす画面の光が、移り変わっていく。

「なるほど。サーガの話、正しかったよ」とジャッキーが言う。「ピムに言わせると、あそこにはぜったいなにか広い地下室があるって。ただ、入り口は何キロも離れたところにある……」

「その位置を尋ねて」

ジャッキーがなにかを打ち込む。返答はたちまち返ってくる。

「位置情報はなし、だって……」

「お願い」サーガは囁く。

ジャッキーは次の返答を待つ。

「安心して」と少し間を置いて彼女が言う。「ピムは頼れるやつだから」

サーガの心臓は早鐘を打っている。もはや無駄にできる時間は一秒たりとも存在しない。スパイダーの最後の小包が届いているはずだ。ヨーナはすでにそれを受け取り、高速道路の下へと誘い出されたことだろう。

「携帯を借りてメッセージを送ってもいい？」

「うん、いいよ……」

ジャッキーは、画面から目を離すこともなく携帯電話のロックを解除すると、それをサーガに渡す。サーガはヨーナの番号を入力し、こう打ち込む。〈モーラベリには行かないこと。罠だから！〉

九四

サーガは、コンパスとヘッドランプ、弓ノコと水筒、そして小型のリュックサックをジャッキーから借りた。そうして駅まで駆け戻り、列車でセデテリエ駅に着くと、黄色い駅舎の外にあった自転車を盗んだ。

ジャッキー曰く、ピムの知らない入り口がほかにもあるかもしれない。だがピムの知っている入り口について言えば、すさまじく長い梯子と南に向かう狭い通路を通ることになるだろう、とのことだった。

サーガはエステルヘイド通りへと折れ、森の中に入っていく。

全速力でペダルを踏むが、すべてに時間がかかりすぎる。

丘の上には巨大な給水塔があった。円筒形の貯水槽で、円を描くように配置されたコンクリートの柱が基部を支えている。

サーガはブレーキをかけ、自転車を茂みまで押していくと、地面に倒した。

上り坂のせいで太腿が火照っている。

サーガは給水塔まで駆け戻ろうとして、その下に、白いスポーツウェア姿の小柄な人影が立っていることに気づき、静止する。

「ピム?」とサーガは話しかけながら、ゆっくりと進む。「わたしはサーガ」

少女は無表情にサーガを観察する。せいぜい十五歳というところで、顔は細く青ざめている。鼻筋が歪み、瞳は冷たい青色だ。

「トンネルを探してるのはわたしなの」とサーガは説明する。

給水塔の支柱はすべて基部から三メートルの高さまでグラフィティで覆われている。

「あなたなら手助けしてくれるって、友だちのジャッキーから聞いた」とサーガは続ける。

ピムは片手を自分の平らな胸に押し当て、一瞬躊躇してから、木立のほうを指し示す。

「あそこにあるの?」サーガが訊く。「あっちに向かえばいいってこと? どのくらい離れてるのかしら」

ピムはふらりと柱のあいだを通り抜け、地面に飛び降りる。そして、林の中へと入っていく。サーガもそのあとに続く。五十メートルほど先で、岩肌が露出している急斜面を這い下り、右に曲がる。そして、コンクリートの台座に取り付けられている錆びついたハッチの前で立ち止まる。破壊された南京錠が、傍らに生えている苔桃の茂みの中に転がっていた。

「ここが入り口?」とサーガは尋ねながら、足を踏み出す。

重厚なハッチを持ち上げると、梯子がまっすぐに暗闇の奥へと伸びていた。澱んだ空気の中を、灰色の蛾が何匹かひらひらと舞う。

「ここで待っててくれると最高なんだけど。わたしが中に入ったら」とサーガは少女に伝える。

ピムはにこりとして、乱杭歯を剝き出しにする。

「できそう？」

少女の瞳は、再び濁ったようだった。

「わたしが梯子を下りていくあいだ……」

サーガはそこで言葉を切る。ピムが踵を返し、給水塔のほうへと戻りはじめたのだ。歩き去る少女を見守ってから、サーガはリュックサックを地面に下ろし、ヘッドランプを取り出して穴の中を照らす。絡み合う何千もの蜘蛛の巣がきらきらと輝く。それが、手前から二十メートルほどは続いているようだった。しかし、その先には闇しか見えない。

サーガは再びリュックサックを背負い、ヘッドランプの光量を最低に設定してからストラップで額に装着する。

そして、慎重に身体を持ち上げる。

小石が転がり落ち、梯子に当たって音をたてながら虚空に消えていく。

サーガは、コンクリートの台座をつかんだまま梯子の強度をたしかめてから、重い金属のハッチに手を伸ばして閉める。

たちまち闇に呑み込まれる。

ヘッドランプは、目の前の壁に皿くらいの大きさのぼんやりとした光の輪を投げかける。黒い蜘蛛たちがさっと逃げていく。

サーガは梯子を下りはじめる。溝付きの踏み桟をしっかりと握り締め、足下が安定していることを確認しながら一段ごとに数えていく。

蜘蛛の巣の破れるかすかな音が聞こえ、汗が背中を伝う。

音響が変化し、下りれば下りるほど圧迫感が増してくる。

徐々に環境に慣れ、サーガは速度を上げる。
八十三、八十四、八十五。
その次の踏み桟は欠けていて、左足がそのさらに下の段にかかり、滑る。

危ういところを両手でしがみつき、全体重のかかった両肩がポキリと鳴る。

口元を支柱に打ち付け、片膝がもう一方の支柱に当たる。

耳の中で鼓動が轟く。

サーガはすばやく足場を確保し、しばらく静止してから、今度はより慎重に降下を再開する。

空気は冷たくなる一方だ。

降下を続けていると、うっかり手で蜘蛛を潰してしまう。

今や反響が完全になくなり、耳が聞こえなくなっていくような感覚に襲われる。

聞こえるのは自分自身の呼吸と蜘蛛の巣の破れる音、そして手で梯子をつかむ時のかすかな金属音だけだった。

二百段下りたところでサーガは踏み桟に腕をかけ、小休止する。ヘッドランプを点け、視線を下ろす。

今や、底から十メートルほどのところにいた。それで急いで降下し、さらさらの土と枯れ葉で覆われたコンクリート面に足を着ける。

無数の小さな白い虫が、ランプの光の中で渦巻く。

冷たくこわばった指で、髪や服から蜘蛛の巣を払いのける。

ここからの進路は一つしかない。まっすぐに伸びている、直径二メートル半ほどのトンネルだ。

なに一つ物音がしない。

こちらの居場所を悟られないようにと、ヘッドランプを下に向ける。そして、拳銃を抜いて歩きはじめる。

トンネルは、どこまでもただ直進している。ランプの光は、前方三メートルほどまでしか届かず、その先は完全に闇に沈んでいた。

サーガは、ビスケットの空き缶に入っていた絵を思い出す。頭蓋骨と骨。うちの家族。マーラはそう記していた。

そして三枚目の絵葉書には、自分自身の名前のアナグラムによる署名とともに、ヨーナは間もなく彼女の家族と会うことになると書かれていた。

マーラの家族はこの付近にいるはずなのだ。

ユレックを止められるのはただ一人、ヨーナだけだったという事実にマーラは気づいた。そしてヨーナは、自分の娘を守るためにほかの人間を全員見棄てたのだ、と。そのせいでマーラの家族は死んだ。マーラは、ヨーナをここに誘い出そうとしている。サーガはそう確信していた。ヨーナはおそらく、すでに最後の小包を受け取っているのだろう。そして謎かけを解き、出発している。

メッセージで送った警告が間に合えば良いのだが。サーガの願いはそれだけだった。間に合っていなければ、ヨーナはすでにこのトンネルのどこかにいる。

マーラはヨーナを背後から撃ち、高速道路の真下に吊そうとしている。ユレックの作りあげた体系の一部をなす場所に。

マーラは、様式と謎かけに取り憑かれている。そして自分の星座をユレックの星座と一体化させたいのだ。あたかも、そうすれば冥界への通路が穿たれるかのように。

ユレックは墓の中から復讐を果たし、ヨーナはマーラの家族とまみえることになるだろう。

三百メートルほど進むと、重厚な鉄扉に行き当たる。手動クランクで途中まで引き上げられているようだ。

扉は床から二十センチ程度のところで止まっている。サーガはさらに上げるべくクランクに手をかけるが、微動だにしなかった。

歯車が錆びて一体化しているのだろう。

扉は、少なくとも五百キロの重量があるに違いない。

サーガはヘッドランプを外し、電源を切る。周囲のトンネルは瞬時に闇に沈む。

手を伸ばし、幾層にも重なっている蜘蛛の巣の奥に扉を探り当てる。それから身をかがめてリュックサックを下ろすと、地面に寝そべった。

息を止め、扉の隙間に耳を澄ます。

遠くで鈍い音がしている。船殻に打ち寄せる波のようにも聞こえた。

岩盤そのものが動いているのだろうか。

拳銃を隙間に差し込んだままヘッドランプを調整し、点ける。

扉の向こうに光が伸びると、ひと組の足が見えた。一メートルも離れていない。

引き金にかけた指が震える。だがすぐに、古い長靴でしかないことに気づく。

心臓が激しく鳴っている。

長靴の向こう、五メートルほど離れたコンクリートの床には、錆びた石油のドラム缶が二本ある。

サーガは銃身を動かし、大きな蜘蛛の巣をいくつか払いのける。鼓動が収まりつつあるのを感じながら仰向けになると、首を片方に曲げて隙間を抜けようと試みる。

鉄扉の冷たい下端がこめかみに押しつけられる。耳のところまで来たところで、不吉な軋みが聞こえた。

扉がほんの数センチでも下がれば、頭蓋骨が潰れる。

サーガは足を突っ張り、ゆっくりと身体を隙間に押し通していく。可能なかぎり全身を平らにしようと努めながら。

胸に圧力が加わり、上着のボタンが金属面を擦る。

反対側に抜けると、隙間に手を伸ばしてリュックサックを引き寄せ、すぐに身を離す。

すばやく立ち上がり、目の前に伸びるトンネルに拳銃を向ける。

地下道は空だ。

青白い虫たちが逃げていく。

サーガはドラム缶の上に狙いをつけたまま一瞬のあいだ立ち尽くしてから、その周囲にすばやく拳銃を向けていく。

ここにはだれもいない。スプレー缶が一本、床にあるだけだ。それは、白い繭のような蜘蛛の巣に包まれていた。

光線の中を、灰色の蛾がハタハタと横切っていく。

岩の向こうから、地鳴りのようなものが再び聞こえてくる。まるで、ゆっくりと深呼吸をしているようだ。

サーガは歩く速度を上げて、暗闇の中を前進する。銃口は床に向けたままだ。細い光の筋は、五歩ほど先までしか届かない。

蜘蛛の巣が顔にいくつも引っかかる。

分岐点に到達し、サーガは右側の壁に身体を寄せて静止する。ヘッドランプを外して電源を切り、闇の中に立ったまま耳を澄ます。

点ける前に光量を最大にしなくては、とサーガは考える。銃身の横に掲げて、光線と射線を重ねた上で、両方の通路の安全を確認するのだ。

目が暗闇に慣れはじめ、左のほうのどこかで明滅している光が見えてくる。

すぐには、実在する光なのかどうか確信が持てない。ヘッドランプの残像かもしれないからだ。しかしその光は、コンクリート壁の上でゆっくりと揺れ続けていた。

左手の通路に沿って踊っている。曲がり角のあたりに漏れ、それからまっすぐ前方に向く。

光源は右手にあるに違いない、とサーガは気づく。それが揺れ動くことで、曲がり角から光が漏れたり見えなくなったりしているのだ。

サーガはべたつく掌をズボンに擦りつけてから、拳銃を握り直す。

いよいよだ。

拳銃を構えたまま、ゆっくりと角を曲がる。

十メートルほど先に大きな空間が開けていた。ゆらめく蠟燭の光が見える。ワインボトルに差さっているのだ。

サーガは足音を可能なかぎり忍ばせて進む。一歩踏み出すごとに、少しずつ広い範囲が見えてくる。

ランプの光を浴びた床の上で、黒い血だまりがきらめく。

血の筋が左手のほうへと伸びていて、前方の空間ではだれかが蠢いている。その動きが、さまざまな方向に炎を傾ける。またたく光のせいで、壁が傾いたり歪んだりしているように見えた。

通路の端まで進まなければ、全体を見わたすことができない。

裸足で移動するぺたぺたというかすかな音が聞こえて、サーガは完全に静止する。

耳をそばだてるが、どこで鳴っているのかがわからない。

後ろからのようにも前からのようにも聞こえる。

サーガはゆっくりと前進する。

視線が血の筋に引き寄せられる。角へと伸び、そこで消えていた。

サーガはもう一歩踏み出し、足下でガラス片が音をたてる。

サーガはぴたりと立ち止まり、息を止める。

静まりかえっている。

もう一人の人物も息を止めて耳を澄ましているようだ。

無音のまま、サーガは肺を満たす。

立派な蜘蛛が巣を移動していく。

蠟燭の炎が揺れ、緑がかったボトルの影が床に弧を描く。

だれかが動いている。しかも高速で。

足音は壁を上っていくように聞こえる。

サーガは進み続ける。

足音は再び床に戻った。

だれかが苦痛にうめくのを聞く。

サーガはトンネルの端に辿り着き、広い部屋の中を覗き込む。正方形で、四つの壁面すべてに扉がある。

蠟燭の炎が踊り、空間全体を心臓のように脈動させる。

そこは高速道路の真下にあたるのだろう。左のほうで、なにか大きなものが血だまりの中に横たわっている。

ヨーナの娘が父親に贈った腕時計が、壊れたまま床に転がっている。

サーガの心臓が早鐘を打ちはじめる。

間近にある暗い戸口の中で、なにかが慎重に動いていた。灰色の両腕と両脚に、弱々しい反射光があたる。マーラ・マカロフが、ゆっくりと前進している。赤い拳銃を前に突き出し、床の上の人体に銃口を向けたまま。

その人差し指は、すでに引き金にかかっている。

こちらが発砲すれば、マーラはヨーナを殺すだろう。こちらの弾丸がマーラを無力化する前に、ヨーナを撃つはずだ。

サーガは震える手でマーラの胸に狙いをつける。そして引き金に指をかけ、半ば絞る。

九五

ヨーナはほとんど音をたてることなく暗闇を疾走している。偏頭痛がようやく消えたのは十分前のことだ。今では氷のような明晰さが戻っている。

蜘蛛の巣の厚い塊を突き抜けて進む。視線の先にある部屋では、蠟燭の炎がまたたいている。

やわらかい光に照らされて、血だまりの中に毛布の塊が見えた。

三週間前に失くなった自分の腕時計が床に転がっている。

ヨーナは、すでにコルト・コンバットの安全装置を外していた。そして銃身を斜め下に向けたまま、身体の前に突き出している。それは、市街地戦の戦闘訓練によって身についた動きだった。

トンネルの入り口に達したところで、マーラが戸口に姿を現す。その赤いマカロフ拳銃は毛布に向けられている。

ヨーナは拳銃を構えたまま片側に身を寄せる。

二つ目の戸口にサーガが立っていて、グロックの引き金を絞りはじめている。

「マーラ」と彼女は話しかける。

一歩踏み出したヨーナが完璧な射線を確保した瞬間、マーラが反応する。サーガに銃口を向けるその顔に髪の毛がかかるが、その時ヨーナはすでに発砲している。

鋭い銃声が鳴り響き、反動が肩を打つ。それ自体が、電光石火の拳銃さばきの一部のようだ。

空の薬莢が薬室から排出され、弾丸は標的に命中する。
サーガの背後の壁に血が飛び散る。
空中の薬莢が回転しながら光る。
ヨーナは拳銃をマーラに向けるが、すでに彼女は闇の中に消えている。
ヨーナの発した銃声が、地下空間全体に響きわたっていく。
ヨーナは硝煙の中に飛び込む。
薬莢が床で音をたてる。
蠟燭の炎が一方向に曲がり、青みを帯びる。
部屋全体が収縮し、凍りついたガラスの球体と化す。
サーガは倒れ、壁に頭を打ち付ける。そして手をつくこともなく床に伸びる。

＊　＊　＊

三機の黒いヘリコプターが一列に並び、剣（つるぎ）の刃（やいば）のように細長く伸びるセデテリエ湾の銀灰色の水面をかすめるように飛んでいく。

水面に映る三つの影は、上空の三機を追跡しているように見える。鈍いローター音が、切り立つ崖の迫る汀線（ていせん）に反響していた。

最後の一機の下には、特殊部隊の隊員六名がエクストラクションロープで吊されている。全員がヘルメットを被り、防弾ベストを身に着け、ライトを装着したアサルトライフルを手にしている。

シホルムスンデット灯台が見えてくると、あたかも一列につなぎ合わされているかのように、ヘリコプターはいっせいに高度を上げる。送電線の上を過ぎてから左に旋回し、森の中に伸びる開けた土地の上を進む。

セデテリエの北端を回り込み、高速道路が近づいてくると散開する。

先頭の一機は、トーレシャルベリエット屋外公園に差しかかったところで、攻撃態勢である前傾姿勢を緩め、給水塔の上空に達する。強烈な横風が機体を左方向に流すが、パイロットは足下のペダルを巧みに操作してその動きを中和する。

サーチライトが不安定に揺れながら、迫り来るコンクリートの構造体を照らす。

パイロットはアンテナの上方に機体を静止させ、六名の隊員たちは給水塔の平らな屋根へと下ろされる。

隊員六名はすばやくロープを固定し、屋根から懸垂降下を開始する。地面にまで降りていく彼らの姿は、速度の遅い流れ星を思わせた。全員がロープを外し、遮蔽物の背後へと走る。

二機目は高速道路に向かい、その上空に浮かぶ。ストラップでつながれた狙撃手が、機外に身を乗り出し、足をスキッドにかけている。

三機目は、セデテリエのフォーンヘイデン地区の上空で大きく旋回する。エクストラクションケーブルに吊されている隊員たちは、遠心力で外側へと振り出される。

機内にいる航空機関士が足でロープを押さえ、その動きを軽減させる。

ローターの回転数が下がりエンジン音に深みが出る。パイロットは、アルプ通りの端にある鉄条網に囲まれた敷地へと機体を降下させていく。

吹き下ろされる強烈な風に、木々や茂みが折れ曲がる。

板を打ち付けられた建物へと続く私道に降りていき、最も下に吊されていた隊員の足が地面に着く。自分のカラビナをリングから外し、ほかの隊員たちのためにロープを握る。

その瞬間、テールローターが樺の梢に衝突する。

ガラガラという音がして、ロープが隊員の手から抜ける。

二人目の隊員は側面に振り飛ばされ、ちぎれた葉が地面に降りそそぐ。

機体は大きく揺れるが、パイロットはどうにか安定を保つ。

一人また一人と隊員たちが安全に降下してくる。それぞれにカラビナを外すと、走りながら後退して位置に着く。

そこはスウェーデン軍所有の土地だった。冷戦期には、兵員輸送車を収容する基地として使われたが、地下施設が活用されたことはない。

入り口は、折れ戸の備わった巨大なガレージの背後に隠されていた。

六人の隊員たちは、二人一組で前進する。

正面の扉の錠前は、ドリルで破壊されている。分隊長は側面への散開を身ぶりで命じる。

＊　＊　＊

炎がまたたいたかと思うと再び燃え上がり、黄色く輝く。途端に部屋が広くなったように感じられ、コンクリート壁は静止した。

サーガの身体の下に血だまりが広がっていく。

グロックは一メートルほど離れた床に転がっていた。そしてマーラの足音が、暗いトンネルの奥へと消えていく。

サーガはまばたきする。

ヨーナはナイフを取り出し、サーガの前で片膝をつく。ヨーナの頬は汗でぬめっている。サーガは目を開け、不規則に呼吸をしながら混乱の表情で彼を見上げる。

ヨーナは、肩の銃創を見るために上着を切り裂く。血が短い間隔で噴き出ていた。

「ヨーナ、いったいなんなの……わたしは関わってない」とサーガがあえぐ。

「わかってる」

ヨーナはサーガのTシャツを切り裂き、その布地を二本、きつく巻き上げる。そして、ヘッドランプのストラップを活用して、間に合わせの止血帯を作った。サーガは痛みにうめき、ヨーナを見つめる。

「ならどうして……どうしてわたしを撃ったの——」

「すぐ戻る」ヨーナはそう言いながら立ち上がる。

「気をつけて。おなじ空間に入ったら、いつのまにか後ろに回り込まれるから」

ヨーナは、マーラを追って暗いトンネルを走った。前方に見えるかすかな明かりを目指す。その光は片側の壁に伸びていて、コンクリート面が濡れているように見えた。

パタパタという裸足の足音が、遠くに消えていく。

マーラの九人の犠牲者のうち、最後の標的として特別に選ばれたのはヨーナだった。だが、それは罠でしかなかったのだ。マーラが張り巡らせた蜘蛛の巣の断片だ。

クランツによるカウンセリングの様子を収めた映像の中で、マーラは繰り返しサーガの名を口にしていた。だがヨーナに言及したことはなかった。

一度たりとも。

それでヨーナは気づいた。自分が最後の標的であるはずがない、と。絵葉書になにが書かれていたとしても。

これは、ヨーナではなくサーガの問題なのだ。

九六

ヨーナは暗いトンネルを音もなく走る。壁際から離れずに進み、次の部屋に辿り着くと、コルト・コンバットを持ち上げながら角を曲がる。

明るい光に目がくらむ。かろうじてマーラの姿がちらりと見えるものの、それもたちまち影に呑み込まれた。すべては一瞬の出来事で発砲する間もない。

ヨーナはそのまま前進する。

スツールの上に懐中電灯があり、それがまっすぐにこちらを向いていた。周辺の床に散乱している缶詰や水のペットボトル、そして屋外用コンロは、すべて蜘蛛の巣に覆われていた。

ヨーナはトンネルを満たす漆黒の闇に足を踏み入れる。そして片手の指を壁に当てながら歩いていく。

マーラの足音が彼方で消える。まるで天井の割れ目からするりと抜け出したようだった。

蜘蛛の巣の破れるかすかな音を聞きながら、ヨーナは歩き続ける。

扉に行き当たり、ドアハンドルをまさぐり、押し開ける。

マーラ・マカロフの心を破壊し、今の彼女を生み出したのはユレックだ。だがユレックは同時に、実利的であることも教え込んだ。

マーラは捜査に関する機密書類をすべて読み込み、自分の復讐のかたちを決めたのだ。

細かな技術はファウステル親方が教えた。殺し方と痕跡の消し方だ。だがユレックがマーラの師であり、マーラがユレックの徒弟であることは揺らがなかった。

ユレックの思考法どおり、マーラの謎かけや警察へのメッセージは決して自己陶酔的なものではなかった。ともに、より高次の目的に奉仕していたのだ。

マーラが警察に明かしたものは、すべて計画の一部だった。それが意図的に見えたかどうかに関わらず、関係者全員を特定の方向へと導くための情報だったのだ。

扉が開くと小部屋があった。猛毒のタマゴテングダケを思わせる形状のランプがある。

床も壁も、赤い光にやわらかく照らされていた。

ヨーナは立ち止まり、耳を澄ます。それから足を踏み出し、左、そして右、と順に安全を確認する。

前方に重厚な鉄扉がもう一枚あり、その中に滑り込むマーラの姿が目に入った。

ヨーナは即座にそれを追い、扉の脇で静止する。マーラのすばやい足音が聞こえてきた。地面の乾いた土の擦れる音が、それに続く。

重い扉を引くと、音もなく手前に開いていく。

その鈍い鉄の表面を、向こう側からかすかな光が照らしていた。

ここがマーラのMの中心点なのだ、とヨーナは悟る。

ヨーナは扉をくぐり抜け、すばやく空間の安全を確認する。

無人だった。

マーラはすでに次の間へと逃げ出していたのだ。

五メートル先の床にはランタンがある。だが、光はほとんど放たれていなかった。

ヨーナはゆっくりと前に進む。拳銃は、暗い部屋の向かい側にある閉じた鉄扉へと向けられている。

ヨーナは立ち止まる。

はじめは、目にしているものの意味がつかめなかった。

正方形の部屋の中心部に頭蓋骨が積み上げられ、ランタンはその上に載っていた。

バッテリーが切れかけているものの、床に円形に配置された淡い黄色の骨を浮かび上がらせるだけの光量はあった。

何百もの骨だった。八人分ある。すべて、対称形を描くように配置されている。中心にある頭蓋骨のハブから一体分ごとに伸びているそのかたちは、車輪のスポークを思わせた。

一人ひとりの顎骨の次に脊椎骨が並び、それに鎖骨と肩甲骨が続く。

全体として眺めると雪の結晶のようだった。外側の線は、脛骨と足、そして足指の骨で構成されている。

ヨーナはそれを慎重にまたいでいく。拳銃は前方の扉に向けたままだ。うっかり足が大腿骨に触れる。それが動いて尻の骨に当たり、鈍い音をたてた。

なにかが金属面を擦るような音が聞こえてきて、ヨーナはドアハンドルに視線を固定する。

イッターエーの精神科病棟から退院したマーラは、ユレックに関する犯罪捜査部の書類一式を入手した。それを基に、高速道路の地下にあるこの施設の場所を探り当て、舞い戻ったのだ。だがマーラの家族は全員死んでいた。

その二年前——クランツを通じてマーラが連絡をした時——サーガはまったくおなじ書類一式を手にしていた。つまりサーガが力を尽くしてさえいれば、マーラと同様この施設を見つけ出すことができたということだ。

だが、そこには重要な差異が一つだけある。その時点で発見されていれば、マーラの家族はまだ生きていたかもしれない、という点だ。

それゆえにマーラの目からすると、家族の死の責任を負っているのはサーガなのだ。八人が死んだ。マーラがイッターエーの隔離病棟にいるあいだ、サーガが全力を尽くさなかったがゆえに起こったことだ。

マーラは、サーガの近くにいた人々を殺していくことにした。サーガと衝突した過去があり、事態の推移とともにサーガの関与が疑われるような犠牲者を選んだ。

マーラは、サーガの痕跡を犯行現場に残した。ＤＮＡと化学薬品をバイクに、馬の毛をリュックサックに。

マーラの複雑な蜘蛛の巣は、高速道路の下での、この瞬間のために編み上げられてきたのだ。

サーガがヨーナに射殺される。もしくはサーガが逮捕され、シリアル・キラーとして有罪判決を受ける。それがマーラの計画だった。

頭蓋骨の山の上にあるランタンの明かりは弱まっていた。骨のあいだで、光の輪が明滅している。

ここが九番目の場所なのだ。ここが墓場であることに疑いの余地はない。

マーラは家族八人分の骨を組み合わせて、床に並べた。

ランタンが完全に消える前に懐中電灯を取り出さねば、とヨーナは気づく。そして、拳銃を目の前の扉に向ける。

ランタンが翳（かげ）るにつれ、一つ前の部屋にあったキノコ形のランプから放たれる赤い光が再び存在感を増していった。ヨーナの影は長く伸び、鉄扉にかかっている。錆びたパイプから滴った水が、カルシウムの沈着でゴツゴツした床面を流れ、小さな排水管へと吸い込まれてかすかな音をたてている。

ヨーナは、子どもの胸骨を踏まないようにと一歩脇にずれる。すると自分の影が壁の上を移動し、閉じた扉のドアハンドルとドア枠のあいだで、蜘蛛の巣が輝いたことに気づく。

氷のように冷たいアドレナリンが全身を駆け巡る。

背後の扉が動きはじめる。

ヨーナは身をひるがえし、突進する。足下で骨が砕けた。

ほとんど時間が静止したように感じられた。ねっとりと無音になる。

扉が閉じかけていた。隙間に見える光の筋がどこまでも細くなっていく。

ヨーナは前方に身を投げ出し、ぎりぎりで拳銃を隙間に差し込む。重い扉が銃身を凹ませるが、施錠はされていない。

ヨーナはすばやく立ち上がる。頭の中が鳴っている。

身を投げ出した時に両肘を擦り剝いていた。右膝から血が滴っているのも感じられる。

力任せに扉を開けると、ねじれたコルト・コンバットが床に落ちた。

マーラは部屋の反対側に立っていて、赤いマカロフ拳銃をヨーナに向けている。

両目は大きく見開かれている。

顔面は汚れ、半開きの口からせわしなく息をしている。細い腕の筋肉は硬く緊張しているようだ。

「マーラ、もう終わりだ」ヨーナは、両手を上げながらそう言う。

そして、ゆっくりと近づいていく。マーラは一歩下がりながらも、拳銃はヨーナの胸に向けたままだ。

「最後のフィギュアを見た」とヨーナは言い、慎重に足を踏み出す。

マーラはまばたきをしながら拳銃を自分に向け、銃身を口に突っ込む。

「待ってくれ、聞いてほしいんだ……きみときみの家族をこんな目に遭わせたのはユレックだ。悪いのはきみじゃない。わかるかい?」ヨーナはそう尋ねながら、マーラを落ち着かせようと両手を伸ばす。

マーラの目に涙が湧き上がり、銃身を噛みしめている歯がカタカタと鳴る。

「ユレックは周囲にいた人間を一人残らず汚染したんだ。頭の中に入り込み、そこに住み着いた。長いあいだ、自分が死んだあとですら」

引き金にかけられたマーラの指が白くなる。

「マーラ、やめるんだ。このことは人に話したことがなかった。ユレックの最期の言葉のことだ」とヨーナは続けながら、マーラの目に変化が起こりつつあることに気づく。「奴を逮捕することもできた。だが私は殺すことに決めた。自分の身に起こることを悟ったユレックは、私にあることを囁きかけた。それ以来、私はその言葉を毎日耳にしている。奴がなにを言ったか知りたく——」

ヨーナは前方に身を投げ出し、マーラの右前腕をつかむ。同時にもう片方の手でその頭を押し、口から銃身を吐き出させる。

マーラは後頭部を壁に打ち付け、顎に唾液の飛沫(しぶき)を撒き散らす。

ヨーナはマーラの腕を背後に回し、彼女のバランスを崩しながらその両足を払う。

一瞬、マーラは完全に宙に浮き、顔の上に髪の毛がふわりと持ち上がる。

ヨーナは、倒れていくマーラの腕を放すことなくねじり上げる。

マーラはただハッと息を呑む。肩を脱臼(だっきゅう)させられ、強烈な痛みに襲われているにもかかわらず。

ヨーナは拳銃をもぎ取り、自分の肩ホルスターに収める。そしてマーラの身体を回転させてうつ伏せにすると、結束バンドで後ろ手に縛り上げてから壁際に座らせる。

「ユレックは事切れる寸前に、私の目を見ながらこう囁いたんだ。『これでわれわれの魂は入れ替わる——おまえは堕ち、私はここに残るのだ』」とヨーナは話す。

マーラは苦痛の波に呑まれてうめき声をあげる。唇から血が滴り、暗い目でヨーナを見上げる。

「ユレックは目的があってそんなことをした。ユレックを殺せば私は永久に変わってしまう、私の頭にそう植え付けたかったんだ」とヨーナは説明する。「ユレックは死をおそれていなかった。ただ、私はユレックとおなじ種類の人間になったのだと、私自身に思い込ませたかった……ユレックの言葉は、あれ以来私につきまとってきた。自分自身に疑いを向ける原因となってきた。だがもし私がユレックとおなじ人間になっていたのなら——自分自身の暗い欲望以外のなにものにも縛られない人間になっていたとしたら、今ここできみを殺していただろう」

ヨーナはマーラの拳銃をホルスターから抜き、最後の白い弾丸を抜き取る。そして拳銃をマーラに差し出した。

九七

サーガは、フディンゲにあるカロリンスカ病院の一室にいた。肩には滅菌包帯が当てられている。

ヨーナの弾丸は、上腕骨のつけ根を砕いた。だが外科医は、どうにか骨折した部分を固定し、出血を止めることに成功した。傷口は、二次治癒のために縫合されていない。

淡いピンク色のカーテンを通して朝日が差し込み、サイドテーブルに置かれている『フェルマーの最終定理』と題された本と、痣だらけの臑を照らしている。

扉にノックがあり、ヨーナが入ってくる。妹に向けるような視線でサーガを見下ろしてから、手を伸ばして頰を撫でる。

「調子はどうだ？」とヨーナは尋ねる。

「人って撃たれたら痛いんだけど。わかってる？」とサーガが言う。

「ほんとうにもうしわけなかった。ああするしかなかったんだ」

「どうなったの？」

ヨーナは、九番目のフィギュアをサイドテーブルに置く。鈍い灰色の金属に、陽光が反射した。

髪の乱れた若い女性を象ったものだった。両足を大きく開いて立ち、両手は脇に垂らしている。だが右手には拳銃があった。

疑いの余地はない。マーラ・マカロフこそが九番目の犠牲者だったのだ。

「最後のフィギュアはあなたなのかと思ってた」とサーガが言う。

「俺もさ。だが実際にはなにもかも、きみとマーラの問題だったんだ。ほかのだれでもなく」とヨーナは説明する。

「でも絵葉書とか、あなたへの脅しの言葉は……？　わけがわからない」

「それも、マーラの蜘蛛の巣の一部だった」

「で、わたしは蜘蛛の巣に捕まった」とサーガがため息を漏らす。

「マーラは、捜査資料を駆使して死んだ自分の家族の居場所を探り当てた。きみの手もとにあったのとおなじ資料だ。それで、きみにも自分の家族を見つけることはできた、しかも生きているうちに、と考えるようになっていったわけだ」

「そのとおりよ、それは自分でもわかってる。みんなが死んだのはわたしの——」

「いいや、違う。きみのせいじゃない。ユレックのせいだ。だがマーラはすべての責任をきみに負わせた……九件の殺人罪を負わせようとしたんだ」

「気持ちはわかる」とサーガが口ごもる。

ヨーナはベッド脇に椅子を引き寄せ、腰を下ろす。サーガはフィギュアをつまみ上げ、さまざまな角度から仔細に見つめる。

「高速道路の下で」とヨーナは続ける。「きみに向きなおった時のマーラは、発砲する気などさらさらなかった。きみに発砲させたかったんだ」

「ということは、実際にはなにもかも複雑に入り組んだ自殺計画だったということ？」

「だから、あなたはわたしを撃ってマーラを殺させないようにした」サーガはそう言いながら、フィギュアを下ろす。

「そうしないと、きみは複数の殺人罪で有罪になっていたはずだからね……もしくは、少なくとも最後の一件の殺人については」とヨーナは言う。「床にあった毛布の中から手紙が見つかった。きみに脅されて、マスコミに自分の身の上話を明かせなくなったという説明があった」

「そうだ」

「なにもかも仕込んであったというわけね」とサーガは言う。

「マーラは、家族を救えなかったきみを責めた。だがなによりも、自分自身を責めたんだ。地下の牢獄から抜け出せたのはマーラだった。家族は、これでようやく救出されると考えたことだろう。マーラが助けをひきつれて戻ってくるのだと。だが、あれだけの時間を暗闇の中で過ごしたあとだ。マーラは衰弱しきっていた。それで、自分がどこにいるのかもわからないままただひたすら歩き続けることになった」

「唯一記憶に残ったのがモーラベリの標識だった……心理学者にはそのことを繰り返し訴えたけれど、理解してもらえなかった」とサーガは静かに言う。

「もし精神的に壊れることなく一般病棟に収容されていたとしたら、マーラの家族は生き延びていたかもしれない」

「抱えたまま生きるには重すぎる」

「だからこそ、家族が監禁された場所に戻り、そこで自分も死ぬべきだと考えた」

「高速道路の下の空間はどうやって見つけたの？」とサーガが訊く。

「九つの死体遺棄現場は、大きなMもしくはWの字を描いていて、その基部は百キロの幅がある……で、九つ目のフィギュアを見た時に、殺害現場と遺棄現場はおなじはずだと気づいた」

「なぜなら、マーラは自分で自分の死体を動かせないから」とサーガがうなずく。

「まさに。で、マーラの行動パターンを辿っていくと、最後の地点がどこになるのかがわかった」

「あなたは成長してるってわけね」サーガはほほえみながらそう言う。

ヨーナが予想したとおり、マーラは地下施設で起こった出来事のあと、自らの犯行計画を明かした。サーガが殺人で有罪とされる可能性はほとんどなくなったのだ。

二人はしばらく犠牲者について語り続ける。マルゴットとヴェルネルに触れた時、サーガの顔は青ざめる。だが、生き延びようとしたランディの必死の戦いにいたった時にはじめてその顔は歪み、涙が頰を伝いはじめた。

「どうしてみんな死んでしまうの？」とサーガは囁く。

「時にはあまりに……代償が大きすぎる気がするな」

「ユレックはいまだに俺の思考に影響を与えている……自分がユレックのようだと感じることが、今でも時々あるんだ」

「そう」

「でもあなたはユレックとは違う」

「なんていうか……毎回つらさが増すような感覚があるんだ。新しい事件が解決するたびに、血塗れの戦場を歩いて戻らなきゃいけないような」

「わかる」

「死体一つひとつのそばに立ち止まって、一人ひとりの恐怖と苦しみを追体験しなければならないんだ。彼らがこの世に残していった悲しみもね」

「わたしも犠牲者たちのことが頭を離れない」とサーガが囁く。

ヨーナは、彼女の目をじっと見つめる。

「ずっと長いあいだ、自分の存在がこの世界を暗くしていると感じられてきた」ヨーナはそう打ち明ける。

「でもあなたは最高」とサーガは言う。

「いいや、最高なのはきみだ。一緒に捜査する機会を増やさなければな」

「ほんとうに」サーガはほほえみとともにそう応えながら、頬の涙を拭う。

ヨーナが病室を出るために立ち上がると、サーガはベッドの上でじっと天井を見つめ続けた。外で警護についている警察官たちと言葉を交わす声が聞こえ、それからヨーナの足音は廊下の先へと消えていった。

サーガは目を閉じ、長い梯子を思い起こす。次第に暗闇が身に迫るように感じられたことを。やがてまどろみに落ちていき、大声が聞こえて目が覚める。病室の外で声を張りあげている者がいるのだ。

「放せって！　俺は――」

「一歩下がってください、お願いします」警察官の一人がそう言う。「身分証明書を見せていただく必要があり――」

「俺のガールフレンドなんだから、会う権利はあるぞ！　俺は――」

「落ち着いてください」ともう一人の警察官が言う。「落ち着いて一歩下がっていただかないと――」

「なんだよ、撃つのか？」

「だれも撃ったりなんかしませんよ、ただ、指示に従っていただけないのなら、あなたを逮捕することになります」

少ししてから扉が開き、警察官の一人が病室に入ってくる。その顔には困惑の表情が浮かんでいた。

「カール・スペーレルという男が来てて、あなたに会いたいと言ってます」と彼が告げる。

「入れてやって」とサーガはほほえみを浮かべて言う。「ただし、わたしはガールフレンドなんかではないけれど」

満面の笑みを浮かべたカールが、尖った歯を覗かせながら入ってくる。頭に巨大な包帯を巻いたその姿は、まるで詩人のアポリネールのようだ。

身に着けている黒いTシャツの前面には、〈タンジェリン・ドリーム〉とプリントされている。そしてその手には、赤い薔薇の大きな花束があった。

「王女様のように見えると言われたことはないかな?」とカールが訊く。

「ぜんぜん」

「弾丸はこめかみをえぐっていったんだ」カールはそう言いながら、無頓着に自分の頭を指し示す。

「そのおかげで新しい髪形が映えるようになったとは、ぜんぜん思えないけど」サーガはそう応え、笑みを嚙み殺した。

「でも、試してみる価値はあったろ?」とカールが言う。

九八

ヨーナとヴァレリアはレストラン〈ヴェドホルム・フィスク〉のテーブルにつき、ヒラメのグリルを食べている。店内には控えめな優雅さがあり、またたく蠟燭が白いテーブルクロスを照らしている。残っている客は少なく、ウェイターたちは音もなく空間を横切っていく。

「こんなふうに考えるようになったんだ。人間のすることは——しないことも含めて……すべて天秤(てんびん)の皿に載せられていく。われわれの人間性はそれで決まるんだ、って」とヨーナが言う。

「そのとおりね」

「で、一度起こったことが完全に消えることはない。そう願うことはあったとしても」

ヨーナはいつも、複雑で強烈な事件については、終結を迎えてからヴァレリアに話すことにしている。それが二人のあいだの暗黙の了解だった。ヴァレリアは、ヨーナが仕事の奥深くに沈み込み消え去ることを受け入れる。だが、ひとたび事態の収拾がつきはじめたら、ヨーナはヴァレリアにすべてを明かすのだ。

前菜を食べ終わる頃までにはフィギュアと謎かけ、時間の制約と犯人の追跡について余さず語り終え、主菜がやって来るまでには、しかけられていた罠と謎解き、そして高速道路の下での結末の概要を話し終える。

「マーラは綿密な精神鑑定を受けることになる。でもどうなんだろうな……そういう意味で、マーラが精神疾患を抱えていると感じたことは一度もないんだ。隔離病棟に入れられていた時ですらね」とヨーナは言い、ナイフとフォークを置く。「マーラは消耗し、栄養失調で、トラウマを抱え、しかも必死だった……」

「しかもマーラの話は、真実とは思えないほど突飛に聞こえる内容だった」

「マーラは、サーガなら家族を救い出せるはずと願った。心理学者の伝えた話と、当時われわれが手にしていたユレックに関する情報を重ね合わせれば、たしかにサーガには救えた可能性がある。患者が脱走直後に〈モヤヴェヤブ〉の標識を見たことは知っていたし、もしそれが混乱したロシア語だと気づいて調べていたとしたら、モーラベリを意味していることにも辿り着いただろう。しかも、サーガはすでにユレックの座標体系がその場所を指し示していることも知っていたわけで……」

「そうね、言いたいことはわかる。可能性はあった、それはたしかね」とヴァレリアが言う。「でも実際には、なんて言うか、サーガがその場所を見つけられなくて、謎を解けなかったとしても……到底犯罪とは言えないでしょう」

「うん、そのとおりさ。だがマーラは、退院と同時にすべてをひっくり返してみることに決めた。あの当時、サーガに謎が解けたかどうかを確認するためだ」

「ということは、すべては裁判のようなものだったってこと？　もしサーガが、自分の命を守るために地下施設を見つけ出せたら、マーラの家族を見殺しにした罪で有罪だということが証明されるって？」

ヨーナはワインを一口飲み、マーラはハーメルンの笛吹き男のような存在になることを強いられたのだな、と考える。自分の家族と再びまみえ、正義がなされる決定的な瞬間へと、笛の音色でみなを導いていったのだ、と。

「マーラは、謎かけと偽りの動機、そして証拠と手がかりを作り出した。すべては、捜査においてサーガが一歩先を行くように仕向けるものだった」とヨーナは続ける。

「俺たちほかの捜査員には、サーガよりも遅れたところで、別個に捜査と謎解きを続けさせる。それがマーラの狙いだった……」

「なぜなら、最終的にそういう状況にいたったら、あなたを救うためにサーガは自分を撃つ、とマーラは確信していたから」

「極限状況で自分がどんな行動を取るのかは、だれにもわからない。なにもかもすさまじい速度で展開し、考える時間はないからね」とヨーナは言う。

「でもあなたは英雄だった」

「ちがうな……ほど遠いよ」

ヨーナはしばし口をつぐむ。その視線は暗くなっていく。

「ユレックの囁きのことをまた考えてるの？」ヴァレリアはおだやかに尋ねる。

「どうだろう、たぶん許されることではないんだろうな……俺がユレックを屋上から突き落として殺したっていう事実は。死ぬまで抱えて生きていかなきゃいけないんだろう。俺の一部分はあの日、屋上から落ちていった。ユレックの一部は俺の中に残った。でも入れ替わりはしなかった。俺はユレックにはならなかった」

「そうよ、あなたはあなた。わたしは、あなたのことが毎日ますます好きになってるんだから」

「信じがたい気持ちだよ」

ヴァレリアは手を伸ばし、ヨーナの手に重ねながら、その瞳をまっすぐに見つめる。

「心配しないで、大丈夫だから」とヴァレリアは言う。その声には厳粛な響きがある。

「なにが？」

「わたしの答えは、イエス」とヴァレリアが言う。

「イエス？」

「質問をしてくれさえしたら」ヴァレリアはそう話しながら、ほほえみをこらえる。

ヨーナは立ち上がり、内ポケットに手を入れて指輪を取り出す。それからヴァレリアの前で片膝をついた。

エピローグ
十三カ月後

上空から見ると、その施設は巨大な二つのXの字に見える。周囲を森が取り囲み、それが紅葉で燃え上がるような色になっていた。

ヘリックスは、司法精神医療のために作られた広大な近代的施設だ。

サーガ・バウエルは赤い楓（かえで）や金色の樺の木の間を走り抜け、バイクを停めるとヘルメットをハンドルに掛ける。

くすんだ灰色の本館は、梢の上から斜めに差し込むあたたかい陽光を浴びている。サーガのいる位置からでは、施設全体を囲んでいる六メートルの高さの塀と電気柵は隠れていて見えない。

サーガは中に足を踏み入れ、受付で名乗る。内装は明るくて風通しがよく、まるで高級ホテルにチェックインしようとしているように感じられた。受付係は、サーガが面会者として主治医に承認されていることを確認してから、身分証を返却する。

サーガは保安検査場を通り、携帯電話、バッグ、その他こまごまとした所持品の預かり証を受け取る。

体つきはたくましく、悲しいまなざしをした男性の看護師が出てきて、待合室にいるサーガを迎える。彼の首には、携帯用の警報装置が吊されていた。

看護師はサーガを導き、長い廊下をいくつも抜けていく。そのたびにカードキーを通し、暗証番号を入力し、やがて二人はH1棟に足を踏み入れる。最高水準の重警備棟だ。

ヘリックスは数年前に、拷問等禁止条約選択議定書(OPCAT)に基づく調査の対象となった。発端は、非人道的な拷問に類する扱いが患者に対しておこなわれているという噂だった。

「面会者は患者から四メートル以上の距離を保ってください。つまり、肉体的接触は禁止です。患者との物品の受け渡しもできません。会話はすべて録画されます。職員の教育のためです」

口元に湿疹(しっしん)のできている女性の警備員がすばやく再びボディーチェックをすると、保安センターがブザーを鳴らす。解錠された二枚の扉を、看護師とサーガは通り抜ける。

二人は、職員詰所を通り過ぎる。そこは強化ガラスの窓を備えていて、病室を監視できる構造になっている。ほとんどの患者がベッドに横たわったまま、大きく目を見開いていた。

「この施設で最も多い診断名は、統合失調症です」体格のたくましい看護師が、そう囁く。「すべての患者が、司法精神医療に関する法律に則って治療を受けています。退院を検討するカンファレンスが定期的に開かれ、必要に応じて身体拘束もおこなわれます」

「どうして小声で話しているの?」とサーガが尋ねる。

「ここには、防音対策なしの廊下があるんです」

二人は、施錠された扉をいくつかくぐりながら隔離病棟を通り抜け、別の強化扉の前で立ち止まる。そこには〈ヘリックス・オメガ〉とある。

「ここには幽霊がいるんです。ほんとですよ」看護師が囁く。「でも職員の中には、蜘蛛が壁の隙間を這ってるんだって言う人間もいます」

保安センターの承認が下りると鋭いブザーが鳴り、カチリという音とともに巨大な扉が開く。

「わたしはここまでです。彼女は三号室にいます」警備員が、ほほえみのようなものを浮かべながら静かに告げる。「大丈夫です。警報装置がありますし、われわれは一瞬も目を離さず見守っていますから」

サーガは足を踏み入れ、安全規則を並べ上げた標識の前で立ち止まる。背後で扉の閉まる音がした。

それが廊下を木霊していき、再びなにもかも静まりかえる。

ここは最も危険な患者たちが長期にわたって隔離されている病棟で、OPCATの機関に提出された報告書では触れられていなかった。患者は常に監視されている。睡眠時も、トイレを使っている時も、シャワーを浴びている時も。

廊下には、四重の強化ガラスをはめた窓と、病室の鉄扉が三つ並んでいる。明かりがビニールの床材にギラギラと反射していた。

サーガは手前の病室を通り過ぎながら、ちらりと中を見やる。

肥満体の男がベッドの上に横たわっていた。拘束具を背中の下に敷き、ぼんやりとマスターベーションをしている。

分厚いコンクリート壁には食事や医薬品を渡すための穴があり、自動式のハッチが備わっている。両側からは同時に開けられない構造だ。

空調装置の低いうなりを除けば、サーガの耳に届くのは自分の足音だけだった。

二人目の患者は若い男性で、荒れた両手に嚙み痕があった。窓のそばにしゃがみ込んでいて、通り過ぎるサーガを見つめながら大きくほほえんでいる。

病室にある数少ない家具は、すべて床にボルト留めされている。そしてベッドにはシーツもヘッドボードも備わっていない。便器の便座と蓋も取り外されていた。自傷行為の危険性を減少させるためだ。

格子付きの小さな窓には金属製のブラインドが備わっていて、その向こうには陰鬱な中庭が見えた。

サーガは立ち止まり、気持ちを落ち着けてから最後の病室の前へと進む。

マーラ・マカロフは床をじっと見つめながら、静かに椅子に座っている。ごくありきたりなスウェットのズボンを穿いているが、上半身は裸だ。背後の壁は、複雑な方程式で埋めつくされている。

頭は剃り上げられていた。古傷や新しく見える傷が、彼女の胴回り一面と首筋、そして小さな乳房とへこんだ腹部を覆っていることに、サーガは気づく。

一瞬躊躇い、唾をごくりと呑み込んでから、赤い線を越えて強化ガラスに近づく。

「マーラ……わたしが来ることは、主治医から聞かされていたと思うけど」サーガは、マイクに向かってそう話す。

「数学に神は宿っていない」マーラがもごもごと呟く。ほとんど聞き取れないほどの声だった。「あるのは暗闇ばかり……」

「わたしがだれかわかる？」

マーラは顔を上げ、窓越しに目を合わせる。

「すべての系の中心部で、乳白色の弾丸がわれわれ一人ひとりに向かって放たれる。

速度は光速の二乗。そして空間のひずみによって、われわれは覚悟を決めるよりも先に出会うことになる」

マーラの肩と腕には今でも筋肉がついている。上に向けられた両の掌は、灰色だ。

「あなたの家族の身に起きたことは、わたしのせいではない。あなたも、心の奥底ではわかっているんだと思う」とサーガが言う。「すべてユレック・ヴァルテルのしたこと。あなたたちを拉致して地下の牢獄に閉じ込めたのは、ユレック。もしユレックが生きていたら、あなたの家族は生き埋めにされていたはず……でも一つだけ、あなたに同意する。わたしは、あなたの家族を探し出さなければならなかった。失敗してごめんなさい。でもだからと言って、わたしが殺したということにはならない」

マーラは、その孤独な目でサーガを見上げる。

「あなたを許す、と言わせたいの？」とマーラは尋ねる。

「わたしの望むことなんて関係ない。わたしは、自分自身を許そうとしてずっと苦しんできた。でも今では、もしかしたらわたしにもそれができるんじゃないかって考えはじめている……たとえ、あなたのためであったとしても」

「ほんとうに？」マーラが尋ねる。その視線は、なおもサーガの上に据えられたままだ。

「ええ。でも、そのプロセスには終わりがないのかもしれない……もしかしたら、そもそも終わらせてはいけないものなのかも」とサーガは応える。「そのことを話したかっただけ。人はだれでも過ちを犯す。人はだれでもお互いの命に対して責任を負ってるんだって……そう考えると、生きることがさらにつらくもなるし、楽にもなるわけだけど」

壁に埋め込まれたシャワーヘッドから、水がゆっくりと滴る。裂きにくい加工をほどこされた毛布が、部屋の片隅に打ち捨てられている。

「わたしは精神を患っているの？」マーラはそう尋ねながら、再びサーガを見上げる。

「わたしがどう考えてるかは関係がない」

「わたしには関係がある」

「あなたは、深刻な精神疾患のせいでここにいる。でもこれは法律上の用語であって診断ではない。あなたを診ている精神科医たちは、現実把握が不安定で、妄想や錯乱が見られるとしている。強迫観念があり、社会に適応できていない、とも」

「そうね」とマーラはため息をつく。

「あなたの方法論は決して受け入れられないけど、あなたの痛みや考え方はわかる……それから、あなたが高度な知的能力を備えていることも」

マーラは親指の甘皮を噛み、それからサーガを見上げると、「仕事に戻ったのね」と言う。

「時間はかかったけど」サーガはそう応えながら、マーラが知っていたことに驚く。

「犯罪捜査部の捜査官」

「当たり」

マーラは、背後の計算式を身ぶりで示す。

「ほかに解明したことは？」

「ボクサーのリック・サントスとつき合ってること」とマーラは応える。

「どうやって調べたの？」

「ただの数学」

サーガは方程式をじっと見つめる。小さな文字でぎっしりと埋めつくされた白い壁が、黒く見えていた。

「あなたはいつまでここにいるの？」

マーラは応える代わりにただほほえみ、立ち上がる。それから踵を返すと、窓から離れて壁の数式のほうへと移動する。

サーガは、その背中の傷や震える筋肉を見つめる。マーラは、片腕を上げて文字や数字を書きつけていた。

「それ以外に解明したことはある？」サーガはおだやかな声で尋ねる。

「ある」

「なに？」

「あなたは間もなく自分の闇に呑み込まれるだろう、ってこと」マーラは、振り返りもせずにそう応える。

訳者あとがき

前々作『墓から蘇った男』で宿敵ユレックは退場し、前作『鏡の男』はいわゆる〝平常運転〟に戻っていた。そうなると気になるのは、サーガが復帰するのかどうかということくらいで、今回はそのあたりも描かれるのだろう。となると、ある程度は安心して読み進められる（それほどひどいことは起こらない）はずだ。そんなふうにたかを括って巻を開くと、いきなり冒頭から、わが目を疑う出来事が起こる。

その先の展開に触れることなくこれ以上なにかを語るのは難しいが、まずは、『鏡の男』のエピローグに登場した絵葉書のメッセージがすべての発端であることだけは記しておこう。つまり今作は、ユレックの存在を軸とした物語なのだ。でも、ユレックは退治されたはずでは……？　ここまでヨーナたちの冒険につき合ってこられた方々は、そう訝しむことだろう。もちろん、その疑問が彼らを翻弄することになる。

漆黒の闇に沈む世界。その奥に細くて弱々しい光を向けようと力を尽くす、ごく少数の人々。そうしているうちにも、彼ら自身の背後や足許や後頭部のあたりは闇に呑み込まれつつある……。これが、このシリーズ全体を貫くモチーフとも言うべきイメージだ。決して、単純な闇と光の戦いではない。それゆえに、境界線上ではだれ一人無傷でいられない。いや、そもそも境界などなく、生き延びたことが良かったとすら言えないこともある。いっそのこと闇に沈んでしまえば楽だし、思考をやめて光に殉じるのもおそらくその次に楽だ。そういう連中は作中にもおおぜい登場するし、どんな人間でも極限状況に身を置かれたら大部分がどちらかの選択肢を選ぶだろう。それなのに、どうしてもそうできない人間がいる。自身の内側もまた闇に浸されていることを意識しながら、かすかな光を手にあがき続ける人々。それがこの物語の主人公、ヨーナとサーガなのであり、だからこそ、どこまでも暗澹としていて、常軌を逸して露悪的とすら感じさせる展開をはらみながらも、このシリーズはわれわれの心を捉えるのだろう。端的に言えば、そこには一縷の救いがあるということだ。

しかし、救いを託された二人にしてみれば、限りなく苦しい。そのうえ今作での彼らは、その苦しみのさらにもう一歩奥へと押し出される。では、だれがどういう理由で、どのようにして二人を追いつめるのだろうか。すでにこの世にいないはずのユレックが、そこにどう関わっているのか。

このシリーズの着地点は、まだまだ見えない。

◉訳者紹介　品川亮（しながわ・りょう）
月刊誌『STUDIO VOICE』元編集長、現在フリーランスとして執筆・翻訳・編集を手がける。著書に『366日 文学の名言』（共著）、『366日 映画の名言』（共に三才ブックス）、『美しい純喫茶の写真集』（パイインターナショナル）、『〈帰国子女〉という日本人』（彩流社）など、訳書に『墓から蘇った男』『鏡の男』（共に扶桑社）、『アントピア』（共和国）、『スティーグ・ラーソン最後の事件』（共訳）、『アウシュヴィッツを描いた少年』（共にハーパーコリンズ・ジャパン）がある。

翻訳協力：下倉亮一

蜘蛛の巣の罠（下）

発行日　2024年3月10日　初版第1刷発行

著　者　ラーシュ・ケプレル
訳　者　品川　亮

発行者　小池英彦
発行所　株式会社 扶桑社
〒105-8070
東京都港区芝浦1-1-1　浜松町ビルディング
電話　03-6368-8870（編集）
03-6368-8891（郵便室）
www.fusosha.co.jp

印刷・製本　株式会社広済堂ネクスト

定価はカバーに表示してあります。

造本には十分注意しておりますが、落丁・乱丁（本のページの抜け落ちや順序の間違い）の場合は、小社郵便室宛にお送りください。送料は小社負担でお取り替えいたします（古書店で購入したものについては、お取り替えできません）。なお、本書のコピー、スキャン、デジタル化等の無断複製は著作権法上での例外を除き禁じられています。本書を代行業者等の第三者に依頼してスキャンやデジタル化することは、たとえ個人や家庭内での利用でも著作権法違反です。

Japanese edition © Ryo Shinagawa, Fusosha Publishing Inc. 2024
Printed in Japan
ISBN978-4-594-09252-8 C0197